故宫里的中国

CHINA STORIES
IN THE
PALACE MUSEUM

祝勇故宫作品

SELECTED WORKS OF
ZHU YONG

290 AD ——— 1900 AD

人民文学出版社

祝勇

祝勇，作家、纪录片导演，艺术学博士，祖籍菏泽，1968年出生于沈阳，现任故宫博物院研究馆员、故宫文化传播研究所所长。

出版作品五百余万字，主要作品有：《故宫的古物之美》《故宫的古画之美》《故宫的书法风流》《在故宫寻找苏东坡》等数十部著作。"祝勇故宫系列"由人民文学出版社出版。

任《苏东坡》等十余部大型纪录片总编剧，获金鹰奖、星光奖等多种影视奖项。任国务院新闻办、中央电视台大型纪录片《天山脚下》总导演，该片入选"新中国七十年纪录片百部典藏作品"。

作者像,李冰摄于故宫博物院

於所遇暫得於己快然自足不知老之將至及其所之既惓情隨事遷感慨係之矣向之所欣俛仰之間以為陳迹猶不能不以之興懷況修短隨化終期於盡古人云死生亦大矣豈不痛哉每攬昔人興感之由若合一契未嘗不臨文嗟悼不能喻之於懷固知一死生為虛誕齊彭殤為妄作後之視今亦猶今之視昔悲夫故列敘時人錄其所述雖世殊事異所以興懷其致一也後之攬者亦將有感於斯文

《兰亭序》，东晋，王羲之（唐冯承素摹），北京故宫博物院藏

永和九年歲在癸丑暮春之初會
于會稽山陰之蘭亭修稧事
也群賢畢至少長咸集此地
有崇山峻領茂林脩竹又有清流激
湍暎帶左右引以為流觴曲水
列坐其次雖無絲竹管弦之
盛一觴一詠亦足以暢敘幽情
是日也天朗氣清惠風和暢仰
觀宇宙之大俯察品類之盛
所以遊目騁懷足以極視聽之
娛信可樂也夫人之相與俯仰
一世或取諸懷抱悟言一室之內

《祭侄文稿》卷（局部），唐，颜真卿，台北故宫博物院藏

惟尔挺生凤标幼德宗庙瑚琏
陪庭兰玉方堪积世每慰
人心方期戬穀何图迸贼间
舋直称兵犯顺
尔父
山作郡余时爱命之广平

《韩熙载夜宴图》卷（局部），五代，顾闳中（宋摹），北京故宫博物院藏

《韩熙载夜宴图》卷（局部），五代，顾闳中（宋摹），北京故宫博物院藏

《清明上河图》卷（局部），北宋，张择端，北京故宫博物院藏

小屋如漁舟濛濛水雲裏空庖煮寒菜破竈燒溼葦那知是寒食但見烏銜紙君門深九重墳墓在萬里也擬哭塗窮死灰吹不起

右黄州寒食二首

《寒食帖》卷，北宋，苏轼，台北故宫博物院藏

自我来黃州已過三寒
食年年欲惜春春去不
容惜今年又苦雨兩月秋
蕭瑟卧聞海棠花泥
汙燕支雪闇中偷負
去夜半真有力何殊病
年少病起須已白
春江欲入户雨勢来

《富春山居图》卷(局部),元,黄公望,台北故宫博物院藏

宋張擇端清明上河圖今大理卿致仕鶴坡朱公所藏也族祖希遠先生之遺墨在焉予三十年前見之今其卷帙完好如故展玩縈日為之歎惋不能已因題其後弘治辛亥九月壬子太常寺少卿兼翰林院侍講學士雲陽李東陽識

《清明上河图》卷（跋文局部），明，李东阳，北京故宫博物院藏

目录

001　自　序

　　　散　文
003　永和九年的那场醉
040　血色文稿
078　韩熙载，最后的晚餐
109　张择端的春天之旅
137　苏东坡的南渡北归
174　空　山
204　内阁长夜
239　家在云水间
270　文渊阁：文人的骨头

小 说
313　血朝廷（节选）

访 谈
369　写一座凝聚了五千年文明之美的"城"
　　　——答《文艺报》记者问

381　祝勇作品要目
390　注　释

自 序

在故宫里，藏着一部中国史——一部可视、可感的中国大历史。

转眼间，人民文学出版社出版的"祝勇故宫系列"已经出版了十本，其中包括一部长篇历史小说和九部非虚构作品：小说是《血朝廷》，非虚构作品是《故宫六百年》《远路去中国》《最后的皇朝》《故宫的古物之美》《故宫的古画之美》《故宫的书法风流》《故宫的隐秘角落》《在故宫寻找苏东坡》；2022年还将出版另一部非虚构作品《故宫文物南迁》。写作时间，自2010年至今，前后跨过十二年。

"祝勇故宫系列"已经出版的十本书，不论好与不好，在我看来，都是我一生中最重要的写作。其中一个原因，是它与中华优秀传统文化的最重要的载体——故宫联系在一起。故宫，这座六百多年的皇宫（紫禁城建成于1420年），近百年的博物院（故宫博物院成立于1925年），代表的是中华文明的源远流长。在这座恢宏浩大的博物院里，收藏着一件最大的文物，就是紫禁城这件不可移动文物，更收藏着超过186万件的可移动文物。紫禁城是明清两代完成的，但故宫博物院收藏的文物却不限于明清两代。这些可移动文物，上起新石器时代，下至当代，串联起的，是至少八千年的中华文明史，让中华文明的上下五千年所言不虚，甚至超越了五千年，指向了更加幽远的历史时空。

因此，在故宫里，藏着一部中国史——一部可视、可感的中国大历史。2020年，当人民文学出版社决定为我出版一本自选集时，我立刻想起一个书名，就是《故宫里的中国》。

选在这本书里的文章，虽然来自"祝勇故宫系列"不同的卷册，但是将它们按时代排序，历史的流变又清晰可见。只不过这样的"历史"，是由一幅字、一张画、一册书、一个人的命运构成的。在风云浩荡的"大历史"中，它们宛如天地之蜉蝣、沧海之一粟，不足为道。但换一个眼光，它们又是历史的血肉，是时间的载体，让后人"耳得之而为声，目遇之而成色"[1]，让枯黄的历史陡然变得鲜艳和生动。它们是"大历史"之下的"小历史"，却让我们顺藤摸瓜，去追忆逝水年华，去还原"小历史"之上的"大历史"。借助它们，我们才能真正理解我们民族的精神历程,体会历代先贤的情感脉动,一如蒋勋先生所说:"在那浮面的'美'的表层,隐含着一个时代共同的梦、共同的向往、共同的悲屈与兴奋的记忆。"[2]

这本自选集,虽篇幅有限,却包含了三种体裁——散文、小说与访谈。散文是从"祝勇故宫系列"的九部历史非虚构作品里选出的;小说是《血朝廷》的节选(我很少写小说,但我坚持把《血朝廷》选入自选集,不仅因为它是我唯一的一部长篇历史小说,更因为我对它有着敝帚自珍般的偏爱),在本书中所列的章节序号,直接取自原书的章节序号,以保持原貌;访谈方面,这些年媒体的采访比较多,在这些访谈中,2020年《文艺报》对我的采访较能反映我近年写作的面貌,因此录入本书。

这样一本小书,可视作我十二年来的写作总结,我把它呈现出来,等待着读者朋友们打分。

写于 2021 年 6 月 12 日文化和自然遗产日

散文

永和九年的那场醉

那场短暂的酒醉,成就了一纸长达千年、淋漓酣畅的奇迹。

一

我到北京故宫博物院故宫学研究所上班的第一天,郑欣淼先生的博士徐婉玲说,午门上正办"兰亭特展",相约一起去看。尽管我知道,王羲之的那份真迹,并没有出席这场盛大的展览,但这样的展览,得益于两岸故宫的合作,依旧不失为一场文化盛宴。那份真迹消失了,被一千六百多年的岁月隐匿起来,从此成了中国文人心头的一块病。我在展厅里看见的是后人的摹本,它们苦心孤诣地复原着它原初的形状。这些后人包括:虞世南、褚遂良、冯承素、米芾、陆继善、陈献章、赵孟频、董其昌、八大山人、陈邦彦，甚至宋高宗赵构、清高宗乾隆……几乎书法史上所有重要的书法家都临摹过《兰亭序》[1]。南宋赵孟坚，曾携带一本兰亭刻帖过河，不想舟翻落水，救起后自题："性命可轻，《兰亭》至宝。"这份摹本，也从此有了一个生动的名字——"落水《兰亭》"。王羲之不会想到，他的书法，居然发起了一场浩浩荡荡的临摹和刻拓运动，贯穿了其后一千六百多年的漫长岁月。这些复制品，是治文人心病的药。

东晋穆帝永和九年（公元353年）的暮春三月初三，时任右将军、会稽内史的王羲之，伙同谢安、孙绰、支遁等朋友及子弟四十二人，在山阴兰亭举行了一次声势浩大的文人雅集，行"修禊"之礼，曲水流觞，饮酒赋诗。

魏晋名士尚酒，史上有名。刘伶曾说："天生刘伶，以酒为名；一饮一斛，五斗解酲。"[2] 阮籍饮酒，"蒸一肥豚，饮酒二斗。"[3] 他们的酒量，都是以"斗"为单位的，那是豪饮，有点像后来水泊梁山上的人物。王羲之的酒量，我们不得而知，但天籁阁旧藏宋人画册中有一幅《羲之写照图》，图中的王羲之，横坐在一张台座式榻上，身旁有一酒桌，有酒童为他提壶斟酒，酒杯是小的，气氛也是雍容文雅的，不像刘伶的那种水浒英雄似的喝法。总之，兰亭雅集那天，酒酣耳热之际，王羲之提起一支鼠须笔，在蚕茧纸上一气呵成，写下一篇《兰亭序》，作为他们宴乐诗集的序言。那时的王羲之不会想到，这份一蹴而就的手稿，以后成为被代代中国人记诵的名篇，更为以后的中国书法提供了一个至高无上的坐标，后世的所有书家，只有翻过临摹《兰亭序》这座高山，才可能成就己身的事业。王羲之酒醒，看见这卷《兰亭序》，有几分惊艳、几分得意，也有几分寂寞，因为在以后的日子里，他将这卷《兰亭序》反复重写了数十乃至百遍，都达不到最初版本的水准，于是将这份原稿秘藏起来，成为家族的第一传家宝。

然而，在漫长的岁月中，一张纸究竟能走出多远？

一种说法是，《兰亭序》的真本传到王氏家族第七代孙智永的手上，由于智永无子，于是传给弟子辩才，后被唐太宗李世民派遣监察御史萧翼，以计策骗到手；还有一种说法，《兰亭序》的真本，以一种更加离奇的方式流传。唐太宗死后，它再度消失在历史的长夜里。后世的评论者说："《兰亭序》真迹如同天边绚丽的晚霞，在人间短暂现身，随即消没于长久的黑夜。虽然士大夫家刻一石让它化身千万，但是山阴真面却也永久成谜。"

二

现在回想起来，中国文化史上不知有多少名篇巨制，都是这样率性为之的，比如苏东坡、辛弃疾开创所谓的豪放词风，并非有意为之，不过逸心而歌而已，说白了，是玩儿出来的。我记得黄裳先生曾经回忆，1947年时，他曾给沈从文寄去空白纸笺，请他写字，没想到这考究的纸笺竟令沈从文步履维艰，写出来的字如"墨冻蝇"。沈从文后来干脆又另写一幅寄给黄裳，写字笔是"起码价钱小绿颖笔"，意思是最便宜的毛笔，纸也只是普通公文纸，在上面"胡画"，却"转有妩媚处"。[4]他还回忆，1975年前后，沈从文又寄来一张字，用的是明拓帖扉页的衬纸写的，笔也只是七分钱的"学生笔"，黄先生说他这幅字"旧时面目仍在，但平添了如许婉转的姿媚"。[5]所以黄裳先生也说："好文章、好诗……都是不经意作出来的。"[6]

文人最会玩儿的，首推魏晋，其次是五代。《文渊阁四库全书》中收有明代杨慎的《墨池璅录》，书中说："书法惟风韵难及。虞书多粗糙，晋人书虽非名法之家，亦自奕奕有一种风流蕴藉之气，缘当时人物以清简相尚，虚旷为怀，修容发语，以韵相胜，落华散藻，自然可观。"[7]两宋以后，文人渐渐变得认真起来，诗词文章，都做得规规矩矩，有"使命感"了。以今人比之，犹如莫言之《红高粱》，设若他先想到诺贝尔文学奖，鼓足干劲，力争上游，决心为国争光，那份汪洋恣肆、狂妄无忌，就断然做不出来了。

王羲之时代的文人原生态，尽载于《世说新语》。魏晋文人的好玩儿，从《世说新语》的字里行间透出来，所以我的博士研究生导师刘梦溪先生说，他时常将《世说新语》放在枕畔，没事时翻开一读，常哑然失笑。比如写钟会，他刚写完一本书，名叫《四本论》——别弄错了，不是《资本论》——想让嵇康指点，就把书稿揣在怀里，由于心里紧张，不敢拿给嵇康看，就在门外远远地把书稿扔进去，然后撒腿就跑。再比如吕安去嵇康家里看望这位好友，正巧嵇康不在家，吕安在门上写了一个"凤"字就走了，嵇康回来，看到"凤"字，心里很得意，以为是吕安夸自己，没想到吕安是在挖苦他，"凤"的意思，是说他不过一只"凡鸟"而已。曹雪芹在给王熙凤的判词中把"凤"字拆开，说"凡鸟偏从末世来"，不知是否受了《世说新语》的启发。

中国文化史上，正襟危坐的书多，像《世说新语》这样好玩儿的书，屈指可数。刘义庆寥寥数语，就把魏晋文人的形态活脱脱地展现出来了。刘义庆是南朝宋武帝刘裕的侄子、长沙景王刘道怜的公子，是皇亲国戚、高干子弟，同时是骨灰级的文学爱好者，《宋书》说他："招聚文学之士，近远必至。"他爱玩儿，所以他的书，就专拣好玩儿的事儿写。

《世说新语》写王羲之，最著名的还是那个"东床快婿"的典故：东晋太尉郗鉴有个女儿，名叫郗璇，年方二八，正值豆蔻年华，郗鉴爱如掌上明珠，要为她寻觅一位如意郎君。郗鉴觉得丞相王导家子弟甚多，都是品学兼优的三好学生，于是希望能从中找到理想人选。

一天早朝后，郗鉴把自己的想法告诉了丞相王导。王导慨然说："那好啊，我家里子弟很多，就由您到家里挑选吧，凡你相中的，不管是谁，我都同意。"郗鉴就命管家，带上厚礼，来到王丞相的府邸。

王府的子弟听说郗太尉派人为自己的宝贝女儿挑选意中人，就个个精心打扮一番，"正襟危坐"起来，唯盼雀屏中选。只有一个年轻人，斜倚在东边床上，敞开衣襟，若无其事。这个人，正是王羲之。

王羲之是王导的侄子，他的两位伯父王导、王敦，分别为东晋宰相和镇东大将军，一文一武，共为东晋的开国功臣，而王羲之的父亲王旷，更是司马睿过江称晋王首创其议的人物，其家族势力的强大，由此可见。"旧时王谢堂前燕，飞入寻常百姓家"，循着唐代刘禹锡这首《乌衣巷》，我们轻而易举地找到了王导的住址——诗中的"王谢"，分别指东晋开国元勋王导和指挥淝水之战的谢安，他们的家，都在秦淮河南岸的乌衣巷。乌衣巷鼎盛繁华，是东晋豪门大族的高档住宅区。朱雀桥上曾有一座装饰着两只铜雀的重楼，就是谢安所建。

相亲那一天，王羲之看见了一座古碑，被它深深吸引住了。那是蔡邕的古碑。蔡邕是东汉著名学者、书法家、蔡文姬的父亲，汉献帝时曾拜左中郎将，故后人也称他"蔡中郎"。他的字，

"骨气洞达，爽爽有神力"，被认为是"受于神人"，让王羲之痴迷不已。

王羲之对书法如此迷恋，自然与父亲的影响关系甚大。王羲之的父亲王旷，历官丹杨太守、淮南内史、淮南太守，善隶、行书。明陶宗仪《书史会要》卷三载："旷与卫氏，世为中表，故得蔡邕书法于卫夫人。"王羲之十二岁的时候，在父亲枕中发现《笔论》一书，便拿出来偷偷看。父亲问："你为什么要偷走我藏的东西？"羲之笑而不答。母曰："他是想了解你的笔法。"父亲看他年少，就说："等你长大成人，我会教你。"王羲之说："等到我成人了，就来不及了。"父亲听了大喜，就把《笔论》送给了他，不到一个月，他的书法水平就大有长进。

那天他看见蔡中郎碑，自然不会放过，几乎把相亲的事抛在脑后，突然想起来，才匆匆赶往乌衣巷里的相府，到时，已经浑身汗透，就索性脱去外衣，袒胸露腹，偎在东床上，一边饮茶，一边想那古碑。郗府管家见他出神的样子，不知所措。他们的目光对视了一下，却没有形成交流，因为谁也不知道对方在想什么。

管家回到郗府，对郗太尉做了如实的汇报："王府的年轻公子二十余人，听说郗府觅婿，都争先恐后，唯有东床上有位公子，袒腹躺着，一副漫不经心的样子。"管家以为第一轮遭到淘汰的就是这个不拘小节的年轻人，没想到郗鉴选中的人偏偏是王羲之。"东床快婿"由此成为美谈。而这样的美谈，也只能出在东晋。

王羲之的袒胸露腹，是一种别样的风雅，只有那个时代的人才体会得到，如今的岳父岳母们，恐怕万难认同。王羲之与郗璇的婚姻，得感谢老丈人郗鉴的眼力。王羲之的艺术成就，也得益于这段美好的婚姻。王羲之后来在《杂帖》中不无得意地写道：

> 吾有七儿一女，皆同生。婚娶已毕，唯一小者尚未婚耳。过此一婚，便得至彼。今内外孙有十六人，足慰目前。

他的七子依次是：玄之、凝之、涣之、肃之、徽之、操之、献之。这七个儿子，个个是书法家，宛如北斗七星，让东晋的夜空有了声色。其中凝之、涣之、肃之都参加过兰亭聚会，而徽之、献之的成就尤大。故宫"三希堂"，王羲之、王献之父子占了"两希"，其中我最爱的，是王献之的《中秋帖》，笔力浑厚通透，酣畅淋漓。但王献之的地位始终无法超越他的父亲王羲之，或许与唐太宗、宋高宗直到清高宗乾隆这些当权者对《兰亭序》的抬举有关。但无论怎样，如果当时郗鉴没有选中王羲之，中国的书法史就要改写。王羲之大抵不会想到，自己这一番放浪形骸，竟然有了书法史的意义，犹如他没有想到，自己酒醉后的一通涂鸦，竟然成就了书法史的绝唱。

三

一千六百多年后，我们依然能够呼吸到永和九年春天的明媚。三国时代，纵然有雄姿英发、羽扇纶巾的英雄，有乱石穿空、惊涛拍岸的浩荡，但总的来说，气氛仍是压抑的，充满了刀光剑影。"樯橹灰飞烟灭"，对于英雄豪杰，仿佛信手拈来的功业，对百姓，却是无以复加的灾难。继之而起的魏晋，则是一个"铁腕人物操纵、杀戮、废黜傀儡皇帝的禅代的时代"[8]。先是曹操"挟天子以令诸侯"，他的儿子曹丕篡夺汉室江山，建立魏国，继而魏的大权逐步旁落到司马氏手中，司马懿的儿子司马师和司马昭相继担任大将军，把持朝廷大权。曹髦见曹氏的权威日渐失去，司马昭又越来越专横，内心非常气愤，于是写了一首题为《潜龙》的诗。司马昭见到这首诗，勃然大怒，居然在殿上大声斥责曹髦，吓得曹髦浑身发抖，后来司马昭不耐烦了，干脆杀死了曹髦，立曹奂为帝，即魏元帝。曹奂完全听命于司马昭，不过是个傀儡皇帝。但即使是傀儡皇帝，司马氏也觉得碍事，司马昭死后，长子司马炎干脆逼曹奂退位，自己称帝。经过司马懿、司马昭和司马炎三代人的"努力"，终于夺权成功，建立了西晋。

西晋是一个偷来的王朝。这样一个不名誉的王朝，要借助铁腕来维系，那是一定的。所以司马氏的西晋，压抑得喘不过气来。当年曹操杀孔融，孔的两个儿子尚幼，一个九岁，一个八岁，曹操斩草除根，没有丝毫的犹豫，留下了"覆巢之下，焉有完卵"的成语。此时的司马氏，青出于蓝胜于蓝，杀人杀得手酸。"竹林七贤"过得潇洒，嵇康"弹琴咏诗，自足于怀"[9]，刘伶整日捧着酒罐子，放言"死便埋我"，也好玩，但那潇洒里却透着无尽的悲凉，不是幽默，是装疯卖傻，企图借此躲避司马家族的专政铁拳。最终，嵇康那颗美轮美奂的头颅，还是被一刀剁了去。

公元290年，晋武帝死，皇宫和诸王争夺权力，互相残杀，酿成"八王之乱"。对于当时的惨景，虞预曾上书道："千里无烟爨之气，华夏无冠带之人。自天地开辟，书籍所载，大乱之极，未有若兹者。"[10]永嘉五年（公元311年），匈奴攻陷洛阳、掳走晋怀帝，杀王公士民三万余人，这场乱，史称"永嘉之乱"。

20世纪初楼兰遗址陆续出土了一些晋残纸，残纸中，有西晋永嘉元年（公元307年）和永嘉四年（公元310年）的年号，由于罗布泊地区气候干燥，这些晋代残纸虽经千载而纸墨如新，几乎是今人能够目睹的最早的纸墨文字。人们更多是从书法史的意义（由章草向今草过渡）上谈论这些残纸的价值，而忽略了这点画勾勒之间，藏着多少寻常人等的离合悲欢。透过风雨战乱报得一份平安，或许就是他们最微薄也最强烈的愿望。这些裹挟在大历史中的个人史，如旷野上粗粝的民歌，令人热血沸腾，却又风吹即散。其中一札，上面写着：

惟悲剥情……何痛！当奈何？愍念之……

让我想起王羲之《姨母帖》所写：

哀痛摧剥，情不自胜，奈何、奈何……

历史中的名人与无名人，他们的情感、用语，都何其相似！至于这些残纸是谁人所写，写给谁，我们已无从得知，写信人在残纸之外的命运，也已湮没无闻。人已无踪，残书犹在，这也是一种奇迹。它们被西方探险家挖出来，表明这些信札根本不曾寄出，一千七百多年后的我们，竟成了最终的收信人。

公元317年，皇帝司马邺被俘，西晋灭亡。王家的功业，恰是此时建立的，公元318年，王旷、王导、王敦等人推司马睿为皇帝，定都建康[11]，建立东晋。动荡的王朝在建康得到暂时的安顿，社会思想平静得多，各处都加入了佛教的思想。再至晋末，乱也看惯了，篡也看惯了，文章便更和平。与西晋相比，东晋士人不再崇尚形貌上的冲决礼度，而是礼度之内的娴雅从容。昏暗的油灯下，鲁迅恍惚看到了一个好的故事："这故事很美丽，幽雅，有趣。许多美的人和美的事，错综起来像一天云锦，而且万颗奔星似的飞动着，同时又展开去，以至于无穷。"这些美事包括：山阴道上的乌桕，新秋，野花，塔，伽蓝……

所以东晋时代的郊游、畅饮、酬歌、书写，都变得轻快起来，少了"建安七子""竹林七贤"的曲折，连呼吸吐纳都通畅许多。永和九年，暮春之初，不再有奔走流离，人们像风中的渣滓，即使飞到了天边，也终要一点一点地落定，随着这份沉落，人生和自然本来的色泽便会显露出来，花开花落、雁去雁来、雨丝风片、微雪轻寒，都牵起一缕情欲。那份欲念，被生死、被冻饿遮掩得太久了，只有在这清澈的山林水泽，才又被重新照亮。文化是什么？文化是超越吃喝拉撒之上的那丝欲念，那点渴望，那缕求索，是为灵魂准备的酒药和饭食。王羲之到了兰亭，才算是找到了真正的自己，或者说，就在王羲之仕途困顿之际，那份从容、淡定、逍遥，正在会稽山阴之兰亭，等待着他。

会稽山阴之兰亭，种兰的传统可以追溯到春秋时代，据说越王就曾在这里种兰，后人建亭以志，名曰兰亭。而修禊的风俗，则始于战国时代，传说秦昭王在三月初三置酒河曲，忽见一金人，自东而出，奉上水心之剑，口中念道："此剑令君制有西夏。"秦昭王以为是神明显灵，恭恭敬敬地接受了赐赠，此后，强秦果然横扫六合，一统天下。从此，每年三月三，人们都到水边祓祭，或以香薰草蘸水，洒在身上，洗去尘埃，或曲水流觞，吟咏歌唱。所谓曲水流觞，就是在水边建一亭子，在基座上刻下弯弯曲曲的沟槽，把水流引进来，把酒杯斟酒，放到水上，让酒杯在水上浮动，到谁的面前，谁就要举起酒杯，趁着酒液熨过肺腑，吟诵出胸中的诗句。

东晋的酒具，今天在北京故宫博物院是见得到的。比如那件青釉鸡头壶，有一个鸡头状短流，圆腹平底，腹上壁有两桥形系，一弧形柄相接口沿和器身，便于提拿，通体青釉，点缀褐彩，有画龙点睛之妙。这种鸡头壶，始见于三国末期，历经魏晋南北朝，到唐代就消失了，被执壶取代。北京故宫博物院还有一件南朝时期的青釉羽觞，正是曲水流觞中的那只"觞"。它的外形小巧可爱，像一只小船，敏捷灵动，我们可以想象它在水中随波逐流的轻巧婉转，以及饮酒人将它高高擎起，袍袖被风吹动的那副神韵。

一件小小的文物，让魏晋的优雅、江左的风流具体化了，变得亲切可感，也让后世文人思慕不已，甚至大清的乾隆皇帝，也在紫禁城宁寿宫花园的一角，建了一座禊赏亭，企图通过复制曲水流觞的物理空间，体验东晋士人的风雅神韵。在他看来，假若少了这份神韵，这座宫殿纵然雕栏玉砌、钟鸣鼎食，也毫无品位。

或许得不到的永远是最好的，王羲之式的风雅，让后世许多帝王将相艳羡不已，纷纷效仿，与此相比，王羲之最向往的，却是拯救社稷苍生的功业。

与郗璇结婚三年后，王羲之就凭借庾亮等人的举荐，以及自己根红苗正的家世，官至会稽内史、右军将军——"王右军"之名由此而来。但官场的浑浊，容不下一个清风白袖的文人书生。官场上的王羲之，依旧像相亲时一样我行我素。他与谢安一同登上冶城，在谢安悠然远想的时候，他居然批评谢安崇尚虚谈，不务实际："今四郊多垒，宜人人自效，而虚谈费务，浮文妨要，恐非当今所宜。"[12] 还反对妄图通过北伐实现个人野心的桓温、殷浩："以区区吴越经纬天下十分之九，不亡何待？"《晋书》说他"以骨鲠称"[13]，还说他"雅性放诞，好声色"[14]。他入世，却不按官场的既定方针办，他不倒霉，谁倒霉呢？果然，王羲之被官场风暴，径直吹到会稽。

离开政治漩涡建康，让他既失落，又欣慰。他离自己的理想越来越远，却离自然越来越近。即使在病中，他还写下这样的诗句：

> 取观仁嘉乐，
> 寄畅山水阴。
> 清泠涧下濑，
> 历落松竹林。

和朋友们相约雅集的那一天，天朗气清，惠风和畅，桑葚的芬芳飘荡在泥土之上，阳光透过密密匝匝的竹林漏到溪水边，使弯曲的流水变成一条斑驳的花蛇。光线晶莹通透，饱含水汁。落花在风中出没，在光影中流畅地迂回，那份缠绵，看着让人心软。所有的刀光剑影都被隐去了，岁月被这缕阳光抹上一层淡金的光泽。唯有此时，人才能沉下来，呼应着自然的启发，想些更玄远的事情。"仰观宇宙之大，俯察品类之盛，所以游目骋怀，足以极视听之娱，信可乐也。"从这文字里，我们看到王羲之焦灼的表情终于松弛下来。我们看见了他的侧脸，被蝉翼般细腻和透明的阳光包围着，那样的柔和。他忽然间沉默了，他的沉默里有一种长久的力量。

在那一刻，谢安、孙绰、谢万、庾蕴、孙统、郗昙、许询、支遁、李充、袁峤之、徐丰之一干人等，正忙着饮酒和赋诗，他们吟出的诗句，也大抵与眼前的景象相关。其中，谢安诗云：

相与欣佳节，
率尔同褰裳。
薄云罗物景，
微风扇轻航。
醇醪陶元府，
兀若游羲唐。

> 万殊混一象,
> 安复觉彭殇。

孙绰诗云：

> 流风拂枉渚,
> 停云荫九皋。
> 婴羽吟修竹,
> 游鳞戏澜涛。
> 携笔落云藻,
> 微言剖纤毫。
> 时珍岂不甘,
> 忘味在闻韶。

他们或许并不知道，望着眼前的灿烂美景，王羲之在想些关于短暂与永久的话题，也快乐，也忧伤。

儒家学说有一个最薄弱、最柔软的地方，就是它过于关注处理现实社会问题，协调人的关系，而缺少宇宙哲学的形而上思考。它所建构的家国伦理把一代代的中国士人推进官场，却缺少提供对于存在问题的深刻解答。这一缺失，直到宋明理学时代才得到弥补。而在宋明理学产生之前数百年，被权力者边缘化了的知识分子，就已经开始了这种本原性的思考，中国的哲学史，就在这权力的缝隙间获得了生长的空间，为后来理学的诞生奠定了基础。

在宦海中沉浮的王羲之，内心始终缺了一角，此时，面对天地自然，面对更加深邃的时空，他对生命有了超越功利的思考，他心灵中缺失的一角，仿佛得到了弥补，那份快乐自不必说，对于渡尽劫波的王羲之来说，这份快乐，他自会在内心里妥帖收藏；而他的忧伤，则是缘于这份"乐"，来得快，去得也快。因为人的生命，犹如这暮春里的落花，无论怎样灿烂，转眼之间，就会消逝得无影无踪。

花朵还有重新开放的时候，仿佛一场永无止境的轮回，在春风又起的时候，接续它们的前世。所以那花，是值得羡慕的。但是，每当春蚕贪婪地吸吮桑叶上黏稠甜美的汁液，开始一段即将启程的路途，眼前这些活生生的人，可能都已不在人世了。只有那崇山峻岭，茂林修竹，清流激湍，映带左右，千古不会变化。

王羲之特立独行，对什么都可以不在乎，包括官场的进退、得失、荣辱。但有一个问题他却不能不在乎，那就是死亡。死亡是对生命最大的限制，它使生命变成一种暂时的现象，像一滴露、一朵花。它用黑暗的手斩断了每个人的去路。在这个限制面前，王羲之潇洒不起来。魏晋名士的潇洒，也未必是真的潇洒,是麻醉、逃避,甚至失态。在这个问题上,他们并不见得比王羲之想得深入。

所以,当参加聚会的人们准备为那一天吟诵的三十七首诗汇集成一册《兰亭集》,推荐主人王羲之为之作序时,王羲之趁着酒兴,用鼠须笔和蚕茧纸一气呵成《兰亭序》。全文如下:

永和九年,岁在癸丑,暮春之初,会于会稽山阴之兰亭,修禊事也。群贤毕至,少长咸集。此地有崇山峻岭,茂林修竹;又有清流激湍,映带左右,引以为流觞曲水,列坐其次。虽无丝竹管弦之盛,一觞一咏,亦足以畅叙幽情。是日也,天朗气清,惠风和畅,仰观宇宙之大,俯察品类之盛,所以游目骋怀,足以极视听之娱,信可乐也。夫人之相与,俯仰一世。或取诸怀抱,晤言一室之内;或因寄所托,放浪形骸之外。虽趣舍万殊,静躁不同,当其欣于所遇,暂得于己,快然自足,不知老之将至。及其所之既倦,情随事迁,感慨系之矣。向之所欣,俯仰之间,已为陈迹,犹不能不以之兴怀。况修短随化,终期于尽。古人云:"死生亦大矣。"岂不痛哉!每览昔人兴感之由,若合一契,未尝不临文嗟悼,不能喻之于怀。固知一死生为虚诞,齐彭殇为妄作。后之视今,亦犹今之视昔。悲夫!故列叙时人,录其所述,虽世殊事异,所以兴怀，其致一也。后之览者，亦将有感于斯文。

文字开始时还是明媚的，是被阳光和山风洗濯的通透，是呼朋唤友、无事一身轻的轻松。但写着写着，调子却陡然一变，文字变得沉痛起来，真是一个醉酒忘情之人，笑着笑着，就失声痛哭起来。那是因为对生命的追问到了深处，便是悲观。这种悲观，不再是对社稷江山的忧患，而是一种与生俱来又无法摆脱的孤独。《兰亭序》寥寥三百二十四字，却把一个东晋文人的复杂心境一层一层地剥给我们看。于是，乐成了悲，美丽成了凄凉。实际上，庄严繁华的背后，是永远的凄凉。打动人心的，是美，更是这份凄凉。

四

由此可以想见，唐太宗之所以喜爱《兰亭序》，一方面因其在书法史的演变中，创造了一种俊逸、雄健、流美的新行书体，代表了那个时代中国书法的最高水平。赵孟頫称《兰亭》是"新体之祖"，认为"右军手势，古法一变，其雄秀之气出于天然，故古今以为师法"。欧阳询《用笔论》说："至于尽妙穷神，作范垂代，腾芳飞誉，冠绝古今，唯右军王逸少一个而已。"《文渊阁四库全书》中收录的明代项穆的《书法雅言》说："古今论书，独推两晋。然晋人风气，疏宕不羁，右军多优，体裁独妙，书不入晋，固非上流，法不宗王，拒称逸品。"[15] 另一方面因为其文字精湛，天、地、人水乳交融，《古文观止》只收录了六篇魏晋六朝文章，《兰亭序》就是其中之一。但主要还是因为它写出了这份绝美背后的凄凉。我想起扬之水评价生于会稽的元代词人王沂孙的话，在此也颇为适用："他有本领写出一种凄艳的美丽，他更有本领写出这美丽的消亡。这才是生命的本质，这才是令人长久感动的命运的无常。它小到每一个生命的个体，它大到由无数生命个体组成的大千世界。他又能用委曲、沉郁的思笔，把感伤与凄凉雕琢得玲珑剔透。他影响于读者的有时竟不是同样的感伤，而是对感伤的欣赏。因为他把悲哀美化了，变成了艺术。"[16]

唐太宗李世民是一个迷恋权力的人，玄武门之变，他是踩着哥哥李建城的尸首当上皇帝的，但他知道，所有的权力，所有的荣华，所有的功业，都不过是过眼云烟，他真正的对手，不是现实中的哪一个人，而是死亡，是时间，如海德格尔所说："死亡是此在本身向来不得不承担下来的存在可能性""作为这种可能性，死亡是一种与众不同的悬临。"[17] 艾玛纽埃尔·勒维纳斯则说："死亡是行为的停止，是具有表达性的运动的停止，是被具有表达性的运动所包裹、被它们所掩盖的生理学运动或进程的停止。"[18] 他把死亡归结为停止，但在我看来，死亡不仅仅是停止，它的本质是终结，是否定，是虚无。

虚无令唐太宗不寒而栗，死亡将使他失去他业已得到的一切，《兰亭序》写道："况修短随化，终期于尽。古人云：'死生亦大矣。'岂不痛哉！"这句一定令他怵然心惊。他看到了美丽之后的凄凉，会有一种绝望攫取他的心，于是他想抓住点什么。

他给取经归来的玄奘以隆重的礼遇，又资助玄奘的译经事业，从而为中国的佛学提供了一个新的起点，我们无法判断唐太宗的行为中有多少信仰的成分，但可以见证他为抗衡人生的虚无所做的一份努力，以大悲咒对抗人生的悲哀和死亡的咒语。他痴迷于《兰亭序》，王羲之书法的淋漓挥洒自然是一个不可小觑的因素，但更重要的原因却在于它道出了人生的大悲慨，触及他最敏感的那根神经，就是存在与虚无的问题。在这一诘问面前，帝王像所有人一样不能逃脱，甚至于，地位愈高、功绩愈大，这一诘问，就越发紧追不舍。

从这个意义上说，《兰亭序》之于唐太宗，就不仅仅是一幅书法作品，而成为一个对话者。这样的对话者，他在朝廷上是找不到的。所以，他只能将自己的情感，寄托在这张字纸上。它墨迹尚浓、酒气未散，甚至于永和九年暮春之初的阳光味道还弥留在上面，所有这一切的信息，似乎让唐太宗隔着两百多年的时空，听得到王羲之的窃窃私语。王羲之的悲伤，与他悲伤中疾徐有致的笔调，引发了唐太宗，以及所有后来者无比复杂的情感。

一方面，唐太宗宁愿把它当作一种"正在进行时"，也就是说，每当唐太宗面对《兰亭序》的时候，都仿佛面对一个心灵的"现场"，让他置身于永和九年的时光中。东晋文人的洒脱与放浪，就在他的身边发生，他伸手就能够触摸到他们的臂膀。

另一方面，它又是"过去时"的，它不再是"现场"，它只是"指示"（denote）了过去，而不是"再现"（represent）了过去，这张纸从王羲之手里传递到唐太宗的手里，时间已经过去了两百多年，它所承载的时光已经消逝，而他手里的这张纸，只不过是时光的残渣、一个关于"往昔"的抽象剪影、一种纸质的"遗址"。甚至不难发现，王羲之笔画的流动，与时间之河的流动有着相同的韵律，不知是时间带走了他，还是他带走了时间。此时，唐太宗已不是参与者，而只是观看者，在守望中，与转瞬即逝的时间之流对峙着。

《兰亭序》是一个"矛盾体"（paradox），而人本身，不正是这样的"矛盾体"吗？对人来说，死亡与新生、绝望与希望、出世与入世、迷失与顿悟，在生命中不是同时发生，就是交替出现。总之它们相互为伴，像连体婴儿一样难解难分，不离不弃。

当然，这份思古幽情，并非唐太宗独有，任何一个面对《兰亭序》的人，都难免有感而发。但唐太宗不同的是，他能动用手里的权力，巧取豪夺，派遣监察御史萧翼，从辩才和尚手里骗得了《兰亭序》的真迹，从此"置之座侧，朝夕观览"[19]。唐代何延之《兰亭记》详细记载了这一过程。[20]

他还命令当朝著名书法家临摹，分赐给皇太子和王公大臣。唐太宗时代的书法家们有幸，目睹过《兰亭序》的真迹，这份真迹也不再仅仅是王氏后人的私家收藏，而第一次进入了公共阅读的视野。

这样的复制，使王羲之的《兰亭序》第一次在世间"发表"。只不过那时的印制设备，是书法家们用以描摹的笔。唐太宗对它的巧取豪夺，是王羲之的不幸，也是王羲之的大幸。而那些临摹之作，也终于跨过了一千多年的时光，出现在故宫午门的展览中。其中，我们目前能够看到的最早的摹本是虞世南的摹本，以白麻纸张书写，笔画多有明显勾笔、填凑、描补痕迹；最精美的摹本，是冯承素摹本，卷首因有唐中宗"神龙"年号半玺印，而被称为"神龙本"，此本准确地再现了王羲之遒媚多姿、神清骨秀的书法风神，将许多"破锋"[21]、"断笔"[22]、"贼毫"[23]等，都摹写得生动细致，一丝不苟。

千年之后，被称为"元四家"的大画家倪瓒在题王羲之《七月帖》时写下这样的话：

> 右军书在唐以前未有定论，观太宗力辨萧子云之书，可以知当时好□之所在矣。自后，士大夫心始厌服，

> 历千百年无有异者。而右军之书，谓非太宗鉴定之力乎？……[24]

而王羲之《兰亭序》的真迹，据说则被唐太宗带到了坟墓里。或许，这是他在人世间最后的不舍。临死前，他对儿子李治说："吾欲从汝求一物，汝诚孝也，岂能违吾心也？汝意如何？"他对儿子最后的要求，就是让儿子在他死后，将真本《兰亭序》殉葬在他的陵墓里。李治答应了他的要求，从此"茧纸藏昭陵，千载不复见"。

或许，这张茧纸，为他平添了几许面对死亡的勇气，为死后那个黑暗世界，博得几许光彩。或许在那一刻，他知道了自己在虚无中想抓住的东西是什么——唯有永恒的美，能够使他从生命的有限性中突围，从死亡带来的巨大幻灭感中解脱出来。赫伯特·曼纽什说："一切艺术基本上也是对'死亡'这一现实的否定。事实证明，最伟大的艺术恰恰是那些对'死'之现实说出一个否定性的'不'字的艺术。"[25]

唐太宗以他惊世骇俗的自私，把王羲之《兰亭序》的真迹带走了，令后世文人陷入永久的叹息而不能自拔。它仿佛在人们视野里出现又消失的流星，仿佛一场风花雪月又转眼成空的爱情，令人缅怀，又无法证明。

它是一个传说、一缕伤痛、一种想象，朝朝暮暮朝朝，模糊而清晰地存在着。慢慢地，它终又变成一个无法被接受的现实、一场走遍天涯路也不愿醒来的大梦，于是各种新的传说应运而生。有人说，唐太宗的昭陵后来被一个"盗墓狂"盗了，这个人，就是五代后梁时期统辖关中的节度使温韬。《新五代史》记载，温韬曾亲自沿着墓道潜进昭陵墓室，从石床上的石函中，取走了王羲之的《兰亭序》。据说，那时的《兰亭序》，笔迹还像新的一样。宋人所著《江南余载》证实了这一点，说：昭陵墓室"两厢皆置石榻，有金匣五，藏钟王墨迹，《兰亭》亦在其中。嗣是散落人间，不知归于何所"。

如果这些史料所记是真，那么，《兰亭序》在唐太宗死后，又死而复生，继续着它在人间的旅程。在宋人《画墁集》中，我们又能查到它新的行踪：在宋神宗元丰末年，有人从浙江带着《兰亭序》的真本进京，准备用它在宋神宗那里换个官职，没想到半路听闻宋神宗驾崩的消息，就干脆在途中把它卖掉了。这是我们今天能够打探到的关于真本《兰亭序》的最后的消息，它的时间，定格在公元1085年。

五

但人们依然想把它"追"回来，他们发明了一种新的方式去"追"，那就是临摹。

临,是临写;摹,则是双勾填墨的复制方法。与临本相比,摹本更加接近原帖,但对技术的要求极高。唐太宗时期,冯承素、赵模、诸葛贞、韩道政、汤普彻等人都曾用双勾填墨的方法对《兰亭序》进行摹写,而欧阳询、虞世南、褚遂良、刘秦妹等则都是临写。宋高宗赵构将《兰亭序》钦定为行书之宗,并通过反复临摹、分赐子臣的方式加以倡导,使对《兰亭序》摹本的收藏成为风气,元明清几乎所有重要的书法家,包括赵孟頫、俞和临,明代祝允明、文徵明、董其昌,清代陈邦彦等,都前赴后继,加入到浩浩荡荡的临摹阵营中,使这场临摹运动旷日持久地延续下去。他们密密麻麻在站在一起,仿佛依次传递着一则古老的寓言。

他们不像唐朝书法家那样幸运,已经看不到《兰亭序》的真迹,他们的临摹,是对摹本的临摹,是对复制品的复制,他们以这样的方式,完成对《兰亭序》的重述。

但这并非机械的重复,而是在复制中,渗透进自己的风格和时代的审美趣味,这些仿作,见证了"一切历史都是当代史"这一真理。于是有了陈献章行书《兰亭序》卷、八大山人行书《临河叙》轴这些杰出的作品。清末翁同龢在团扇上书写赵孟頫《兰亭十三跋》中的一段跋语,虽小字行书,亦得沉着苍健之势;无独有偶,他的政治对手李鸿章,也酷爱《兰亭序》,年过七旬,依旧"不论冬夏,五点钟即起,有家藏一宋拓兰亭,每晨必临摹一百字,其临本从不示人"[26]。

于是,《兰亭序》借用了一代又一代人的手,反反复复地进行着表达。王羲之的《兰亭序》,像一个人一样,经历着成长、蜕变、新陈代谢的过程。在不同的时代,呈现出不同的形状。这些作品,许多为北京故宫博物院收藏,许多亦在午门的"兰亭特展"上一一呈现。它们与我近在咫尺,艺术史上那些大家的名字,突然间密密匝匝地排在一起,让我屏住呼吸,不敢大声出气,而面前的玻璃幕墙,又以冰冷的语言告诉我,它们身份尊贵,不得靠近。

这时我突然想到一个问题——历代文人,为什么对一片字纸如此情有独钟,以至于前赴后继地参与到一项重复的工作中?写字,本是一种实用手段,在中国,却成为一种独特的视觉艺术——西方人也讲究文字之美,尤其在古老的羊皮书上,西方字母总是极尽修饰之能事,但他们的书法,与中国人相比,实在是简陋得很,至于日本书法,则完全是从中国学的。世界上没有一种文化,像中国这样陷入深深的文字崇拜。这种崇拜,通过对《兰亭序》的反复摹写、复制,表现得无以复加。

公元6世纪的一天,一个名叫周兴嗣的员外散骑侍郎突然接到梁武帝的一道圣旨,要他从王羲之书法中选取一千个字,编纂成文,供皇子们学书之用,要求是这一千个字不可重复。这一要求看上去并不苛刻,实际上难度极高。

周兴嗣煞费苦心,终于完成了领导交给他的光荣任务,美中不足,是全篇有一个字重复,就是"洁"字(洁、絜为同义异体字)。因此,此篇《千字文》实际上只收选了王羲之书写的九百九十九个字。但不论怎样,中国历史上有了第一篇《千字文》。从此开始,每代人开蒙之际,都会读到这样的文字:"天地玄黄,宇宙洪荒。日月盈昃,辰宿列张。寒来暑往,秋收冬藏……"

朗朗的诵读之声,一直延续到20世纪中叶,在十四个世纪里从未中断。于是,每个人在学习知识的起始阶段,都会与那个遥远的王羲之相遇,王羲之的字,也成为每一代中国人的必修课,灌注到中国人的生命记忆和知识体系中。古老的墨汁,在时光中像酒一样发酵,最终变成血液,供养着每个生命个体的成长。后来,《千字文》又不断变形,仿佛延续着一项古老的文字游戏,出现了《续千字文》《叙古千字文》《新千字文》等不同版本。

中国人把自己对文字的这种崇拜,毫无保留地寄托到王羲之的身上。原因是文字在中国文化中占有绝对的中心地位,它的地位,比图像更加重要,也可以说,文字本身就是图像,因为汉字本身就是在象形的基础上创造出来的。李泽厚说:"汉字书法的美也确乎建立在从象形基础上演化出来的线条章法和形体结构之上,即在它们的曲直适宜,纵横合度,结体自如,布局完满。"[27]

中国人把对世界、对生命的全部认识都容纳到自己的文字中，黑白二色，犹如阴阳二极，穷尽了线条的所有变化，而线条飞动交会时的婉转错让，也容纳了宇宙的云雨变幻、人生的聚散离合。即使在宗教的世界，文字的权威也显露无遗，比如佛教史上重要的北京房山石经山雷音洞，并不像一般佛教洞窟那样，在洞壁上进行彩绘，而是以文字代替图像，在洞壁上镶嵌了大量的刊刻佛经，秘密恰在于文字是中国文化的核心。密密麻麻的文字，以中文讲述着来自印度的佛教经典，这种以文字代替图像的做法，也被视为"佛教中国化的另一种方式"[28]。

除了摹本，《兰亭序》还以刻本、拓本的形式复制、流传。刻本通常是刻在木板或石材上，而将它们捶拓在纸上，就叫拓本。仅北京故宫博物院收藏的《兰亭序》刻本，数量超过三百，刻印时间从宋代一直延续到清代，源远流长，仅"定武兰亭"系统，就分成：日本东京国立博物馆藏"吴炳本""孤独本"，北京故宫博物院藏"落水兰亭""春草堂本"，台北故宫博物院藏"定武兰亭真拓本"等。支脉繁多，令人眼花缭乱。

画家也是不甘寂寞的，他们不愿意在这场追怀古风的运动中落伍。于是，一纸画幅，成了他们寄托岁月忧思的场阈。仅《萧翼赚兰亭图》，就有多件流传至今，其中有台北故宫博物院藏南唐巨然《萧翼赚兰亭图》卷、辽宁省博物馆藏宋人《萧翼赚兰亭图》卷、北京故宫博物院藏宋人《萧翼赚兰亭图》卷、北京故宫博物院藏明人《萧翼赚兰亭图》轴。四幅不同朝代的同题作品，在午门的"兰亭大展"上完美合璧。此外，还可看到宋代梁楷的《右军书扇图》卷、明代文徵明的《兰亭修禊图》卷等画作，不断对这一经典瞬间进行回溯和重放，各自在视觉空间中挽留属于东晋的诗意空间。还有更多的兰亭画作没有流传到今天。比如，宋徽宗命令编撰的、记录宫廷藏画的《宣和画谱》中，就记录了颜德谦的《萧翼取兰亭图》卷，"风格特异，可证前说，但流落未见"[29]。

画家的参与，使中国的书法史与绘画史交相辉映。这至少表明照搬西方的学科分类对中国艺术进行分科，是不科学的，因为中国书法和绘画，是那么紧密地缠绕在一起，像骨肉筋血，再精密的手术刀也难以将它们真正切割。

《兰亭序》的辐射力并没有到此为止。在北京故宫博物院的藏品中，除了兰亭墨迹、法帖、绘画外，还有一些宫殿器物，延续着对兰亭雅集的重述。它们有一部分是御用实用器物，如御用笔、墨、砚等；也有一部分是陈设性和纯装饰性器物，如明代漆器、瓷器等。有关兰亭的神话，就这样一步步升级，并渗透到宫廷的日常生活中。

北京故宫博物院所藏御用实物器物中，清乾隆款剔红曲水流觞图盒堪称精美绝伦。此盒为蔗段式，子母口，平底，通体髹红漆，盒内及外底髹黑漆，盖面雕《曲水流觞图》，盖面边沿雕连续回纹，盖壁和盒壁均刻六角形锦纹，盖内中央刀刻填金楷书"流觞宝盒"器名款，外底中央刀刻填金楷书"大清乾隆年制"款。

清代宫廷版的兰亭器物也很多，文房用品中，有一件乾隆时期的竹管兰亭真赏紫毫笔，笔管上刻有蓝色"兰亭真赏"四字阴文楷书，笔管逐渐微敛。以兰亭为主题的墨、砚也很多。兰亭的精气神，就这样通过笔墨，流传千年。

这些文房用具中，我最喜欢的，是那件清小松款竹雕云鹤图笔筒，此筒为圆体，筒壁很薄，镶木口，口稍稍外倾，筒身上以细腻的镂雕和浅浮雕方式，刻画出王羲之坐在榻上、凝神写字时的形象。他的身旁，有一位侍女捧茶侍立，还有一位鹑衣妇人提插扇竹器，在一旁静候。背面雕着池水，有两只鹅在水中游弋，一小童在池边洗砚，还有一小童正在扇火烹茶，一缕一缕的烟气在升腾，白鹤在云烟里飞舞出没。湖石上有两个阴刻篆书"小松"，盘旋在笔筒的外壁上。雕刻中的人物分为三组，或相携而行，或亭榭聚谈，或临水饮酒，样貌生动无比。笔筒全身的雕刻繁复精密，镂空处琢磨细腻光润，极富立体效果。尤其随着视角的变化，各场景相互勾连，巧妙错落，使画面有如梦境一般变化无穷。

除了上述实物器物，还有一些装饰性器物，如兰亭玉册、兰亭如意、玉山子、插屏、漆宝盒等。这些器物，大多是螺蛳壳里做道场，于细微中见精深。比如那件青玉兰亭修禊山子（即玉石雕刻），雕刻的人物众多，形态各异，最宽处却只有31.5厘米；而那件雕刻了《兰亭序》全文的乾隆款碧玉兰亭记双面插屏，也只有18厘米。它们不是以宏大来征服人，而是以小来震撼人。

《兰亭序》，一页古老的纸张，就这样形成了一条漫长的链条，在岁月的长河中环环相扣，从未脱节。在后世文人、艺术家的参与下，《兰亭序》早已不再是一件孤立的作品，而成为一个艺术体系，支撑起古典中国的艺术版图，也支撑着中国人的艺术精神。它让我们意识到，中国传统文化是一个强大的有机体，有着超强的生长能力，而中国的朝代江山，又给艺术的生长提供了天然土壤。

在这样一个漫长的链条上，摹本、刻本、拓本（除了法书之外，上述画作也大多有刻本和拓本传世），都被编入一个紧密相连的互动结构中。白纸黑字的纸本，与黑纸白字的拓本的关系，犹如昼与夜、阴与阳，互相推动、互相派生和滋长，轮转不已，永无止境。中国的文字和图像，就这样在不同的材质之间辗转翻飞，摇曳生姿。如老子所说"一生二，二生三，三生万物"[30]，周而复始，衍生不息。

中文的动词没有时态的变化，那是因为在中国人的精神结构里，时间的概念是模糊不清的；过去、现在、未来的关系，有如流水，很难被斩断；所有的过去，都可能在现实中翻版，而所有的现实，也将无一例外地成为未来的模板。

西方人则不同，他们对于时态的变化非常敏感。对他们来说，过去是过去，现在是现在，将来是将来，它们是性质不同的事物，各自为政，不能混淆、替代。在他们那里，时间是一个科学的概念，它是线性的，一去不回头，而对于中国人来说，时间则更像一个哲学的概念。

于是，中国人在循环中找到了对抗死亡的力量，因为所有流逝的生命和记忆都在循环中得以再生。《兰亭序》的流传过程，与中国人的时间观和生命观完全同构——每一次死亡，都只不过是新一轮生命的开始。

对中国人来说，时间一方面是单向流动的，如孔子所说"逝者如斯夫，不舍昼夜"；另一方面，又是循环往复的，它像水一样流走，但在流杯渠中，那些流走的水还会流回来。因此，面对生命的流逝，中国人既有文学意义上的深切感受，又能从过去与未来的二元对立中解脱出来，获得哲学意义上的升华超越。

"思笔双绝"的王沂孙曾写："把酒花前，剩拼醉了，醒来还醉。"一场醉，实际上就是一次临时死亡，或者说，是一次死亡的预演。而醉酒后的真正快乐，则来源于酒后的苏醒，宛若再生，让人体会到来世的滋味。也就是说，在死亡之后，生命能够重新降临在我们身上。

　　面对着这些接力似的摹本,我们已无法辨识究竟哪一张更接近它原初的形迹,但这已经不重要了。永和九年暮春之初的那个晴日,就这样在历史的长河中被放大了。它容纳了一千多年的风雨岁月,变得浩荡无边,一代又一代的艺术家把个人的生命投入进去,转眼就没了踪影。但那条河仍在,带着酒香,流淌到我的面前。

　　艺术是一种醉,不是麻醉,而是能让死者重新醒来的那种醉。这一点,已经通过《兰亭序》的死亡与重生,得到清晰的印证。在这个世界上,还找不出一个人能够真正地断送《兰亭序》在人间的旅程。王羲之或许不会想到,正是他对良辰美景的流连与哀悼,对生命流逝、死亡降临的愁绪,使一纸《兰亭序》从时间的囚禁中逃亡,获得了自由和永生。而所有浩荡无边的岁月,又被压缩、压缩,变得只有一张纸那么大,那么的轻盈灵动。

　　它们的轻,像蝉的透明翅膀,可以被一缕风吹得很远。但中国人的文化与生命,就是在这份轻灵中获得了自由,不像西方,以巨大的石质建筑,宣示与自然的分庭抗礼。

　　中国文化一开始也是重的,依托于巨大的青铜器和纪念碑式的建筑(比如长城),通过外在的宏观控制人们的视线,文字也附着在青铜礼器之上,通过物质的不朽实现自身的不朽,文字因此拥有了神一般的地位。最早的语言——铭文，也借助于器物，与权力紧紧地结合在一起。

纸的发明改变了这一切，它使文字摆脱了权力的控制，与每个人的生命相吻合，书写也变成均等的权力。自从纸张发明的那一天，它就取代了青铜与石头，成为文字最主要的载体，汉字的优美形体，在纸页上自由地伸展腾挪。在纸页上，中国文字不再带有刀凿斧刻的硬度，而是与水相结合，拥有了无限舒展的柔韧性，成了真正的活物，像水一样，自由、潇洒和率性。它放开了手脚，可舞蹈、可奔走，也可以生儿育女。它们血脉相承的族谱，像一株枝桠纵横的大树，清晰如画。

当一场展览将这十几个世纪里的字画卷轴排列在一起，我们才能感觉到文字水滴石穿一般的强大力量。纸张可以腐烂、可以被焚毁，但那些消失的字，却可以出现在另一张纸上，依此类推，一步步完成跨越千年的长旅。文字比纸活得久，它以临摹、刻拓的方式，从死亡的控制下胜利大逃亡。仅从物质性上讲，纸的坚固度远远比不上青铜，但它使复制和流传变得容易，文字也因为纸的这种属性而获得了真正意义上的永恒。当那些纪念碑式的建筑化作了废墟，它们仍在。它们以自己的轻，战胜了不可一世的重。

"繁华短促，自然永存；宫殿废墟，江山长在。"[31] 那一缕愁思、一抹柔情，都凝聚在上面，在瞬间中化作了永恒。一幅字，以中国人的语法，破解了关于时间和死亡的哲学之谜。

六

王羲之死了，但他的字还活着，层层推动，像一支船桨，让其后的中国艺术有了生生不息的动力，又似一朵浪花，最终奔涌成一条波澜壮阔的大河。那场短暂的酒醉，成就了一纸长达千年、淋漓酣畅的奇迹。《兰亭序》不是一幅静态的作品、一件旧时代的遗物，而是一幅动态的作品，世世代代的艺术家都在上面留下了自己的生命印迹。如果说时间是流水，那么这一连串的《兰亭》就像曲水流觞，酒杯流到谁的面前，谁就要端起这只杯盏，用古老的韵脚抒情。而那新的抒情者，不过是又一个王羲之而已。死去的王羲之，就这样在以后的朝代里，不断地复活。

由此我产生了一个奇特的想象——有无数个王羲之坐在流杯亭里，王羲之的身前、身后、身左、身右，都是王羲之。酒杯也从一个王羲之的手中，辗转到另一个王羲之的手中。上一个王羲之把酒杯递给了下一个王羲之，也把毛笔，传递给下一个王羲之。这不是醉话，也不是幻觉，既然《兰亭序》可以被复制，王羲之为何不能被复制？王羲之身后那些接踵而来的临摹者，难道不是死而复生的王羲之？大大小小的王羲之、长相不同的王羲之、来路各异的王羲之，就这样在时间深处济济一堂。很多年后，我来到会稽山阴之兰亭，迎风坐在那里，一扭身，就看见了王羲之，他笑着，把一支笔递过来。这篇文章，就是用这支笔写成的。

(本文选自《故宫的书法风流》，人民文学出版社，2021年版)

血色文稿

置身这不完美的人间，心里守着一个完美的标准，并一笔一画地把它写出来，这，就是颜真卿了。

一

2019年年初，日本东京国立博物馆举办"颜真卿：超越王羲之的名笔"（顔真卿：王羲之を超えた名筆）特别展[1]，从台北故宫博物院借来了《祭侄文稿》，使台北故宫深陷借展风波，也让这件颜真卿的书法名帖成为舆论焦点。据云，1月16日开始的展览，在第二十四天就迎来了十万名观众，比六年前的"书圣王羲之"大展早了八天。排队两小时，只看十秒钟（因有工作人员轻声提醒排队人群"不得停留"），却无人抱怨，相反，每个人的脸上都洋溢着满足的神色。我相信这十秒，对于他们而言,已成生命中至为珍贵、至为神圣的时刻,有人甚至准备了大半生。报道上说,有一位来自香港的五十七岁观众,七岁开始写颜体字,认识颜真卿五十年,却"从来没想过这辈子竟然有机会能近距离看到《祭侄文稿》"[2]。还有人说:"由于工作人员不断催请移动,致无法细观展品,笔者夫妇不得不反复排队,竟连续达十余次之多。"[3]看展的观众,大多都衣着正式,屏气凝神,仿佛参加一场神圣的典礼。透过斜面高透玻璃俯身观看的一刹,他们与中国历史上最珍贵的一页纸相遇了。一个展览,让写下它的那个人,在一千三百多年后,接受十余万人的注目礼。

我本欲专程去东京看展,没想到四十天的展览时间在我的新年忙碌中倏然而过,想起来时,已悔之晚矣。三月的暖阳里,我到郑州松社,去偿还一次许诺已久的演讲。没有想到,一位名叫令洋的读者,竟专程从西安赶来听讲,还给我带来了他从日本带回的"颜真卿特别展"宣传页、展出目录以及画册,可见"九〇后"的年轻人,也有人如此深爱传统。我还没想到,一场演讲,我竟得到了如此丰厚的回报。

离开郑州的飞机上,我盯着纸页上的《祭侄文稿》反复打量。我觉得自己也很幸运,因为我不只有十秒,我的时间几乎是无限的,《祭侄文稿》就在我的手里,想怎么看就怎么看,想看多久就看多久。一千三百多年前出生的颜真卿,此刻就近在眼前。我可以从容地、细致地观察颜真卿的提笔按笔、圈圈画画，体会它的疏疏密密、浓浓淡淡。一篇文稿，因出自颜真卿的手笔而拥有了不朽的力量。我突然想，《祭侄文稿》在时间中传递了十几个世纪，而书写它的时间，或许只有十秒，或者一分钟。

二

写下《祭侄文稿》时，颜真卿刚好五十岁。

写下此文时，我也五十岁。我与颜真卿是"同龄人"。

但我的五十岁和颜真卿的五十岁，隔着月落星沉、地老天荒。

颜真卿五十岁时，他生活的朝代刚好迎来"至暗时刻"。

一场战争，把盛唐拖入泥潭。

我们都知道，那是"安史之乱"。

在承平年代生活久了的人，是无法想象战乱的痛苦的，像20世纪的战乱，即使我们通过各种影像一再重温，却依旧是一知半解，没有切肤之痛。非但不痛，那些战火纷飞的大场面，甚至让我们感到刺激与亢奋。我们是带着隔岸观火的幸灾乐祸来观看战争的，因为战争越是惨烈就越有观赏性，这也是战争大片的票房居高不下的原因所在。看热闹不嫌事儿大，这是时间赋予人们的优越感，每一个和平年代的居民，都会有这样的优越感，连唐朝皇帝李隆基也不例外，因为在他的朝代里，战争早已是明日黄花。自从公元618年李渊在长安称帝，建立大唐王朝，一百三十七年来，这个王朝从来没有发生过大规模的战争，皇室内部的夺权斗争，以及"不教胡马度阴山"的民族战争不计在内。因此，所有的战争，在他眼里都变成了一部传奇，他自己，永远只是一名观众。也因此，当一匹快马飞越关山抵达临潼，把安禄山起兵造反的消息报告给唐玄宗时，唐玄宗一下子就蒙圈了，脸上分明写着四个字：我，不，相，信！

那是大唐天宝十四载（公元755年）十一月十五日，唐玄宗正与杨贵妃一起在泡温泉，他的眼里，只有"芙蓉如面柳如眉"[4]、"肌理细腻骨肉匀"[5]。华清池的云遮雾罩里，他听不见"渔阳鼙鼓"，看不见远方的生灵涂炭、血肉横飞。这注定是一场空前惨烈的战争，惨烈到完全超乎唐玄宗的想象。这场战争不仅将要持续八年，而且像一台绞肉机，几乎将所有人搅进去，让每一个人，都经历一次家破人亡的惨剧，连唐玄宗自己也不例外。对于战争的亲历者而言，战争从来不是一场游戏，更不是在戏台上唱戏，而是生与死的决斗，是血淋淋的现实，是一场醒不过来的噩梦。此时，在芳香馥郁的华清池，在"侍儿扶起娇无力"[6]的销魂时刻，在帝国的另一端，安禄山的叛军已从今天的北京、唐朝时被称为范阳的那座边城，军容浩荡地出发，迅速荡涤了河北、河南，仅用三十三天，就攻陷了大唐王朝的东京洛阳,灯火繁华的"牡丹之都",立刻变成一片血海。那血在空中飞着,在初冬的雨雪里飘着,落在旷野里的草叶上,顺着叶脉的抛物线缓缓滑落,在夕阳的光线中显得晶莹透亮,轻盈的质感,有如华清池温泉里漂浮的花瓣。

连远在庐山隐居的李白都闻到了那股血腥味,于是写下这样的诗句:

> 俯视洛阳川,
> 茫茫走胡兵。
> 流血涂野草,
> 豺狼尽冠缨。[7]

安禄山用他的利刃在帝国的胸膛上划出一道深深的伤口。直到那时,早已习惯了歌舞升平的人们才意识到,所谓的盛世,竟是那样虚幻。和平与战乱,只隔着一张纸。

那个派人千里迢迢送来一张纸、惊破唐玄宗一帘幽梦的人,正是颜真卿。

三

假若没有"安史之乱",颜真卿无疑也会沿着"学而优则仕"

的既定路线一直走下去。颜真卿三岁丧父，十个兄妹（含颜真卿在内）全由母亲养大，家境算得上贫寒了。但穷人的孩子早当家，加之颜真卿出身于书香世家，父亲颜惟贞生前曾任太子文学，所以颜真卿自幼苦读，苦练书法，是品学兼优的"三好学生"。

开元二十一年（公元733年），安禄山三十一岁，还在张守珪手下当"丘八"；李白三十三岁，正在洛阳、襄汉、安陆之间漂着，距离进入长安城还有十年时间；杜甫二十二岁，也在吴越晃荡着，丝毫没有进入文学史的迹象；颜真卿二十五岁，却已通过国子监考试。一年后，又进士及第。开元二十四年（公元736年），颜真卿通过吏部考试，被朝廷授予朝散郎、秘书省著作局校书郎，算是正式参加工作，踏上光荣的仕途。在这一点上，他比上述几人更加幸运。更有意思的是，三十年后，他成为吏部的最高长官——吏部尚书，考试录用公务员，正是吏部的工作内容之一。

颜真卿是在天宝十二载（公元753年）到平原郡任太守的。平原郡，在今天山东德州一带，那里正是范阳节度使安禄山管辖的地盘。国子监考试已经过去了二十年，经过了二十年的折腾，安禄山已经成为颜真卿的上级领导，不仅统辖平卢、范阳、河东三镇，而且如前所述，在唐玄宗面前奋力一哭，哭出了一个左仆射的职务，相当于中央领导了。所以，两年后，安禄山造反,就命令他的手下、平原郡太守颜真卿率领七千郡兵驻守黄河渡口。颜真卿就利用这个机会,派人昼夜兼程,将安禄山反叛的消息送给唐玄宗。

自这一天开始,身为文臣的颜真卿,就和战争打起了交道。当唐玄宗兀自哀叹"河北二十四郡,岂无一忠臣乎"[8],颜真卿已经组织起义军和叛军周旋。我们再也看不到那个舞文弄墨的文人秀士,我们只看到一个满脸血污的将军,在寒风旷野中纵马疾行。

四

人与人的区别,有时比人与其他动物的区别都大,尤其在各种文明汇聚的唐代,各种价值观"乱花渐欲迷人眼",让人眼花缭乱。颜真卿与安禄山,虽是同事,而且是同龄人("安史之乱"爆发时颜真卿四十七岁,安禄山五十三岁),价值观却有天壤之别。

安禄山是商人习性,有奶就是娘,没奶了六亲不认。在他心里,终极价值只有一个,那就是利益。加上他是胡人血统,受儒家观念影响很小,他是带着异域之风进入中原,进而影响到中国史的。颜真卿则不同,他出生于京兆万年县敦化坊,听名字就知道,那里是中原文明的中心地带。尽管在颜真卿生活的年代，儒家价值观被流动的异族文化信仰所稀释，但在大河两岸、长安周边，传统价值依旧保持着它应有的浓度。唐玄宗把长安所在的雍州改为京兆府，京兆府的首长为京兆尹，万年、长安，都是京兆府下的县，这些名字，也都渗透出对帝国长治久安、万年永祚的祈福，敦化坊的名字，来自儒家文化的经典文献《中庸》，在今天读来，依旧那么温柔敦厚。《中庸》说"小德川流，大德敦化"[9]，意思是要以道德教化使民风淳厚，让我想到杜甫的两句诗"致君尧舜上，再使风俗淳"[10]，政治清明、民风淳厚，仍然是那时人们的心理期待。颜真卿虽然父丧家贫，但自幼在这样的环境中长大，又饱读诗书，他的心中，早已形成了超越个人生命价值之上的族群价值，让他的生命超越生物意义层面而上升到信仰层面。

有人会问：那个被众多美女和佞臣阉宦所簇拥着的皇帝，是否值得去效忠？张锐锋曾说："皇帝实质上是被飞龙盘绕和锦衣包裹着的空洞的概念，却成为勇士们赴死的理由。"[11]但在颜真卿的心里不只有对皇帝的忠，他心里还有孝，因为"孝者德之本"，连唐玄宗，都颁布了他的《孝经注》。忠和孝，背后都是爱，只不过那时的中国人不说爱，只说仁，孔子说过，"仁者，爱人"，不只爱皇帝，亦爱百姓，爱天下的苍生。所以儒家讲仁、义、道、德，不是宣扬愚忠，而是讲天地大爱。假如愚忠，孔子就不会在诸侯之间跑来跑去了。没有仁、义、道、德，天就会塌下来，人就只是一堆皮囊。孔子坚信，"天不变，道亦不变"，那"道"，让他为自己世俗的肉身找到了崇高的依托。

因此，颜真卿与安禄山离得再近，也不可能在一个槽里争食。颜真卿虽比安禄山官小，但他的人生不可能被安禄山绑架。自己的人生，当然要自己做主。这一点，或许是安禄山想不到的。他不明白除了欲和利，颜真卿还需要什么。如此，当安禄山统帅他的大军，势如破竹，攻下东都洛阳，又破了潼关，准备直入帝都长安，安禄山万万没想到自己后院起火，平原郡太守颜真卿和常山郡太守颜杲卿同时"谋反"。

颜杲卿和颜真卿兄弟造的是安禄山的反。安禄山曾命颜真卿防守黄河渡口，这让他在大战之前，有机会直面大地上的江河。万古江河，或许会让他想起孔夫子的那句名言："逝者如斯夫，不舍昼夜。"那一刻，他一定会考虑，这世界上有哪些东西会被这大河裹挟而去，哪些将会留下，化作永恒。那或许是一次与圣哲对话的机会，他觉得离孔子很近，离河流所象征的祖先血脉很近。

我不知道颜真卿在做出决定时有没有犹豫，像他这样有坚定信仰的人，是否也有"狠斗私字一闪念"的过程？毕竟，安禄山是强大的，像他庞大的身躯一样不可小觑。他再看不起安禄山，也不能看不起安禄山的军队——它被称为"幽蓟锐师""渔阳突骑"，连中央军都对它望而生畏。后来的事实证明，连哥舒翰这样一位老将都不是他的对手。在潼关一败涂地，协助哥舒翰防守潼关的大诗人高适（时任监察御史）赶忙逃回长安。

潼关一失，哥舒翰的二十万大军中，坠黄河死者数万，以至于多年后，诗人杜甫从战场经过，"寒月照白骨"[12]的景象依然令他毛骨悚然。颜真卿自己以卵击石，又有多大意义？

但我能看到的历史是，开弓没有回头箭，自从腰斩了安禄山派来的特使段子光，把段子光光光的身子拆分成大小不同的几段，颜真卿和颜杲卿兄弟就没收过手，直到安禄山反攻倒算，攻下了平原郡，杀了颜杲卿，顺便杀了颜家大小三十多口，颜真卿只有悲愤，却没有后悔过半分。

五

兵荒马乱之际，李白和张旭在溧阳[13]相遇了，酒楼上，他们的话题，离不开这场战乱，也离不开颜氏兄弟。张旭说："河北十七郡，只有颜真卿、颜杲卿两弟兄不愧是忠臣。"李白说："高仙芝不战而走，损失惨重，这已是一输；而朝廷不让他戴罪立功，却听信宦官之言，遽弃干城之将，这又是一失。这样一输一失，贼势便又猖狂起来。"[14]说罢，李白望着窗外纷乱的杨花，愁眉不展，愁肠百结。

颜杲卿被史思明所杀，是天宝十五载（公元756年）正月的事。因为颜氏兄弟的"起义",河北十七郡在一天之内复归了朝廷,牵制了安禄山叛军攻打潼关的步伐,所以安禄山命史思明率军,杀个回马枪。经过六个月的苦战,常山城陷,颜杲卿被俘,押到洛阳,被安禄山所杀。六月初九,潼关失守,使得叛军进军长安的道路"天堑变通途"。四天后,玄宗西逃,又过四天,长安陷落。

长安陷落后不久,王维、杜甫分别被叛军俘获。王维被押解到洛阳,安禄山劝他投降,王维又是拉肚子(提前服了泻药),又是装哑巴,算是躲过一死,被关在菩提寺里。他听说雷海青之死,悲痛中口占一首《凝碧诗》,广为流传,一直传到唐肃宗的耳朵里。唐肃宗听到"万户伤心生野烟,百官何日再朝天"这样的诗句,一定感同身受,也知道王维身在曹营心在汉,收复洛阳后,非但没有处死王维,还给他升了官,作尚书右丞,王维从此多了一个称号:王右丞。

长安城破,杜甫带着家小逃向鄜州[15]。冯至先生在《杜甫传》中这么描述当时的情景:

> 我们看见这唐代最伟大的诗人,掺杂在流亡的队伍里,分担着一切流亡者应有的命运。这次逃亡,起于仓促,人人争先恐后,杜甫由于过分的疲劳,陷在蓬蒿里不能前进。这时和他一同逃亡的表侄(他曾祖姑的玄孙)王

砅已经骑马走出十里，忽然找不到杜甫，于是呼喊寻求，在极危急的时刻把自己乘用的马借给杜甫，他右手持刀，左手牵缰，保护杜甫脱离了险境。十几年后杜甫在潭州遇到王砅，回想过去这一段共患难的生活，他觉得，当时若没有王砅的帮助，也许会在兵马中间死去。他向王砅说："苟活到今日，寸心铭佩牢！"后来他与妻子会合，夜半经过白水东北六十里的彭衙故城，月照荒山，女儿饿得不住啼哭，男孩只得采摘路旁的苦李充饥。紧接着是缠绵不断的雷雨天气，路径泥泞，没有雨具，野果是他们的粮粮，低垂的树枝成为他们夜间寄宿的屋椽。走过几天这样的路程，到了离鄜州不远的同家洼，友人孙宰住在这里，当他在黄昏敲开孙宰的门时，面前展开了一幅亲切而生动的画图：主人点起灯烛迎接这一家狼狈不堪的逃亡者，立即煮水给行人洗脚，还不忘了剪些白纸条儿贴在门外给行人招魂。两家妻子彼此见面，主人预备了丰富的晚餐，把睡得烂熟了的孩子们也叫醒来吃。这段遇合，杜甫在一年后写在《彭衙行》里，真实而自然，和他后来许多五言古诗一样，作者高度地掌握了这种诗的形式，发挥他写实的天才，无论哪一代的读者都能在里边感到一片诚朴的气氛，诗中人物的一举一动，一言一笑，都历历如在目前。

他在同家洼休息了几天,把家安置在鄜州城北的羌村。由于长期的淫雨,鄜州附近的三川山洪暴发,淹没了广大的陆地,远方是兵灾,眼前是洪水,他喘息未定,听到的是万家被难的哭声。[16]

杜甫安顿好妻子儿女,就立刻赶往灵武投奔肃宗。在路上,他落入了乱军之手,被押到长安。身陷叛军,家人不知死活,杜甫写下了缠绵悱恻的一首诗:

> 今看鄜州月,
> 闺中只独看。
> 遥怜小儿女,
> 未解忆长安。
> 香雾云鬟湿,
> 青辉玉臂寒。
> 何时倚虚幌,
> 双照泪痕干。[17]

杜甫和妻子,相隔六百里,却音讯全无,只能在不同的地方看着相同的月亮思念对方。杜甫的诗,像《月夜》这样细腻、深情的并不多,但这诗的确是出自杜甫。生死未卜之际,他最想念的,是爱妻的"香雾云鬟湿,青辉玉臂寒"。有人说:"他以为自己不会写情诗,她也以为他不会写情诗。但是乱世之中,他挥笔一写,一不小心,就写出了整个唐朝最动人的一首情诗出来。"[18]

九个月后,杜甫才趁乱逃跑。这过程,杜甫记在诗里:

西忆岐阳信,
无人遂却回。
眼穿当落日,
心死著寒灰。
雾树行相引,
莲峰望忽开。
所亲惊老瘦,
辛苦贼中来……[19]

这是三首组诗中的一首,组诗的名字叫《自京窜至凤翔喜达行在所三首》,连杜甫自己都称"窜",可见逃亡过程的狼狈与惊慌。逃出长安城,他迎着落日向西走,一边走,一边紧张地四下张望("眼穿当落日,心死著寒灰")。远树迷蒙,吸引他向前方走,不知过了多久,他终于透过树影,看到了太白山的巨大轮廓("雾树行相引,莲峰望忽开"),不禁心中一喜,凤翔就要到了。

青山苍树间,王维和杜甫曾各自奔逃,像一只只受惊的鸡犬,他们惊世的才华,在这个时刻完全无用。那时的帝国,不知有多少人像他们一样在奔逃,连唐玄宗也不例外。或者说,皇帝的逃,导致了所有人的逃,以皇帝的车辇为圆心,逃亡的阵营不断扩大,像涟漪一样,一轮一轮地辐射。

连唐玄宗都不能避免家破人亡的惨剧。马嵬坡,唐玄宗的大舅子杨国忠被愤怒的士兵处死,纷乱的利刃分割了他的尸体,有人用枪挑着他的头颅到驿门外示众。至于杨贵妃之死,自唐代《长恨歌》、清代《长生殿》,一直到今天的影视剧,都一遍遍地表达过,中国人都熟悉,无须多言。我想补充的,是《虢国夫人游春图》里的虢国夫人,在得知哥哥杨国忠、妹妹杨贵妃的死讯后,带着孩子逃至陈仓,县令薛景仙闻讯,亲自带人追赶。虢国夫人仓皇中逃入竹林,亲手刺死儿子和女儿,然后挥剑自刎,可惜下手轻了,没能杀死自己,被薛景仙活捉,关入狱中。后来,她脖子上的伤口长好,堵住了她的喉咙,把她活活憋死了。

皇族尚且如此,小民的命运,就不用说了。"靡靡逾阡陌,人烟眇萧瑟。所遇多被伤,呻吟更流血。"[20] "四海望长安,颦眉寡西笑。苍生疑落叶,白骨空相吊。"[21] 百姓的生命,像树叶一样坠落。呻吟、流血、闪着寒光的骷髅,已成为那个年代的常见景观。"安史之乱"的惨状,像纪录片一样,记录在李白、杜甫的诗里。

前面说过,"安史之乱"是大唐王朝,乃至整个中国历史中的"至暗时刻",那黑,黑得没边没沿,让人窒息,让人绝望。而颜真卿目睹侄儿季明遗骸的那一刻,则是"黑夜里最黑的部分"。

若说起"安史之乱"期间所经历的个人伤痛,恐怕难有一人敌得过颜真卿。颜真卿的侄子颜季明是在常山城破后被杀的,那个如玉石般珍贵、如庭院中的兰花(《祭侄文稿》形容为"宗庙瑚琏,阶庭兰玉")的美少年,在一片血泊里,含笑九泉。

颜杲卿(颜季明的父亲)被押到洛阳,安禄山要劝他归顺,得到的只是一顿臭骂,安禄山一生气,就命人把他绑在桥柱上,用利刃将他活活肢解,还觉得不过瘾,又把他的肉生吞下去,才算解心头之恨。面对刀刃,颜杲卿骂声不绝,叛贼用铁钩子钩断了他的舌头,说:"看你还能骂吗?"颜杲卿仍然张着他的血盆大口痛骂不已,直到气绝身亡。那一年,颜杲卿六十五岁。

除了颜杲卿,他的幼子颜诞、侄子颜诩以及袁履谦,都被先截去了手脚,再被慢慢割掉皮肉,直到流尽最后一滴血。

颜氏一门,死于刀锯者三十余口。

颜杲卿被杀的这天晚上,登基不久的唐肃宗梦见了颜杲卿,醒后为之设祭。那时,首级正被悬挂在洛阳的大街上示众,在风中摇晃着，对眼前的一切摇头不语。没有人敢为他收葬，只有一个叫张凑的人，得到了颜杲卿的头发，后来将头发归还给了颜杲卿的妻子崔氏。

颜真卿让颜泉明去河北寻找颜氏一族的遗骨，已经是两年以后，公元758年，即《祭侄文稿》开头所说的"乾元元年"。那时，大唐军队早已于几个月前收复了都城长安，新任皇帝唐肃宗也已祭告宗庙，把首都光复的好消息报告给祖先，功勋卓著的颜真卿也接到朝廷的新任命，就是《祭侄文稿》里所说的"持节蒲州诸军事、蒲州刺史，充本州防御史"。

颜泉明找到了当年行刑的刽子手，得知颜杲卿死时一脚先被砍断，与袁履谦埋在一起。终于，颜泉明找到了颜季明的头颅和颜杲卿的一只脚，那，就是他们父子二人的全部遗骸了。这是名副其实的"粉身碎骨"了。颜真卿和颜泉明在长安凤栖原为他下葬，颜季明与卢逖的遗骸，也安葬在同一墓穴里。

六

因此，《祭侄文稿》不是用笔写的，而是用血浸的，用泪泡的，是中国书法史上最沉痛，也最深情的文字。支撑它的，不只是颜真卿近五十年的书法训练，更来自颜真卿的人生选择，而颜真卿的人生选择，也不只是他个人的选择，也是整个家族的选择，在这一点上，颜真卿、颜杲卿、颜季明、颜泉明等几代人，表现出惊人的一致性，好像接受了某种命令。但没有哪一个具体的人命令他们，是文化、是道德观在"命令"他们。在他们看来，这种出自道德的"命令"，虽没有强制性，却更值得遵守。

随着唐朝建立，"中国"突然打开了世界的大门，不是"中国"在拥抱世界，而是世界在走向"中国"。长安的外国人已超过一万人，使长安成为当时世界上最大的国际化大都会。各种来自异域的服装、玩物、游戏、歌舞，都无不炫耀着异域文明在世俗生活中的诱惑力。唐代物质世界的灿烂与淫靡，我们从周昉《挥扇仕女图》卷（北京故宫博物院藏）、《簪花仕女图》卷（辽宁省博物馆藏）、阎立本《步辇图》卷（北京故宫博物院藏）、佚名《宫乐图》卷（台北故宫博物院藏）这些唐代绘画中，从唐代段成式《酉阳杂俎》、当代薛爱华《撒马尔罕的金桃》这些奇书中一眼可以望穿。《隋唐嘉话》曾经提供一个有意思的细节：唐玄宗继位时，曾经将一大批金银器玩、珠玉、锦绣等珍贵物品放在大殿前付之一炬，以显示他拒绝这些"糖衣炮弹"的决心，但不出几年，他就被奢华的进口商品彻底征服。

耐人寻味的是，物质生活的精致与繁丽，有时并不能使人的精神蓬勃向上，倒容易使人的身体沉沦向下，唐玄宗本人就是一个最鲜活的例子。对此，我在《故宫的古画之美》中谈论

《韩熙载夜宴图》卷时曾有论述。于是，原本属于中原文明的正面价值，比如忠诚、勤俭、孝顺、敦厚等，被异族生活的五色迷离、潇洒随意所冲淡。葛兆光先生在《中国思想史》中写道："面对越来越放纵的情感和越来越失控的欲望"，"以汉族为中心的伦理准则渐渐失去普遍的约束力，使传统的行为模式渐渐失去普遍的合理性"。[22]

我也曾说："物质主义的世界让人心变硬，没有教养，变得六亲不认，变得笑贫不笑娼（'君子爱财，取之有道'的传统信条被彻底动摇，财最重要，谁管它道不道），但那文字的，或者艺术的世界不同，在里面，我们感知爱、理解与信仰。"[23]

然而，在初唐时代，视界的突然打开，物质生活的丰富，却无法掩盖思想领域的苍白与贫乏，那时，唐诗里已经有了"春江潮水连海平，海上明月共潮生"的幽美邈远，散文里已经有了"落霞与孤鹜齐飞，秋水共长天一色"的奇幻光泽，但李白、杜甫、李贺、杜牧还没有出生，唐诗的崛起还看不出任何预兆，至于思想界，尽管从张说到张九龄，都曾经有过恢复思想与社会秩序的努力，但"在八世纪中叶发生了'惊破霓裳羽衣曲'的一幕，直到这一幕落下帷幕，甚至到这个世纪结束，主流的知识与思想世界还是没有找到拯救社会的药方"[24]。

直到"安史之乱"后，这一课才被补上，仿佛在炼石，去补那被捅漏的苍天。这时思想界最重要的选手，就是位列"唐宋八大家"之首的韩愈。在《原道》中,韩愈老师讲道:"博爱之谓仁,行而宜之之谓义,由是而之焉之谓道,足乎己而无待于外之谓德。"[25] 他试图为这个充满了世俗享乐的世界找回丢失已久的"道","希望在这种超越性的'道'的基石上重建知识、思想与信仰的秩序"。这倒有点像20世纪90年代中国知识界爆发的"人文精神大讨论"。在这个世界里,欲望、自由、世俗快乐,理当受到尊重,但它们并不能没有边界。自由的最佳境界,孔子早就界定过:"从心所欲不逾矩"。人可以"从心所欲",但人性需要管束,像安禄山这样为了一己私欲而置民于水火,更不能袖手旁观。"礼崩乐坏"时刻,拯救世界的武器,是"道",是前面说到的仁、义、道、德,"以之为人,则爱而公;以之为心,则和而平;以之为天下国家,无所处而不当"[26]。孔子说:"朝闻道,夕死可矣。"可见"道"在孔子心中的神圣价值。当然,"道"也可以发展成假道学,高调的、空洞的理想主义也同样荼毒生灵,不过那都是后来的事了,此处不提。

颜真卿用自己的实际行动告诉安禄山,他是一个认死理的人,这个理,就是孔子所说的"道"。道是天,道是地,道是他的命。他的死理、他的原则、他的理想,从不标价出售。他和安禄山不在一个世界里,彼此间语言不通。他信仰的"道",安禄山花多少钱也买不来。在"道"面前,安禄山的钱一文不值。

七

表面上，颜真卿的唐代"楷书"是唐代法度的代表，"颜柳欧赵"楷书四家，颜真卿排第一[27]，他的一笔一画，被一代代中国人临摹至今，那是"矩"；实际上，他更为当时的士人提供了精神的范本，那就是"道"。

置身这不完美的人间，心里守着一个完美的标准，并一笔一画地把它写出来，这，就是颜真卿了。范文澜在《中国通史》中说："盛唐的颜真卿，才是唐朝新书体的创造者。"[28] 他的楷书，如北京故宫博物院藏传为颜真卿书的《竹山堂连句》册，结体宽舒伟岸，有丈夫气；用笔丰肥古劲，有力量感。

关于字的肥瘦，我在《永和九年的那场醉》里提到过。颜字的肥，有唐玄宗的提倡，也有老师张旭的影子，但颜真卿的楷书，庄严正大，肥而不腻，一扫虞世南、褚遂良如"美女婵娟，不胜罗绮"的娟媚之习，一看就是大唐的气度。有颜真卿出现，大唐美学才真正得以完成。对此，李泽厚先生在《美的历程》中有精辟论述：

> 如果说，以李白、张旭等人为代表的"盛唐"，是对旧的社会规范和美学标准的冲决和突破，其艺术特征是

内容溢出形式，不受形式的任何束缚拘限，是一种还没有确定形式、无可模仿的天才抒发。那么，以杜甫、颜真卿等人为代表的"盛唐"，则恰恰是对新的艺术规范、美学标准的确立和建立，其特征是讲求形式，要求形式与内容的严格结合和统一，以树立可供学习和仿效的格式和范本。

如果说，前者更突出反映新兴世俗地主知识分子的"破旧""冲决形式"；那么，后者突出的则是他们的"立新""建立形式"。"江山代有才人出，各领风骚数百年"，杜诗、颜字，加上韩愈的文章，却不止领了数百年的风骚，它们几乎为千年的后期封建社会奠定了标准，树立了楷模，形成为正统。他们对后代社会的密切关系和影响，比前者（李白、张旭）远为巨大。杜诗、颜字、韩文是影响深远，至今犹然的艺术规范。这如同魏晋时期曹植的诗、二王的字以及由汉赋变来的骈文，成为前期封建社会的楷模典范，作为正统，一直影响到北宋一样。[29]

颜真卿的"道德观"，是这个家族一代代传承下来的，在胎教时代，就内植于他的血液里了。颜氏一族不是一般的家族，它的一世祖是孔子的弟子颜回，所以他们一向以儒家思想的正统传人自居。颜氏十三世祖是南北朝时期著名文学家和教育家颜之推，他的《颜氏家训》，被称为中华民族历史上第一部内容丰富、体系宏大的家训，无疑是颜真卿家族的精神传家宝。颜氏一代代子孙谨记着《颜氏家训》教诲，成就了他们在操守与才学方面的惊世表现。

因此，一纸《祭侄文稿》，是颜氏家族的集体创作，也是"道"的信奉者的集体创作。他们借颜真卿的手完成了这一纸宣言。王羲之写《兰亭序》，得益于永和九年的那顿大酒，让他以空净华美的语言，叩问生命和宇宙的奥秘；苏东坡写《寒食帖》，是因为元丰五年（公元1082年）寒食节的苦雨，让他感到彻骨的寒凉，他以一纸诗帖，表达他独立天地间、身陷"无物之阵"的那份孤独与空茫。《祭侄文稿》则是颜真卿"向死而生"的人生答卷，它的最终完成，是颜家老小三十余口用生命换来的。

八

从书法上看，《祭侄文稿》简直是一个异数。

《祭侄文稿》用行书写成，与颜真卿追求的那种均匀方正、平衡协调之美截然不同。颜真卿在楷书里表现出的那种正襟危坐、端庄谨严的气质不见了，好像他头没梳、胡子没刮，一脸怒色毫不掩饰。

颜真卿的行书，在北京故宫博物院可见《争座位帖》宋拓本，此帖与《祭侄文稿》《祭伯父文稿》并称"颜氏三稿"，它是颜真卿在代宗广德二年（公元764年）十一月致定襄王郭英义的信件稿本，内容是争论文武百官在朝廷宴会中的座次问题，然而郭英义为了献媚宦官鱼朝恩，在菩提寺行及兴道之会，两次把鱼朝恩排于尚书之前，抬高宦官的座次。颜真卿在信中说"乡里上齿，宗庙上爵，朝廷上位，皆有等"，其实就是要恢复庙堂的礼仪、法度与尊严。虽只是一通书札，但全篇书法姿态飞扬，在圆劲激越的笔势与文辞中透射出他刚劲耿直、朴实敦厚的人格力量。

我最喜欢的，是《裴将军诗》（北京故宫博物院藏有纸本，浙江省博物馆藏南宋刻《忠义堂帖》拓本，颜真卿《裴将军诗》也列入了《全唐诗》第一百五十二卷）。虽可看出他与张旭的承继关系，但颜真卿楷书里的那种稳重圆厚的肌肉感是看得出来的。读颜真卿法书，有如观武林高手练功，时静时动，时疾时徐，顿挫中蕴含着气势。

但《祭侄文稿》就不同了，在《祭侄文稿》中，我看到了以前从颜字中从来不曾看到的速度感，似一支射出的响箭，直奔他选定的目标。虽然《祭侄文稿》不像明末连绵草（以傅山为代表）那样有笔势连绵不断的气势，但我感觉颜真卿从提蘸墨起,他的书写就没有停过。《祭侄文稿》是在极短的时间内书写完毕,一气呵成的。

时过境迁之后,即使我面对的是《祭侄文稿》的复制品,却依然可以被它带回到当年的书写现场,通过对书写痕迹的辨识,"复盘"当时的书写过程。我们可以看见,《祭侄文稿》全篇全文近三百字,却只用了七次蘸墨。

我们数一下:

第一笔蘸墨,写下:

维乾元元年,岁次戊戌,九月庚午朔,三日壬申,第十三叔银青光禄夫、使持节蒲州诸军事……

第二笔蘸墨,写下:

蒲州刺史、上轻车都尉、丹杨(阳)县开国侯真卿,以清酌庶羞,祭于亡侄、赠赞善大夫季明之灵曰。惟尔挺生,夙标幼德,宗庙瑚琏,阶庭兰玉……

第三笔蘸墨,写下:

每慰人心,方期戬谷。何图逆贼闲衅,称兵犯顺……

第四笔蘸墨,写下:

尔父竭诚,常山作郡。余时受命,亦在平原。仁兄爱我,俾尔传言。尔既归止,爰开土门。土门既开,凶威大蹙。贼臣不救,孤城围逼……

第五笔蘸墨,写下:

父陷子死,巢倾卵覆。天不悔祸,谁为荼毒。念尔遘残,百身何赎。呜呼哀哉!吾承天泽,移牧河关。泉明比者,再陷常山。携尔首榇,及兹同还。抚念……

第六笔蘸墨,写下:

摧切,震悼心颜。方俟远日,卜尔幽宅……

第七笔蘸墨,写下:

魂而有知,无嗟久客。呜呼哀哉!尚飨!

这是一篇椎心泣血的文稿，文字包含着一些极度悲痛的东西，假如我们的知觉系统还没有变得迟钝，那么它的字字句句，都会刺痛我们的心脏。在这种极度悲痛的驱使下，颜真卿手中的笔，几乎变成了一匹野马，在旷野上义无反顾地狂奔，所有的荆丛，所有的陷阱，全都不在乎了。他的每一次蘸墨，写下的字迹越来越长，枯笔、涂改也越来越多，以至于到了"父陷子死，巢倾卵覆"之后，他连续书写了接近六行，看得出他伤痛的心情已经不可遏制，这个段落也是整个《祭侄文稿》中书写最长的一次，虽然笔画越来越细，甚至在涂改处加写了一行小字，却包含着雷霆般的力道，虚如轻烟，实如巨山。

九

《祭侄文稿》里，有对青春与生命的怀悼，有对山河破碎的慨叹，有对战争狂徒的诅咒，它的情绪，是那么复杂，复杂到了不允许颜真卿去考虑他书法的"美"，而只要他内心情感的倾泻。因此他书写了中国书法史上最复杂的文本，不仅它的情感复杂，连写法都是复杂的，仔细看去，里面不仅有行书，还有楷书和草书，是一个"跨界"的文本。即使行书，也在电光火石间，展现出无穷的变化。有些笔画明显是以笔肚抹出，却无薄、扁、瘦、枯之弊，点画粗细变化悬殊，产生了干湿润燥的强烈对比效果。

今天的书法家写字，要考虑布局，考虑节奏，考虑笔法，考虑一大堆乱七八糟的东西，像一个演员，在拍摄时总要考虑自己的哪个角度最好看，总之是始终在考虑自己，而不是考虑"角色"。真正杰出的书写者是不考虑别人的目光的，甚至连自己也不考虑。像苏东坡所说，"无意于佳乃佳耳"。王羲之在酒醉之后写出《兰亭序》，颜真卿在巨大的悲痛中写下《祭侄文稿》，这些书帖之所以成为传世杰作，是因为他们书写的时候，他们是忘记了自己，也忘记"书法"这件事的，尤其是这《祭侄文稿》，颜真卿甚至顾不上把它们写得"漂亮"——我们看前几个字：维、乾、元、元、年……看上去并不好看，甚至都有缺点。《祭侄文稿》超出了我们对于一般法书的认知。它不优雅、不规范，甚至不整洁。从整体上看，《祭侄文稿》更是一片狼藉。学校里老师倘看到有学生写这样的书法，一定会呵斥他"埋汰"，勒令他重写。但面对亲人的死，颜真卿不应当是温文尔雅、文质彬彬的。我们感觉到他手在颤抖，眼在流泪。文稿的力度、速度与质感，已经超越了"书法"能够控制的范围。所以它不是"书法"，它是"超书法"——超越我们寻常意义上的书法，超越那些书房里生产出来的、优雅的、"完美"的、没有一丝破损与伤痕的书法。

但它仍然是美的。用孔子名言形容它，就是"从心所欲不逾矩"——它的率性，并不掩盖书法内在的法则。尽管文稿写得那么匆促，但它依然有章法、有节奏、有结构。它行笔的抑扬顿挫，浓淡对比中的呼吸感，以及它连天接地的垂直美学，都是它的魅力来源，只不过它们全部隐在后面，就像武林高手，他的章法、招数，都是隐而不现的，已经变作了他的本能，都化解在他的每一个动作里，出神入化，变幻莫测。《祭侄文稿》看上去没有"章法"，却以气势磅礴的大结构，成就了它不可撼动的庄严。

《祭侄文稿》的美，是一种掺杂了太多复杂因素的美。在它的背后，有狂风，有疾雨，有挣扎，有眼泪，有污秽，有血腥，有在心里窝了那么久、一直吼不出去的那一声长啸。

十

颜真卿不仅仅是作为一个书法家，还是作为一个历史中的英雄、一个信仰坚定的人，写下《祭侄文稿》的。书法史上有名的书法家其实都是"兼职"，都不"专业"，否则他们就沦为了技术性的抄写员——一个被他人使用的工具，而不是一个有独立思想的人。因此，假如有一个"书法史"存在，它也是和"政治史""思想史"混在一起的。以唐朝而论，无论皇帝，还是公卿大臣，大多书法优秀，他们书写，并不是为了出"作品"，而是为了传达思想、表达情感。"天下三大行书"——王羲之《兰亭序》、颜真卿《祭侄文稿》、苏东坡《寒食帖》，都是在某一事件的触发下写成的，都有偶发性，在偶然间，触发、调动了书写者庞大的精神和情感系统，像文学里的意识流，记录下他们的心绪流动。

颜真卿不是用笔在写，而是用心，用他的全部生命在写。他把自己的一生，托付给了他手里的笔，让积压在心头、时时翻搅的那些难言的情愫，都通过笔得到了表达。

语言的效用是有限的，越是复杂的情感，语言越是难以表达，但语言无法表达的东西，古人都交给了书法。书法要借助文字，也借助语言，但书法又是超越文字，超越语言的，书法不只是书法，书法也是绘画、是音乐、是建筑——几乎是所有艺术的总和。书法的价值是不可比拟的，在我看来（或许，在古人眼中亦如是），书法是一切艺术中核心的，也是最高级的形式，甚至于，它根本就不是什么艺术，它就是生命本身。

就此可以理解，弘一法师李叔同，最早将西方油画、钢琴、话剧等引入国内，且以擅书法、工诗词、通丹青、达音律、精金石、善演艺而驰名于世，近代文艺领域几乎无不涉足，身为中国近现代艺术史上的全能型选手、夏丏尊眼中的"翩翩之佳公子""多才之艺人"，遁入空门之后，所有的艺术活动都渐渐禁绝，唯有书法不肯舍弃。他的书法朴拙中见风骨，以无态备万态，将儒家的谦恭、道家的自然、释家的静穆融汇在他的笔墨中，使他的书法犹如浑金璞玉，清凉超尘，精严净妙，闲雅冲逸。连一向挑剔的鲁迅，在面对他的书法时，都忍不住惊呼："朴拙圆满，浑若天成。得李师手书，幸甚！"他圆寂的时候，应当是不著一字的，在我看来，那才算得上真正的潇洒，真正的"空"，但他还是写了，"悲欣交集"四个字，容纳了他一生的情感。由此我们可以知道，在李叔同的心里，书法在他的心里占据着多么不可撼动的位置，最能表达他心底最复杂情感的，只有书法，在他眼里，书法是艺术中最大的艺术。

当然，只有汉字能够成就这样高级的艺术，拉丁字母不可能形成这样的艺术，这也是西方人很难读懂中国书法，进而很难读懂中国文化的原因。他们手里的笔不是笔，是他心脏、血管、神经的延伸，是他肉身的一部分，因此，他手里的笔不是死物，而是有触感，甚至有痛感的。只有手里的笔，知道书写者心底的爱与仇。

同理，《祭侄文稿》不是一件单纯意义上的书法作品，我说它是"超书法"，是因为书法史空间太小，容不下它；颜真卿也不是以书法家的身份写下《祭侄文稿》的，《祭侄文稿》只是颜真卿平生功业的一部分。正因如此，当安禄山反于范阳，颜真卿或许就觉得，身为朝廷命臣，不挺身而出就是一件可耻的事。像初唐诗人那样沉浸于风月无边，已经是一种难以企及的梦想，此时的他，必须去超越生与死之间横亘的关隘。

我恍然看见颜真卿写完《祭侄文稿》，站直了身子，风满襟袖，须发皆动，有如风中的一棵老树。

十一

宋代四大书家，个个都是老颜的铁粉。

苏东坡写《寒食帖》，被称为"天下行书第三"，或许正是受了颜真卿《寒食帖》的启发。颜真卿《寒食帖》（浙江省博物馆藏南宋刻《忠义堂帖》拓本），不知写于何年何月，我们看到的，是总计二十字的行书信札：

> 天气殊未佳，汝定行否？寒食只数日，得且住，为佳耳。

这是真正的"手帖"吧，文字间残留着手指的温度。寒食数日，有朋友将要远行，收到颜真卿递来的一纸信札，说天气不佳，劝说他再住住为好。留，或者不留，其实都不重要了，重要的是来自朋友的一声问候，让远行人的心不再孤单。

苏东坡喜欢颜真卿的，正是他文字里透露出的简单、直率、真诚，说白了，就是不装。苏东坡少时也曾迷恋王羲之，如美国的中国艺术史研究者倪雅梅（Amy McNair）所说，苏东坡的书法风格，就是"建立在王羲之侧锋用笔的方式之上"[30]，这一书写习惯，他几乎一生没有改变。但在晚年，苏东坡却把颜真卿视为儒家文人书法的鼻祖，反复临摹颜真卿的作品（其中，苏东坡临颜真卿《争座位帖》以拓本形式留存至今），甚至承认颜真卿的中锋用笔不仅是"一种正当的书法技巧"，它甚至可以被看作"道德端正的象征"。[31]

米芾也倾倒于颜真卿的行书，在《宝章待访录》中称它"诡异飞动得于意外"。黄庭坚对颜真卿书法的美誉度也极高，说"余极喜颜鲁公书，时时意想为之"，尤其"《祭侄文稿》里所体现出的苍劲的特性和真情流露，恰好符合了黄庭坚对于叛乱时期艺术和文学的想象，而这也正是他在自己的诗歌和书法中所追寻的东西"。[32] 蔡襄则花了三十多年的时间研究欧阳修收藏的拓片，其中就有颜真卿的书法拓片。颜真卿的书法光芒，贯注到苏、黄、米、蔡的墨迹里，又通过他们，照耀了整个宋代。

颜真卿的法书（以《祭侄文稿》为代表）在宋代魅力四射，势不可挡，除了技术上的成就，更来源于书写者的精神品格。在宋代，士大夫是看重书写者的精神品格的，唐代书法家柳公权曾对唐穆宗说："用笔在心，心正则笔正"[33]。用今天的话说，就是文如其人、字如其人吧。一个人的精神世界走到哪个高度，他笔下的文字也会到达同样的高度。人和作品,历来不曾脱节。我们说"见字如面",就是因为一个人的字,完全可以看出一个人的心性,见到字,就宛如见到活人。或许有人提出反证——在书法史上独占鳌头的,不是也有宋徽宗这样的昏君、蔡京这样的佞臣吗?但在我看来,艺术的金字塔,他们都不在塔尖上,因为塔尖的面积很小,只能站立极少数人,更多的人在那儿站不住。一个人能不能站到那个高度上,那最后一厘米的差距,就取决于他的精神品格。只有得到品格的加持,艺术才能获得无边的力量,这不是道德说教,而是艺术史一再申明的事实。艺术不是表演,而是真实性情的流露,就像一个人的神情面貌,透露着他内心的消息,几乎没有办法去掩盖的。书法,就是一个书写者的文化表情。

其实在宋代,苏东坡就对一些名声很大的"书法家"不那么"感冒",他在《书唐氏六家书后》中说:"世之小人,书字虽工,而其神情终有睢盱侧媚之态"。"其俗入骨"四个字,是陈独秀第一次见到沈尹默时对沈尹默书法的评价,但沈尹默后来脱胎换骨了。

连王羲之,在唐宋都已不入某些士大夫的法眼。韩愈在《石鼓歌》中直言"羲之俗书趁姿媚"[34],欧阳修在《集古录》中也表达过对王羲之书风的不满。其实王羲之的《兰亭序》也有许多涂抹,书写也很自然,但在一些宋代艺术家眼里,王羲之的书法太雅、太巧、太飘逸、太流丽、太有表现欲、太无可挑剔，因而它是庸俗的。相比之下，颜真卿的《祭侄文稿》是朴素的，甚至是笨拙的，没有经营，没有算计，在疾速书写中，甚至都没来得及对笔画进行艺术化处理，它不是作为"作品"来完成的，而充其量只是"一篇葬礼上用的草拟的发言稿""一张记录文字和涂改痕迹的纸张而已"，[35]却因此获得了一种浑然天成的美，而不是人工（所谓"巧夺天工"）的美。在儒家知识分子看来，艺术作品的力量感，正是来自这种不加修饰的朴拙与真挚。

这与宋代儒学的回归有关（儒家崇尚朴素），也与宋代中国不断受到外族入侵所激发出的家国情怀有关，因此，那是一个不喜欢魏晋名士的诗酒浪漫、坐而论道的时代，而是一个崇尚正义、号召行动的时代。唐代颜真卿、宋代岳飞、文天祥的书法，就在这样的背景下被赋予了神圣的意义。这或许是一种倒推——以他们的生命结局（为国牺牲）反推他们的书法创作，或许是在艺术之外寻找道德的附加值，但无论怎样，我想这些都不是一种道德绑架，而是在精神深处寻找艺术的驱动力，即：一个人的作品，与他的思想、信仰、道德、情感密切关联的，哪怕是一星半点的作假，都会在艺术中露出马脚。颜真卿是一位神殿级的艺术家，他的每一个字，都仿佛写在正义的纪念碑上。通过对颜真卿的追捧，我看到历史书写者透过艺术来构建正义与良知的努力。

此时在我心底涌起的，只有诗人北岛那两行著名的诗句：

> 卑鄙是卑鄙者的通行证
> 高尚是高尚者的墓志铭

十二

安禄山安庆绪父子、史思明史朝义父子，一个一个地死去了，而且宿命般地，都死在自己人手中。

安禄山是在夜晚被杀死的。杀人者，他的亲儿子安庆绪也。

严格地说，直接动手的，是阉官李猪儿，安庆绪只负责持刀在帐外望风。

刺杀安禄山的原因是，安禄山和宠妾段氏生了一个儿子叫安庆恩，段氏时时劝说安禄山剥夺安庆绪的太子地位，立安庆恩为太子。安庆绪觉得自己有性命之忧。

李猪儿和安庆绪有同感，因为他虽是安禄山的近宦，但安禄山喜怒无常，经常殴打他，说不定哪一天就会把他打死。

李猪儿是在夜里偷入他的帐内的。或许因为李猪儿长期给安禄山解衣系衣，对安禄山的肚子感到比较亲切，于是选择安禄山的肚子最先下刀。但肚子不是要害，加上安禄山的肚子容量比较大,肚皮与内脏的距离较远,一刀捅不死,李猪儿就在安禄山的肚子上左一刀右一刀地猛戳,捅得安禄山嗷嗷直叫,直到安禄山的肠子喷薄而出,把床褥弄得很脏,安禄山还没死。那时安禄山双目已经失明(可能是白内障),仓皇中伸手向枕下摸去,在那里,他一直藏着一把刀,但那一刻,刀却不见了,他大呼一声:"是我家贼!"然后手一松,咽气了。

那一年,是至德二年(公元757年)正月,距离安禄山起兵造反,只过去了一年多。

两年后,安庆绪被史思明杀了。

又过两年,史思明被自己的儿子史朝义杀了。

再过两年,唐代宗宝应二年(公元763年),在唐军的强大攻势下,史朝义走投无路,在广阳郡[36]温泉栅的树林里自挂东南枝,上吊死了,他的部将、范阳节度使李怀仙将他的首级和范阳城献给朝廷,表示归顺。

"安史之乱"就这样结束了,但死亡还在继续。安禄山、史思明打开了潘多拉的盒子,使唐朝的藩镇问题不仅长期存在,而且愈演愈烈。唐德宗建中四年(公元783年),安禄山的余党李希烈(曾任安禄山政权"宰相"一职)就已坐大,唐德宗李适坐不住了,接受宰相卢杞的建议,派颜真卿前往许州劝降李希烈。颜真卿明知这是卢杞借刀杀人,他前往许州的旅程定然是有去无回,却没有丝毫的推辞。连他的好友李勉派人在他前往汝州的途中拦截，都挡不住他。果然，李希烈把颜真卿关押起来。第二年，李希烈攻下汴州，准备称帝，向颜真卿打听皇帝登基礼仪，被颜真卿臭骂一顿，恼羞成怒，架起干柴准备烧死颜真卿，没想到颜真卿自己走向熊熊火焰。

赴汤蹈火，他做到了。

那一次，他没死。不是叛军把他吓住了，而是他把叛军吓住了。

李希烈派来的使臣惊恐万状地把他拦住。

贞元元年（公元785年），颜真卿被带到蔡州[37]，写下平生最后一件书法作品《移蔡帖》，全文如下：

> 贞元元年正月五日，真卿自汝移蔡，天也。天之昭明，其可诬乎？有唐之德，则不朽耳。十九日书。

这年夏天，颜真卿被缢杀于蔡州龙兴寺，享年七十七岁。

那时，他不会知道，他的《祭侄文稿》，去了哪里。

他咽下最后一口气时，《祭侄文稿》已像一枚枯叶，越飘越远，一直飘到他手指无法触及的远方。

（本文选自《故宫的书法风流》，
人民文学出版社，2021年版）

韩熙载,最后的晚餐

中国式"最后的晚餐"的含义,是极乐后的毁灭。

一

空即是色,色即是空。

夜宴的那个晚上,当所有的客人离去,整座华屋只剩下韩熙载一个人,环顾一室的空旷,韩熙载会想起《心经》里的这句话吗?

或者,连韩熙载也退场了。他喝得酩酊,就在画幅中的那张床榻上睡着了。那一晚的繁华与放纵,就这样从他的视线里消失了。连他也无法断定,它们是否确曾存在。

仿佛一幅卷轴,满眼的迷离绚烂,一卷起来,束之高阁,就一切都消失了。

倘能睡去，倒也幸运。因为梦，本身就是一场夜宴。所有迷幻的情色，都可能得到梦的纵容。可怕的是醒来。醒是中断，是破碎，是失恋，是一点点恢复的痛感。

李白把梦断的寒冷写得深入骨髓："箫声咽，秦娥梦断秦楼月。"梦断之后，静夜里的明月箫声，加深了这份凄迷怅惘。所谓"寂寞起来搴绣幌，月明正在梨花上"。

韩熙载决计醉生梦死。

不是王羲之式的醉。王羲之醉得洒脱，醉得干净，醉得透彻；而韩熙载，醉得恍惚，醉得昏聩，醉得糜烂。

如果，此时有人要画，无论他是不是顾闳中，都会画得与我们今天见到的那幅《韩熙载夜宴图》不一样。风过重门，觥筹冰冷，人去楼空的厅堂，只剩下布景，荒疏凌乱，其中包括五把椅子、两张酒桌、两张罗汉床、几道屏风。可惜没有画家来画，倘画了，倒是描绘出了那个时代的颓废与寒意。十多个世纪之后，《韩熙载夜宴图》出现在北京故宫博物院的陈列展上，清艳美丽，令人倾倒，唯有真正懂画的人，才能破译古老中国的"达·芬奇密码"，透过那满纸的莺歌燕语、歌舞升平，看到那个被史书称为南唐的小朝廷的虚弱与战栗，以及画者的恶毒与冷峻，像数百年后的《红楼梦》，以无以复加的典雅，向一个王朝最后的迷醉与癫狂发出致命的咒语。

二

韩熙载的腐败生活，让皇帝李煜都感到惊愕。

李煜自己就过着纸醉金迷的生活，史书上将他定性为"性骄侈，好声色，又喜浮图，为高谈，不恤政事"[1]。南唐中主李璟，前五个儿子都死了，只有这第六个儿子活了下来，王国维在《人间词话》中说他"生在深宫之中，长于妇人之手"[2]，最终得以在公元961年二十五岁时继承了王位。九死一生的幸运、意外得来的帝位，让李煜彻底沉迷于花团锦簇、群芳争艳的宫闱生活，而忘记了这份安逸在当时环境下是那么弱不禁风。

北宋《宣和画谱》上记载，李煜曾经画过一幅画，名叫《风虎云龙图》，宋人从这幅画上看到了他的"霸者之略"，认为他"志之所之有不能遏者"[3]，就是说，他的画透露出一个有志称霸者的杀气，可惜他的画作，没有一幅留传下来，我们也就无缘得见他的"霸者之略"，倘有，也必然如其他末代皇帝一样，只是最初的昙花一现，随着权力快感源源不断地到来，他曾经坚挺的意志必然报废，像冰融于水，了无痕迹。公元968年、北宋开宝元年，南唐大饥，到处弥漫着死亡的气息，腐烂的尸体变成越积越厚的肥料，荒野上盘旋着腥臭的沼气。然而，在宫殿鼎炉里氤氲的檀香与松柏的芳香中，李煜是闻不出任何死亡气息的。对于李煜来说，这只是他案头奏折上的轻描淡写。他的目光不屑于和这些污秽的文字纠缠，他目光雅致，它是专为那些世间美好的事物存在的。他以秀丽的字体，在"澄心堂纸"上轻轻点染出一首《菩萨蛮》，将一个少女在繁花盛开、月光清淡的夜晚与情人幽会的情状写得销骨蚀魂：

> 花明月黯笼轻雾，
> 今宵好向郎边去。
> 刬袜步香阶，
> 手提金缕鞋。
> 画堂南畔见，
> 一向偎人颤。
> 奴为出来难，
> 教君恣意怜。[4]

这首词的主人公，实际上是李煜自己和他的小周后。大周后和小周后是姐妹，先后嫁给李煜做了皇后。李煜十八岁时先娶了姐姐大周后。十年后，集万千宠爱于一身的大周后病死，就在南唐大饥这一年，李煜又娶了妹妹小周后。《传史》记载：李煜与小周后在成婚前，就把这首词制成乐府，丝毫不去顾及个人隐私，任凭它外传，似乎有意炫耀自己的风流韵事，儿女柔情。清代吴任臣在《十国春秋》里写:"后主制乐府,艳其事,……词甚狎昵,颇传于外,至纳后,乃成礼而已。翌日,大燕群臣,韩熙载以下皆作诗讽焉,而后主不之谴也。"[5]其中,韩熙载写诗,"四海未知春色至,今宵先入九重城",将皇帝挖苦一番,李煜也满不在乎。

"晓妆初了明肌雪,春殿嫔娥鱼贯列"构成了李煜的全部世界,那些在后宫饱受性压抑折磨的妃嫔宫娥,也在皇帝的煽动下纷纷争宠。比如天生丽质却身无才艺的宫娥秋水,因无法得宠而无比忧虑,在花园踯躅时,嗅到外国进贡奇花的幽香,就摘下几朵,戴在头上,以吸引李煜的注意;再如能歌善舞的窅娘,为讨好李煜,甚至用一条两丈多长的绢带把自己的玉足紧紧缠起来,让它们变得纤巧灵秀,这便是中国女性缠足的开始。她新月般的小脚果然打动了李煜,当天就留下她侍寝。据说李煜曾经握着窅娘动人的小脚反复赏玩,还给它起了一个优雅的名字:"三寸金莲"。为了她所受到的宠爱,此后近一千年中的女性都要忍受缠足在她们发育过程中留下的撕心裂肺的伤痛。

高罗佩在《中国古代房内考》中写道:

> 尽管有人怀疑是否真是从窅娘才开了缠足的风气,但是文献的和考古的证据却表明,这一习俗确是在这一时期或其前后,即唐、宋之间约五十年的时间里出现的。

这一习俗在以后许多世纪里一直保存，只是近年来才渐渐消亡……

从宋代起，尖尖的小脚成了一个美女必须具备的条件之一……女人的小脚开始被视为她们身体最隐秘的一部分，最能代表女性，最有性魅力。宋和宋以后的春宫画把女人画得精赤条条，连阴部都细致入微，但我从未见过或从书上听说过有人画不包裹脚布的小脚。女人身体的这一部分是严格的禁区，就连最大胆的艺术家也只敢画女人开始缠裹或松开裹脚布的样子。……

女人的脚是她的性魅力所在，一个男人触及女人的脚，依照传统观念就已是性交的第一步。……[6]

然而，就在这香风袅娜之间、颠鸾倒凤之际，已经建立八年的宋朝，已经在他绚烂的梦境中划出一条血色的伤口。公元971年，潮水般的宋军踏平了南汉，惶恐之余，李煜非但不思如何抵抗宋军，反而急急忙忙地上了一道《即位上宋太祖表》，向宋朝政府做出了对宋称臣的政治表态，主动去掉了南唐国号，印文改为江南国，自称江南国主，在江南一隅苟延残喘。

韩熙载曾经是一个理想主义者，自恃文笔华美，盖世无双，因而锋芒毕露，从来不把别人放在眼里，所以很容易得罪人。每逢有人请他撰写碑志，他都让宋齐丘起草文字，他来缮写。

宋齐丘也不是等闲之辈，官至左右仆射平章事（宰相），主宰朝政，文学方面也建树颇高，晚年隐居九华山，成就了九华山的盛名，陆游曾在乾道六年七月二十三日《入蜀记第三》中写道："南唐宋子篱辞政柄归隐此山，号'九华先生'，封'青阳公'，由是九华之名益盛。"即使如此，宋齐丘的文字，还是成为韩熙载讥讽的对象，每次韩熙载抄写他的文章，都用纸塞住自己的鼻孔。有人不解，问他为什么，他回答道："文辞秽且臭。"对于自己的顶头上司，他不给一点面子。有人投文求教，每当遇到那些粗陋文字，他都命女伎点艾熏之。就在发生饥荒的这一年五月，身为吏部侍郎的韩熙载，上疏"论刑政之要，古今之势，灾异之变"，还把他新写的《格言》五卷、《格言后述》三卷进呈到李煜面前。这一次李煜没有歇斯底里，认为他写得好，升任他为中书侍郎、光政殿学士，这是韩熙载摸到了头彩，也是他平生担任的最高官职。

李煜甚至还想到拜韩熙载为相，《宋史》《新五代史》《续资治通鉴长编》《湘山野录》《玉壶清话》《南唐书》等诸多典籍都证实了这一点。但韩熙载看到了这份信任背后的凶险。他知道，面前的这个李煜是一个扶不起来的阿斗，他不止一次地向他献策，出师平定北方，都被这个胆小鬼拒绝了。没有人比韩熙载更清楚，一心改革弊政的潘佑、李平，还有许多从北方来的大臣都是怎么死的。李煜的刀法，像他的笔法一样，精准、细致、一丝不苟，所有的忠臣，都被他准确无误地铲除了，连那个辞官隐居的宋齐丘，都被李煜威逼，在九华山自缢而死。李煜不是昏庸，是丧心病狂。辽、金、宋、明，历朝历代的末代皇帝，都有着丝毫不逊于李煜的特异功能，将自己朝廷上的有用之臣一个一个地杀光。

就在南唐王朝自相残杀的同时，刚刚建立的宋朝已经对南唐拔出了利剑，以南唐国力之虚弱、政治之腐败，根本不是宋的对手。韩熙载知道，一切都太晚了，他已经预见到了南唐这艘精巧的小舢板将被翻滚而来的血海彻底吞没，最多只留下一堆松散柔弱的泡沫。

最耐人琢磨的，还是韩熙载的内心。他清清楚楚地知道，眼前的粼粼春波、翩翩飞燕、喋喋游鱼、点点流红，都只是一种幻象，转眼之间，就会荡然无存。他是鲁迅所说的铁屋里的觉醒者，发现自己被困在尘世间最华丽的囚牢里，命中注定，无路可逃。当他发现自己的洞察力和预见性最终只能使自己受到惩罚，别人依旧昏天黑地醉生梦死，才知道自己是天底下最大的傻瓜。他决定改变自己的活法。

很多年后，范仲淹说了一句让读书人记诵了一千年的名言："先天下之忧而忧，后天下之乐而乐。"韩熙载没有听到过这句话，也没有宋代知识分子的庄严感，在他看来，"先天下之乐而乐"，才是唯一正确的选择。这是一种以毒攻毒、以荒淫对荒淫的策略。一个人做一次流氓并不难,难的是一辈子做流氓,不做君子。在这方面,他表现出青出于蓝而胜于蓝的超强实力。韩熙载本来就"不差钱",他的资金来源,首先是他丰厚的俸禄;其次是他的"稿费"——由于他文章写得好,有人以千金求其一文;再次是皇帝的赏赐。三者相加,使韩熙载成为南唐先富起来的那部分人。于是,他蓄养伎乐,宴饮歌舞,纤手香凝之中,求得灵魂的寂灭和死亡。他以一个个青春勃发的女子来供奉自己,用她们旺盛的青春映衬自己的死亡。

同是在脂粉堆里摸爬滚打,韩熙载与李煜有着本质的不同。李煜的脑海里只有儿女私情,没有任何宏大的设想,他被女人的怀抱遮住了眼,看不到远方的金戈铁马、猎猎征尘,不知道快乐对于帝王来说构成永恒的悖论——越是沉溺于快乐,这种快乐就消失得越快。现实世界与帝王的情欲常常构成深刻的矛盾,当"性器官渴望着同另一个性器官汇合,巴掌企图抚摸另一具丰腴的躯体,这些眼看可以满足的事情却时常在现实秩序面前撞得粉碎"[7]。在实现欲望方面,帝王当然拥有特权,能够保证他的身体欲望得以自由实现,他试图通过权力把这份"绝对自由"合法化,然而,这只是一种表面上的自由,它背后是更黑暗的深渊,万劫不复。从这个意义上说,帝王的所谓自由,实际上是一种伪自由,一个以华丽的宫殿和冰雪的肌肤围绕起来的巨大陷阱,他将为此承受更加猛烈的惩罚。李煜与所有沉迷于情色的皇帝一样,没有看透这一点。如果一定要说出他与那些皇帝的区别,那就是他更有艺术才华,把他那份缱绻的情感写入词中。

而韩熙载早已洞察了一切,他只追求快乐地死去。他知道所有的"乐",都必然是"快"的。在法语里,"喜乐"(Bonheur)是由"好"和"钟点"组成的合成词,一针见血地指明了"乐"的时间属性。昆德拉在小说《不朽》中也曾经悲哀地说,把一个人一生的性快感全部加在一起,也顶多不过两小时左右。但在韩熙载看来,这种很"快"的"乐",将使他摆脱濒死的恐惧,使死亡这种慢性消耗不再是一种可怕的折磨。他不像李煜那样无知者无畏,他越是醉生梦死,就说明他越是恐惧。他试图以这样的方式进行反抗,让身体在这个荒谬的世界上横冲直撞,在这种"近于疯狂的自我报复之中获得快感",等待和迎接最后的灭亡时刻,所有的爱憎、悲喜、成败、得失,都将在这个时刻被一笔勾销。鲁迅曾将此总结为:"憎恶这熟悉的本阶级,毫不可惜于它的溃灭。"[8]纵情声色,是他给自己开的一服解药。他知道自己,还有这个王朝,都已经无药可救,他只能把自己当成一匹死马来医。治疗的结果已经无足轻重,重要的是过程,那是他的情感所寄。

他挥金如土,很快就身无分文。但他并不心慌,每逢这时,韩熙载就会换上破衣烂衫,手持独弦琴,去拍往日家伎的门,从容不迫地挨家乞讨。有时偶遇自己侍妾正与小白脸厮混，韩熙载不好意思进去，就挤出笑脸，说对不起，不小心扫了你们的雅兴。

他知道自己"千金散尽还复来"，等自己重新当上财主，他就会卷土重来，进行报复式消费。《五代史补》说韩熙载晚年生活荒纵，每当他大筵宾客，都先让女仆与之相见，或调戏，或殴击，或加以争夺靴笏，无不曲尽——看起来还有性虐待倾向。这样荒淫的场合，居然还有僧人在场，登堂入室，与女仆等杂处。怪不得连李煜都被惊住了，他没想到这世上还会有人比自己更加风流，他肃然起敬。

三

如果没有那幅画，我们恐怕不可能知道那场夜宴的任何细节，更不会注意到韩熙载室内的那几道屏风。作为韩熙载享乐现场的重要证据，它们最容易被忽视，但我认为它们十分重要。

屏风共有四道，画中间有两道，再向两边，各有一道，把整幅长卷均分成五幕：听琴、观舞、休闲、清吹和调笑，像一出五幕戏剧，环环相扣，榫卯相合。这让我们看到了画者构思的用心。他不仅用屏风把一个漫长的故事巧妙地分段，连分段本身，都成了故事的一部分。

男一号韩熙载在第一幕就隆重出场了,他头戴黑色高冠,与客人郎粲同在罗汉床上,凝神静听妙龄少女的演奏,神情还有些端庄;第二幕中,韩熙载已经脱去了外袍,穿着浅色的内袍,一面观舞,一面亲自击鼓伴奏;第三幕,韩熙载似乎已经兴奋过度,正坐在榻上小憩,身边有四名少女在榻上陪侍他,强化了这种不拘礼节的气氛;到了第四幕,韩熙载已经宽衣解带,露出自己的肚腩,盘膝而坐,体态十分松弛,一面欣赏笙乐的吹奏,一面饱餐演奏者的秀色;似乎是受到了韩熙载的鼓励,在最后一幕,客人们的肢体语言也变得放纵和大胆,或执子之手,或干脆将眼前的酥胸柔腕揽入怀中。美术史家巫鸿写道:"我们发现从第一幕到这最后一幕,画中的家具摆设逐渐消失,而人物之间的亲密程度则不断加强。绘画的表现由平铺直叙的实景描绘变得越来越含蓄,所传达的含义也越发暧昧不定。人物形象的色情性愈发浓郁,将观画者渐渐引入'窥视'的境界。"[9]

唯有屏风是贯穿始终的家具。在如此亲切友好的气氛中,屏风本是一个不合时宜的介入者。画轴上的一切行动,目的地只有一个,就是床,然而出人意料的是,画中的床一律是空旷的背景,只有屏风的前后人满为患。屏风的本意是拒绝,它不是墙,不是门,它对空间的分割,没有强制性,可以推倒,可以绕过,防君子不防小人,它以一种优雅的、点到为止的方式，成为公共空间和私密空间的分界线、抵御视觉暴力和身体冒犯的物质屏障。一个经受过礼仪驯化的人，知道什么是非礼勿视、非礼勿听，所以屏风站立的地方，就是他脚步停止的地方，"闲人免进"。但在《韩熙载夜宴图》里，屏风的本意却发生了扭转。拒绝只是它们表面的词义，深层的意义却是诱惑与怂恿。它是以拒绝的方式诱惑，在它们的引导下，整幅画越向内部，情节越暧昧和淫糜。

我们可以先看画幅中间连续出现的那两道屏风。一道是环绕韩熙载与四名少女的坐榻的屏风，紧靠坐榻，是一张空床，也被屏风三面围拢，屏风深处，被衾舒卷，更增添了几许幽魅与色情。它们是一种床上屏风，一种折叠式的"画屏"，拉开后，可以绕床一周，也可以三面围合，留一个上下床的出入口。韦庄《酒泉子》写："月落星沉，楼上美人春睡。绿云倾，金枕腻，画屏深。"李贺也有类似的语句："夜遥灯焰短，睡熟小屏深。"描摹的都是美人在画屏中酣睡的场景。当美人半梦半醒，或者在晨曦中醒来，揽衣推枕之际，睁眼看到四周的画屏，也不失一种别致的体验。至于画屏的作用，不仅是挡风御寒，更是最大限度地保护床榻的私密性，然而，任何与床相关的器物，都容易引起人们的色情想象，比如我们说"上床"，在今天早已不再是一个中性词语，而被赋予了浓重的色情意味，画屏也是一样，严严实实的遮挡，换来的是窥视的欲望，欧阳炯一首《春光好》，将屏风的色情意味表现得十分露骨：

> 垂绣幔，
> 掩云屏，
> 思盈盈。
> 双枕珊瑚无限情，
> 翠钗横。
> 几见纤纤动处，
> 时闻款款娇声。
> 却出锦屏妆面了，
> 理秦筝。

我们的目光再向画轴的左侧移动，这时我们会看见连接第四、第五幕的那道屏风——屏风前的男人，与屏风后的女性，正在隔屏私语。画幅犹如默片，忽略了他们的声音，却记录了他们情状的甜腻。妖娆的女性身影，因其在屏风后幽魅地浮现而显得越发柔媚和性感，犹如性感的挑逗并非来自一览无余的裸露，而是对露与不露的分寸拿捏。调情的行家里手都明白这点常识：有限的遮掩比无限的袒露更摄人心魄，原因很简单——一望无余的袒露带来的只是视觉刺激的饱和，只有有限度的遮掩更能刺激对身体的色情想象。罗兰·巴特说："人体最具色情之处，难道不就是衣饰微开的地方吗？"与直奔主题的床比起来，屏风更有弹性，这种弹性，使它具有了拒绝和半推半就的双重可能，也更能引起某种想入非非的模糊想象。屏风带来的这种空间上的转折与幽深，让夜宴的现场陡生几分神秘和曲折。画幅之间，香风袅娜、情欲荡漾，令我想起唐代郭震的诗："罗衣羞自解，绮帐待君开"，也想起当下歌星的低吟浅唱："越过道德的边境……"在《韩熙载夜宴图》中，屏风不再用于围困，相反，是用来勾引——它以欲盖弥彰的方式，为情欲的奔涌提供了一个先抑后扬的空间，也使画中人在情欲的催促下不能自已，一往无前。

四

因此，《韩熙载夜宴图》构成了一个窥视的空间，只是这种窥视，不是单向的，而是多向的，不是平面的，而是立体的。它的内部，存在着一个由窥视构成的权力金字塔。

在这个权力金字塔中，第一层权力建立在韩熙载与歌舞伎之间。它构成男女两性之间的权力关系。这一点只要看看画上男人们的眼神就知道了——胡须像情欲一样旺盛的韩熙载、身穿红袍的郎粲，与他们对坐、面孔却扭向琵琶女的太常博士陈致雍和紫微朱铣，躬身侧望的教坊司副使李家明，还有恭恭敬敬站在后面的韩熙载门生舒雅,他们个个衣着体面、举止端庄,只有眼神充满色欲,如孔夫子所感叹的:"吾未见好德如好色者也。"[10] 衣着、举止都可以伪饰,唯有眼神无法伪饰。这是画者的厉害之处,他用窥视的眼神,将现场所有暧昧与色情的眼神一网打尽,一览无余。这证明了女权主义者劳拉·穆尔维的著名判断——"观察对象一般来说是女性……观察者一般来说是男性"[11],从仕女图、色情小说到三级片,无不是男性目光的延伸,它们所展现的,也无不是女性身体的柔媚性感,以女性为欣赏对象的色情作品一直是不占主流的。正是男性在窥视链条中的先天优势地位,鼓励了韩熙载这些画中人的目光,使他们旁若无人,目不转睛。

第二层权力建立在顾闳中与韩熙载之间。对于歌舞伎而言,韩熙载是看者;而对于画家顾闳中而言,韩熙载则是被看者。顾闳中的"看",与韩熙载的"被看",凸显了画者对"看"的特权。应当说,画者是一个彻头彻尾的窥视者。只有窥视者的目光,才能掠过建筑外部的华美,而直接落在建筑的内部空间中,因此,在这幅漫长的卷轴中,画者摒弃了对建筑本身的描摹,隐去了重门叠院、雕梁画栋,而专注于对室内空间的表达,使这幅《韩熙载夜宴图》,既有半公开半隐私的坐榻,也有空床、画屏这类内室家具。

中国古代绘画中,出现最多的应该是书案、琴桌、酒桌、座椅、坐榻这类家具，是供人正襟危坐的，而直接把画笔深入到隐私空间的，并不多见；古画中的女人，也有一个特别的称谓：仕女。我相信仕女这个词会让许多翻译家感到棘手，她们不是淑女，不是贵妇，而是一种以"仕"命名的女人。在古代，"仕"与"士"曾经分别用来指称男女，如《诗经》上说："士与女秉简兮"，"有女怀春，吉士诱之"。到了唐代，"仕女"才成为专有名词，画家也开始塑造女性由外表到精神的理想之美，到了宋代，这种端庄典雅的"仕女"形象，则在画纸上普遍出现。元代汤垕将"仕女"的形象概括为："仕女之工，在于得闺阁之态……不在于施朱傅粉，镂金佩玉，以饰为工。"这种精神、体态与美貌完美结合的女性，虽与欧洲中世纪的宫廷贵妇有所不同，却也有某些相似之处，约阿希姆·布姆克在《宫廷文化》一书中说："宫廷女性以其美丽的容貌、优雅的举止和多才多艺的才华唤起男人欢悦欢畅的情感，激起他们为高贵的女性效劳的决心。"[12]

但《韩熙载夜宴图》却有所不同，因为它画的不是理学兴起的宋代，而是秩序纷乱的五代。在时代的掩护下，画者的目光变得无所顾忌。他略过了厅堂而直奔内室。因为厅堂是假的，哪个在厅堂里高谈阔论的人不戴着虚伪的面具？唯有内室是真的，无论什么样的社会贤达、高级官员，在这里都撕去假面，露出赤裸裸的本性。所以，要了解明代社会，最好的教科书不是官方的正史，而是《金瓶梅》和《肉蒲团》这样的"民间文学"。尽管《韩熙载夜宴图》比它们看上去更文艺，但从窥视的角度上说，它们没有区别。

绘画是窥视的一种方式，让我们的目光可以穿透空间的阻隔，在私密的空间里任意出没。实际上，摄影、电影，甚至文学，都是窥视的艺术。本雅明早就明确提出，摄影是对于视觉无意识的解放。它们呼应的，正是身体内部某种隐秘的欲望。没有温庭筠的《酒泉子》，我们就无法进入"日映纱窗，金鸭小屏山碧"这样私密的空间；没有毛熙震的《菩萨蛮》，我们也无法体会"寂寞对屏山，相思醉梦间"这样私密的感受。约翰·艾利斯说："电影中典型的窥视态度就是想知道即将发生什么，想看到事件的展开。它要求事件专为观众而发生。这些事件是献给观众的，因此暗示着展示（包括其中的人物）本身默许了被观看的行动。"[13] 所有的艺术，都可以用"窥视"二字总结。通过这种窥视，观察者与画中人形成了"看"与"被看"的关系。之所以把这种"观看"称为窥视，是因为观看行为本身并没有干扰画中人的举动，或者说，画中人并不知道观看者的存在，所以他们的言谈举止没有丝毫的变化。在韩熙载的夜宴上，每个人的身体都处于放松的状态，他们的动作越是私密，窥视的意味也就越强。

第三层权力建立在李煜与顾闳中之间。在那场夜宴上，顾闳中的目光无处不在,仿佛香炉上的轻烟,游荡在整幅画面。但作为南唐王朝的官方画师,顾闳中的创作是受控于皇帝李煜的,《韩熙载夜宴图》也是皇帝给他的命题作文,他只能遵命行事。它体现了皇帝对臣子的权力。《宣和画谱》记载,顾闳中受李煜的派遣,潜入韩熙载的府第,窥探他放浪的夜生活,归来后全凭记忆,画了这幅画,《宣和画谱》对这一史实的记录是:顾闳中"夜至其第,窃窥之,目识心记,图绘以上"[14]。

据说南唐还有两位著名宫廷画家画过同题材作品,一是顾大中的《韩熙载纵乐图》,《宣和画谱》上有记载;二是周文矩《韩熙载夜宴图》,历史上曾经有人见过这幅画,这个见证人是南宋艺术史家周密,他还把它记入《云烟过眼录》一书,说它"神采如生,真文矩笔也"[15]。元代也有人见过周文矩版的《韩熙载夜宴图》,这个人也是一个艺术史家,名叫汤垕,他还指出了周文矩版《韩熙载夜宴图》与顾闳中版《韩熙载夜宴图》的不同,但自汤垕之后,就再也没有人证实过这幅画的存在,它在时间流传中神秘地消失了,我们今天能够看到的,只剩下顾闳中的那幅《韩熙载夜宴图》,这也是顾闳中唯一的传世作品。

今天我们已经无法知道,这两幅《韩熙载夜宴图》到底有哪些区别。李煜找了不同的画家记录韩熙载的声色犬马,似乎说明了他做事的小心。他不相信孤证,如果有多种证据参照对比,他会放心得多。画画的目的,一是因为他打算提拔韩熙载为相，又听说了有关韩熙载荒纵生活的各种小道消息，"欲见樽俎灯烛间觥筹交错之态度不可得"[16]，于是，他派出画家，对韩熙载的夜生活进行描摹，试图根据顾闳中等人的画做出最后的决断。从这个意义上说，这幅画本质上是一份情报，而并非一件艺术品。或许顾闳中也没有将它当作一件艺术品，它只是特务偷拍的微缩胶卷，只不过顾闳中把它拍在脑海里了，回来以后，冲洗放大，还原成他记忆中的真实。但我们也不能不承认，作为一个在纵情声色方面有着共同志趣的人，韩熙载的深度沉迷，也吸引着李煜探寻的目光，在他的内心世界里激起暗中的震荡，对此，《宣和画谱》上的记载是："写臣下私亵以观，则泰至多奇乐。"[17] 意思是把大臣的私密猥亵画下来观看，显得过于好奇淫乐。所以，在对待这件事情的态度上，李煜是自相矛盾的，既排斥，又认同。他一方面准备用这幅画羞辱韩熙载，让大臣们引以为戒，起到遏制腐败的作用；另一方面，他自己是朝廷中最大的腐败分子，对韩熙载的"活法"颇有几分好奇和羡慕，就像今天有些黄色文学是以"法制文学"的面目出现的，李煜则是从这幅以"反腐"为主题的画中，最大限度地满足了自己的窥视癖好。

但有人认为顾闳中版《韩熙载夜宴图》也在时间中丢失了，《宣和画谱》说顾闳中"善画，独见于人物……"[18] 但那只是一个传说。故宫的那幅《韩熙载夜宴图》作者是谁？没有人知道，它的身世也变得模糊不清。早在清朝初年，孙承泽就已经隐隐地感到，《韩熙载夜宴图》"大约南宋院中人笔"[19]，北京故宫博物院书画鉴定大师徐邦达先生确认了这一点，认为孙承泽的说法"是可信的"[20]，北京故宫博物院古画研究专家余辉先生通过这幅画中的诸多细节，特别是服饰、家具、舞姿和器物，证明它带有浓烈的宋代风格，认定这幅画"真正的作者是晚于顾闳中三百年的南宋画家，据作者对上层社会丰富的形象认识，极有可能是画院高手。画中娴熟的院体画风是宁宗至理宗（1195—1264）时期的体格，而史弥远（卒于1233年）的收藏印则标志着该图的下限年代"[21]。

南宋人热衷于对《韩熙载夜宴图》的临摹，或许与偏安江南一隅的南宋小朝廷和南唐有着惊人的相似性有关，甚至到了明代，唐寅也对此画进行过临摹，只是唐寅版的《韩熙载夜宴图》，全画分成六幕，原来第四幕《清吹》被分成两幕，其中袒胸露腹的韩熙载和身边的侍女被移到了卷首，独立成段，夜宴也在室内外交替进行。

这等于说，在顾闳中、李煜这些最初的窥视者之外，还有更新的窥视者接踵而来，于是，这些大大小小、来路各异的《韩熙载夜宴图》，变成了一扇扇在时间中开启的窗子。一代代画者，都透过这些由画框界定出的窗子，向韩熙载窗内的探望，让人想起《金瓶梅》第八、第十三和第二十三回中那些相继舔破窗纸的滑润的舌头。韩熙载的窗子，不仅是向顾闳中、向李煜敞开的，也是向后世所有的窥视者敞开的，无论窥视者来自何方，也无论他来自哪个朝代，只要他面对一幅《韩熙载夜宴图》，有关韩熙载夜生活的所有隐私都会裸露出来，一览无遗。接二连三的《韩熙载夜宴图》，仿佛一扇扇相继敞开的窗子，让我们有了对历史的"穿透感"，我们的视线可以穿过层层叠叠的夜晚，直抵韩熙载纵情作乐的那个夜晚。作为这幅画的后世观者，我们的位置，其实就在李煜的身旁。

这构成了窥视的第四层权力关系，那就是后世对前世的权力关系。后代人永远是前代人的窥视者，而不能相反。当然，所谓前世与后世，是一个相对的概念，每代人都是上一代人的后世，同时也是下一代人的前世，因此，每代人都同时扮演着后世与前世的角色。这是在时间中建立起来的等级关系，无法逾越。当一个人以后世的身份出现的时候，相对于前世，他有着强烈的优越感，一句"粪土当年万户侯"，就充分体现出这样的优越感；相反，即使一个"指点江山、激扬文字"的强人，面对后世时，也不得不面临"千秋功罪，任人评说"的无奈与尴尬。前代人的一切都将在后代人的视野中袒露无余，没有隐私，无法遮掩，这凸显了时间超越性别、超越世俗地位的终极权威。

满室的秀色让韩熙载和他的客人们目不转睛，但画中的这些观看者并不知道自己也成了观看的对象，像卞之琳《断章》诗所写，"你站在桥上看风景，看风景人在楼上看你"，他们更不知道，前赴后继的窥视者，将他们打量了一千多年。

于是，在这出五幕戏剧层层递进的情节的背后，掩藏着更深层的起承转合。它不是一个特定时代的孤立的碎片，而是一出由韩熙载、顾闳中、李煜，以及后世一代代的画家、官僚、皇帝参与的大戏，一幅辽阔的历史长卷，反复讲述着有关王朝兴废的永恒主题，每一代人，都有自己的"最后的晚餐"。它不只是在空间中一点点地展开，更是在时间中一点点地展开，充满悬念，又惊心动魄。

五

但顾闳中向李煜提供的"情报"里却暗含着一个"错误"，那就是韩熙载的醉生梦死，是刻意为之，是表演，说白了，是装。他知道李煜在打探自己的底细，所以才装疯卖傻，花天酒地，不再为这个不可救药的王朝卖命。这就是说，他已经知道自己在窥视的权力链条上完全处于一个弱势的地位，于是利用了自己的弱势地位，也利用了皇帝的窥视癖，将计就计送去假情报。如果说李煜利用自己的王权完成了一次成功的窥视，那么韩熙载则凭借自己的心计完成了一次成功的反窥视。

或许顾闳中并没有上当,所以作为五代最杰出的人物画家,他在这幅画上留了伏笔——韩熙载的表情上,没有沉迷,只有沉重。韩熙载不是演技派,而只是一个本色派演员,喜怒形于色,他的放荡,始于身体而终于身体,入不了心。但李煜的头脑过于简单,所以他没有注意到顾闳中的提醒,这位美术鉴赏大师对朝政从来没有做出过正确的判断,他的王朝的命运,也就可想而知了。

一切都不出韩熙载所料,公元974年,赵匡胤遣使,召李煜入朝,李煜拒绝了,大宋王朝对这个蝇营狗苟的南唐小朝廷终于不耐烦了,开始了对南唐的全面战争。一年后,江宁府沦陷,李煜被五花大绑押出京城,成了大宋王朝的阶下囚。

被俘后,李煜在词中对自己繁华逸乐的帝王生涯进行了反复的回放:

> 四十年来家国,
> 三千里地山河。
> 凤阁龙楼连霄汉,
> 玉树琼枝作烟萝。
> 几曾识干戈?

韩熙载死于南唐灭亡之前四年,也就是公元970年。那一年，他六十九岁。死前，他已经变成穷光蛋，连棺椁衣衾，都由李煜赏赐。

这样的不堪，落在南唐校书郎、入宋后官终陕西转运使的郑文宝的《南唐近事》里，变成这样一串文字："韩熙载放旷不羁，所得俸钱，即为诸姬分去，乃著衲衣负筐，命门生舒雅执手版，于诸姬院乞食，以为笑乐。"[22]

从前的大土豪，已经穷得当起了叫花子，一身破烂地到他从前私蓄的家伎那里打牙祭，而门生舒雅——从前夜宴的座上宾，也执手板跟在他屁股后面，亦步亦趋。若赶上歌伎业务繁忙，他就只好尴尬地说：您先忙着，我过后再来。不论他多么装疯卖傻，他的潇洒里，总还是包含着许多苦涩。有诗云：

> 我本江北人，
> 去作江南客。
> 舟到江北来，
> 举目无相识。
> 不如归去来，
> 江南有人忆。[23]

意思是说，他虽然是江北人，客居于江南，但当他乘舟抵达江北，发现满世界没有一个熟人，还不如返回江南，在那儿还有人忆念他。

韩熙载被安葬在风景秀美的梅颐岭东晋著名大臣谢安墓旁。李煜还令南唐著名文士徐铉为韩熙载撰写墓志铭，徐锴负责收集其遗文，编集成册。

人生最大的悲哀是人死了钱没花了，这样的悲剧，他避免了。

李煜死于公元978年。他四十一岁生日那一天，"梦里不知身是客"的他还不忘奢侈庆祝，鼓声乐声传至窗外，让宋太宗赵光义（后改名赵炅）十分光火，命人在一匣巧果里下了毒药，作为寿礼送给李煜。李煜不知有毒，对大宋皇帝的恩德感激涕零，吃下了巧果。[24] 他的死应验了卡夫卡在《审判》中的一段话："他死了，耻辱却留在人间。"韩熙载没有死得像李煜那样难看，他要比李煜幸运得多。

六

韩熙载的糜烂之夜，让我们陷入深深的矛盾——一方面，对于韩熙载、对于李煜、对于历朝历代耽于享乐的特权阶层，我们似乎应该心存感激，正是他们贪婪的目光、挑剔的身体、精致的感觉，把我们的物质文化推向了耀眼的精致，否则就没有了两岸故宫的浩瀚收藏，当然，也就没有了《韩熙载夜宴图》

这幅旷世的绘画珍品，故宫之所以能够成为一座规模惊人的博物院，与权力者欲望的不受限制有密切关系，在这些精美绝伦的藏品背后，我们依稀可以看见王朝更迭的痕迹；但另一方面，人类的理性，却对这般极致化的唯美做出了否定，弗洛伊德说："文明的发展限制了自由，公正要求每个人都必须受到限制。"享乐与道德，似乎成了对立物，鱼与熊掌不可兼得，那些精美绝伦的器物、服饰等艺术品上面，镌刻着欲望驰骋的脚步，它们盘踞的地方，也成为各种理论厮杀的战场。

与马克思、毛泽东并称"3M"的德裔美籍哲学家和社会学家马尔库塞在《爱欲与文明》中庄严宣告，文明对于身体快乐的剥夺是特定历史阶段的产物，取缔身体和感性的享受是维持社会纲纪的需要，然而，现今已经到了中止这种压抑的时候了，现代社会的经济条件已经成熟，社会财富的总量已经有能力造就一个新的历史阶段。[25] 在这些理论家的鼓动之下，身体欲望赢得了合法的地位。应当承认，资本主义商业和技术的大发展，是以承认身体欲望为前提的。如果没有肢体对速度的欲望，就不会有汽车、火车和飞机；如果没有眼睛对"看"的欲望，就不会有电影、电视和网络；如果没有耳朵对"听"的欲望，就没有电报、电话和无线通信。早就不是赞美禁欲主义和苦行主义的年代了，因为没有人能够拒绝这场物质的盛宴。但另一方面，我们的物质享乐早已经透支了。对于这一点，无所不在的广告就是最好的证明。所有的广告，都众口一词地煽动着人们对于物质的贪欲，因为柴米油盐这些生活基本需求，是由胃来提醒，而是不需要广告来提醒的，可以断言，广告都是为过剩的欲望服务的。试看今日之中国，不是早已成为世界奢侈品的大仓库了吗？世界奢侈品协会曾在2009年预言，中国奢侈品市场将在五年内勇攀全球奢侈品消费的顶峰，然而，只过了三年，这一宏伟目标就被国人提前实现了——2012年，中国奢侈品市场就占据了全球份额的28%，成为全球最大奢侈品消费国。媒体将国人争购奢侈品的踊跃场面比喻为"买大白菜"，西方人更是惊呼："这是我导游生涯中见过的最壮观的景象，中国人横扫第五大道，买走了一切最好最贵的东西。"[26]在感官享乐方面，电影公司争先恐后地以一掷千金的豪迈制造出豪华而荒诞的盛大幻象，观众们则对那些以毁掉美酒、汽车、楼宇甚至城市为卖点的电影大片乐此不疲。资本家为了利益而把牛奶倒向大海的警示言犹在耳，我们已经置身于以毁灭物质来赢得快感的世界了。啥叫有钱？有钱不是拼命花钱，而是玩命儿烧钱，看谁烧得凶狠，烧得彻底，烧得惊天地泣鬼神。我相信当今的富豪生活一定会使韩熙载自愧弗如，今天的色情网站也一定会令西门庆大惊失色。他们那点放纵的伎俩，早就显得小儿科了。我们已无法判断身体狂欢的底线在哪里，更无从知晓自己身处彼岸的天堂，还是俗世的泥潭。2012年盛行的末日传说，似乎验证了一个古老的信条，那就是"过把瘾就死"，是"我死以后，哪管洪水滔天"。韩熙载式的及时行乐变成了一种无意识的集体狂欢，所有人都能面不改色心不跳地拥向那场华丽而奢靡的"最后的晚餐"。

从《韩熙载夜宴图》到《红楼梦》，"最后的晚餐"几乎成为中国艺术不断重复的"永恒主题"。只是这一中国式的"最后的晚餐"，全无达·芬奇《最后的晚餐》中耶稣得知自己被出卖后的那份宁静与庄严以及赴死前的那份神圣感。中国式"最后的晚餐"的含义，是极乐后的毁灭，是秦可卿预言过的"盛筵必散"——她给王熙凤托梦时说："眼见不日又有一件非常喜事，真是烈火烹油、鲜花着锦之盛。要知道，也不过是瞬息的繁华，一时的欢乐，万不可忘了那'盛筵必散'的俗语……"[27] 在"荣国府归省庆元宵"盛大场面中，曹雪芹将这场晚餐的恢宏绚烂铺陈到了极致，仿佛焰火，绽放之后，留下的只有长久的黑暗和空寂，就像第二十二回中的贾政，当他猜到灯谜的谜底是爆竹时，想到爆竹是"一响而散之物"，内心升起无尽的悲凉慨叹。如果我们能够看到他彼时的表情，我想也一定与韩熙载如出一辙。

灭掉南唐之后，南方的各种享乐之物被陆陆续续运到汴京，构成了对大宋官员的强烈诱惑，也构成了对江山安危的强大威胁，宋太祖赵匡胤意识到了它们的危险性，于是下令把它们封存起来，不是建博物馆，而是建了一座集中营——物的集中营，把它们统统关押起来，以防止这些糖衣炮弹对帝国官员们的拉拢腐蚀。对于穷奢极欲的生活方式，宋太祖不仅反感，而且痛恨，一再要求官员们艰苦奋斗、戒骄戒躁。宋太祖的低调还体现在建筑上，于是有了宋式建筑的低矮与素朴。据说他的宫殿陈设十分简单，吃穿都不讲究，衣服洗得掉了色也舍不得扔，还一再减少身边工作人员的人数，偌大的皇宫，只留下五十多名宦官和三百多名宫人。他知道坐天下如同过日子一样，不能大手大脚，要细水长流，只有保持艰苦奋斗的工作作风，才能力保大宋江山千秋万代永不变色。遗憾的是，他的以身作则，敌不过身体本能的诱惑，在绝对权力的唆使下，后世皇帝很快回到感官放纵的惯性中，不断通过对身体快感的独占，体验权力的快感。他们贪享着帝王这一职业带来的空前自由，而忘记了它本身是一种高危职业，命运常把帝王推到一种极端的处境中。任何权力都是有极限的，连皇帝也不例外，当他沉浸于自己所认为的无限权力时，命运的罚单已经在那里等候多时了。如果做一番统计，我相信中国历史上绝大多数帝王是不得好死的。但他们的下场算不上悲剧，也不值得尊敬，因为悲剧是只对高贵者而言的，而这些皇帝，有的只是高贵的享乐，而从无高贵的信仰，就像福克纳所叹息的："连失败都没有高贵的东西可失去！胜利也是没有希望，没有同情和怜悯的糟糕的胜利。"

公元1127年的春天，宋徽宗和宋钦宗被捆绑着押出汴京，那场景就像他们大宋的军队当年将李煜押出南京一样。中国五千年历史中，没有哪个王朝取得过真正意义上的胜利。对于所有的王朝来说，成功都是失败之母。只有到了这步田地，徽、钦二帝才有所觉悟，自己透支了太多的"幸福"。但新上任的皇帝依旧不会在意这一切。公元1129年，宋高宗赵构率领他的宠妃们奔赴临安（杭州）城外观看钱塘潮，欢天喜地之中，早已把父兄在天寒地冻的五国城坐井观天的惨状抛在脑后。如此没心没肺，让一个名叫林升的诗人实在看不过眼，情不自禁写下了一首诗，诗中的讥讽与忧愤，与当年的韩熙载一模一样。

八百多年后，这首诗出现在学生课本上，化作孩子们清越的读书声：

山外青山楼外楼，
西湖歌舞几时休？
暖风熏得游人醉，
直把杭州作汴州。

（本文选自《故宫的古画之美》，
人民文学出版社，2021年版）

张择端的春天之旅

《清明上河图》并非只是画了一条河,它本身就是一条河,一条我们不可能两次踏入的河流。

一

张著没有经历过六十年前的那场大雪,但是当他慢慢将手中的那幅长达五米的《清明上河图》画卷展开的时候,他的脑海里或许会闪现出那场把历史涂改得面目全非的大雪。《宋史》后来对它的描述是"天地晦冥","大雪,盈三尺不止"[1]。靖康元年闰十一月,浓重的雪幕,裹藏不住金国军团黑色的身影和密集的马蹄声。那时的汴河已经封冻,反射着迷离的辉光,金军的马蹄踏在上面,发出清脆而整齐的回响。这声响在空旷的冰面上传出很远,在宋朝首都的宫殿里发出响亮的回音,让人恐惧到了骨髓。对于习惯了歌舞升平的宋朝皇帝来说，南下的金军比大雪来得更加突然和猛烈。在马蹄的节奏里，宋钦宗瘦削的身体正瑟瑟发抖。

两路金军像两条巨大的蟒蛇，穿越荒原上一层层的雪幕，悄无声息地围拢而来，在汴京城下会合在一起，像止血钳的两只把柄，紧紧地咬合。城市的血液循环中止了，贫血的城市立刻出现了气喘、体虚、大脑肿胀等多种症状。二十多天后，饥饿的市民们啃光了城里的水藻、树皮，死老鼠成为紧俏食品，价格上涨到好几百钱。

这个帝国的天气从来未曾像这一年这么糟糕，公元1127年、北宋靖康二年正月乙亥，平地上突然刮起了狂风，似乎要把汴京撕成碎片，人们抬头望天，却惊骇地发现，在西北方向的云层中，有一条长二丈、宽数尺的火光。[2]大雪一场接着一场，丝毫没有减弱的迹象，"地冰如镜，行者不能定立"[3]。气象学家将这一时期称作"小冰期"（Little Ice Age），认为在中国近两千年的历史上，只有四个同样级别的"小冰期"，最后两个，分别在12世纪和17世纪，在这两个"小冰期"里，宋明两大王朝分别被来自北方的铁骑踏成了一地碎片。上天以自己的方式控制着朝代的轮回。此时，在青城，大雪掩埋了许多人的尸体，直到春天雪化，那些尸体才露出头脚。实在是打不下去了，绝望的宋钦宗自己走到了金军营地，束手就擒。此后，金军如同风中飞扬的渣滓,冲入汴京内城,在宽阔的廊柱间游走和冲撞,迅速而果断地洗劫了宫殿,抢走了各种礼器、乐器、图画、戏玩。这样的一场狂欢节,"凡四天,乃止"。大宋帝国一个半世纪积累的"府库蓄积,为之一空"。匆忙撤走的时候,心满意足的金军似乎还不知道,那幅名叫《清明上河图》的长卷,被他们与掠走的图画潦草地捆在一起,它的上面,沾满了血污。[4]

在他们身后,宋朝人记忆里的汴京已经永远地丢失了。在经历四天的烧杀抢劫之后,这座"金翠耀目,罗绮飘香"[5]的香艳之城已经变成了一座废墟,只剩下零星的建筑,垂死挣扎。

在取得军事胜利之后,仍然要摧毁敌国的城市,这种做法,并非仅仅为了泄愤,它不是一种不理智的举动,相反,它非常理智,甚至,它本身就是一场战争,它打击的对象不是人的肉体,而是人的精神和记忆。罗伯特·贝文说,"摧毁一个人身处的环境,对一个人来说可能就意味着从熟悉的环境所唤起的记忆中被流放并迷失方向"[6],把它称为"强制遗忘"[7]。

写到这里,我的眼前突然映出"9·11事件"恐怖分子驾驶飞机冲向纽约双子塔的场面,这是一场以建筑物,而不是军事目标为打击对象的战争,它毁灭了美国人对一个时代的记忆,甚至摧毁了许多中国人对西方世界的美好想象——那部深深印入我们记忆的电视连续剧《北京人在纽约》,当激越的片头音乐响起,出现在画面里的,正是象征欲望的纽约双子塔。但是当双子塔消失之后，追寻者也会突然失去了心中的坐标。一个时代结束了，城市突然失重——那是心理上，而不是物理上的重量，笑容从美国人的脸上销声匿迹，被一种深刻的敌意所取代，化作越来越严格的安检措施，化作"阶级斗争要年年讲、月月讲、天天讲"的警惕，美国人变得比从前更加团结、紧张、严肃，少了从前的活泼。他们的自信像双子塔一样坍塌了。很多年后，我来到纽约，站在双子塔遗迹的边上，看到它已经变成一个大坑，深不可测，像大地上一道无法愈合的伤疤。

美国人永远不可能把双子塔重建起来了，也永远无法回到"9·11"以前的岁月。

一座城的历史，与一个人的生命，竟然是那样息息相关。我又想起帕慕克，置身美国，内心却永远也走不出生育他的城市——伊斯坦布尔。那些留下他足迹的街巷，永远无法从心头抹去，以至于他在十五岁时开始着迷于绘制这座城市的景象。当他成为一个作家，他用《伊斯坦布尔——一座城市的记忆》这本书向他的城市致敬。他说："我的想象力要求我待在相同的城市，相同的街道，相同的房子，注视相同的景色。伊斯坦布尔的命运就是我的命运：我依附于这个城市，只因她造就了今天的我。"[8]

暴风雪停止之际，汴京已不再是帝国的首都——它在宋朝的地位，正被临安（杭州）所取代；在北京，金朝人正用从汴京拆卸而来的建筑构件，拼接组装成自己的崭新都城。汴河失去了航运上的意义，黄河带来的泥沙很快淤塞了河道，运河堤防也被毁坏，耕地和房屋蔓延过来，占据了从前的航道，《清明上河图》上那条波澜壮阔的大河，从此在地图上抹掉了。一座曾经空前繁华的帝国首都，在几年之内就变成了黄土覆盖的荒僻之地。物质意义上的汴京消失了，意味着属于北宋的时代，已经彻底终结。[9]

六十年后，《清明上河图》仿佛离乱中的孤儿，流落到了张著的面前。年轻的张著[10]一点一点地将它展开，从右至左，随着画面上扫墓回城的轿队，重返那座想象过无数遍的温暖之城。此时的他，内心一定经受着无法言说的煎熬，因为他是金朝政府里的汉族官员，唯有故国的都城，像一床厚厚的棉被，将他被封冻板结的心温柔而妥帖地包裹起来。他或许会流泪，在泪眼蒙眬中，用颤抖的手，在那幅长卷的后面写下了一段跋文，内容如下：

> 翰林张择端，字正道，东武人也。幼读书，游学于京师，后习绘事。本工其界画，尤嗜于舟车、市桥郭径，别成家数也。按《向氏评论图画记》云："《西湖争标图》《清明上河图》选入神品。"藏者宜宝之。大定丙午清明后一日，燕山张著跋。

这是我们今天能够看到的《清明上河图》后的第一段跋文，写得工整仔细，字迹浓淡顿挫之间，透露出心绪的起伏，时隔八百多年，依然涟漪未平。

二

张择端在12世纪的阳光中画下《清明上河图》的第一笔的时候，他并不知道自己为这座光辉的城市留下了遗像。他只是在完成一幅向往已久的画作，他的身前是汴京的街景和丰饶的记忆，他身后的时间是零。除了笔尖在白绢上游走的陶醉，他在落笔之前，头脑里没有丝毫复杂的意念。一袭白绢，他在上面勾画了自己的时间和空间，而忘记了无论自己，还是那幅画，都不能挣脱时间的统治，都要在时间中经历着各自的挣扎。

那袭白绢恰似一幅银幕，留给张择端，放映出一部真正意义上的时代大片——大题材、大场面、大制作。在张择端之前的绘画长卷，有东晋顾恺之的《女史箴图》和《洛神赋图》，唐李昭道的《明皇幸蜀图》，五代顾闳中的《韩熙载夜宴图》、赵幹的《江行初雪图》，北宋燕文贵的《七夕夜市图》等。故宫武英殿，我站在《洛神赋图》和《韩熙载夜宴图》面前，突然感觉千年的时光被抽空了，那些线条像是刚刚画上去的，墨迹还没有干透，细腻的衣褶纹线，似乎会随着我们的呼吸颤动。那时，我一面屏住呼吸，一面在心里想，"吴带当风"对唐代吴道子的赞美绝不是妄言。但这些画都不如张择端《清明上河图》规模浩大、复杂迷离。

张择端有胆魂，他敢画一座城，而且是12世纪全世界的最大城市——今天的美国画家，有胆量把纽约城一笔一笔地画下来吗？当然会有人说他笨，说他只是一个老实的匠人，而不是一个有智慧的画家。一个真正的画家，不应该是靠规模取胜的，尤其中国画，讲的是巧，是韵，一钩斜月、一声新雁、一庭秋露，都能牵动一个人内心的敏感。艺术从来都不是靠规模来吓唬人的，但这要看是什么样的规模，如果规模大到了描画一座城市，那性质就变了。就像中国的长城，不过是石头的反复叠加而已，但它从西边的大漠一直铺展到了东边的大海，规模到了令人望而生畏的地步，那就是一部伟大作品了。张择端是一个有野心的画家，《清明上河图》证明了这一点，铁证如山。

时至今日，我们对张择端的认识，几乎没有超出张著跋文中为他写下的简历："东武人也。幼读书，游学于京师，后习绘事。"他的全部经历，只有这寥寥十六个字，除了东武和京师（汴京）这两处地名，除了"游学"和"习"这两个动词，我们再也查寻不到他的任何下落。"游学于京师"，说明他来到汴京的最初原因并不是画画，而是学习，顺便到这座大城市旅旅游。他游学研习的对象，主要是诗赋和策论，因为司马光曾经对宋朝的人事政策有过明确的指导性意见："国家用人之法，非进士及第者不得美官，非善为诗赋论策者不得及第，非游学京师者不善为诗赋论策"，也就是说，精通诗赋和策论，是成为国家公务员的基本条件，只有过了这一关，才谈得到个人前途。"后习绘事"，说明他改行从事艺术是后来的事——既然是后来的事，又怎能如此迅速地蹿升为美术大师？（北京故宫博物院余辉先生通过文献考证推测张择端画这幅画时应在四十岁左右[11]。他的绝对年龄虽然比我大九百多岁，但他当时的相对年龄，比我写作此文时的年龄还要小，四十岁完成这样的作品，仍然是不可想象的。）既然是美术大师，又如何在宋代官方美术史里寂然无闻（何况徽宗皇帝还是大宋王朝的"艺术总监"）？

关于他所供职的翰林画院，俞剑华先生在1937年由商务印书馆出版的两卷精装本《中国绘画史》中评价说："历代帝室奖励画艺，无有及宋朝者。唐以来已置待诏，祇候，供奉等画官。西蜀南唐亦设画院。及至宋朝，更扩张其规模，设翰林画院，集天下之画人，因其才艺之高低而授以待诏，祇候，艺学，画家正，学生，供奉等官秩。常命画纨扇进献，最良者，令画宫殿寺院。"[12] 这一传统被明代继承，同样是大画家的明宣宗朱瞻基依照宋徽宗的样子，设立了宫廷画院，地点就在武英殿以北的仁智殿（俗称白虎殿，我每次上班，都要从它的旁边经过）。与宋代不同的是，宋代进入画院的画家，都要经过严格考核，明代却无此制度，因此以书画待诏者，多为当时二流画师，像唐伯虎这样的一流画家反而无缘进入宫廷。明宪宗时，曾将当时的大画家吴伟召入阙下，吴伟放浪形骸，在皇帝面前也毫不收敛，有一次明宪宗到仁智殿，要看他作画，他喝得大醉，东倒西歪地画了一幅松泉图，画完后，宪宗惊叹："真神仙笔也！"

朱瞻基的作品，如《山水人物图》卷、《武侯高卧图》卷，吴伟的作品，如《长江万里图》卷、《灞桥风雪图》轴等，都留在了紫禁城，成为今天故宫博物院的藏品。将近六个世纪的时光，已经抹去了他们的君臣之别，使他们在艺术史里获得了平等的身份。

进入北宋翰林画院的，寂寂无闻的也很多，俞剑华先生说："宋朝之画院，虽为绘画史上之盛事美谈，然其中特出人才，反不若画院以外之多。例如两宋画家之见于记载者有986人之多，而画院不过164人，北宋仅有76人。"[13]

无论怎样，对我们来说，张择端的身世都是谜，无数的疑问，我们至今无法回答。我们只能想象，这座城市像一个巨大的磁场，吸引了他，怂恿着他，终于有一天，春花的喧哗让他感到莫名的惶惑，他拿起笔，开始了他漫长、曲折、深情的表达，语言终结的地方恰恰是艺术的开始。

他画"清明"，"清明"的意思，一般认为是清明时节，也有人解读为政治清明的理想时代。这两种解释的内在关联是:清明的时节,是一个与过去发生联系的日子、一个回忆的日子,在这一天,所有人的目光都是反向的,不是向前,而是向后,张择端也不例外,在清明这一天,他看到的不仅仅是日常的景象,也是这座城市的深远背景;而张择端这个时代里的政治清明,又将成为后人们追怀的对象,以至于孟元老在北宋灭亡后对这个理想国有了这样的追述:"太平日久,人物繁阜;垂髫之童,但习皱舞;班白之老,不识干戈"[14]。清明,这个约定俗成的日子,成为连接不同时代人们情感的导体,从未谋面的张择端和孟元老,在这一天灵犀相通,一幅《清明上河图》、一卷《东京梦华录》,是他们跨越时空的对白。

"上河"的意思,就是到汴河上去[15],跨出深深的庭院,穿过重重的街巷,人们相携相依来到河边,才能目睹完整的春色。那一天刚好有柔和的天光,映照他眼前的每个事物,光影婆娑,一切仿佛都在风中颤动,包括银杏树稀疏的枝干、彩色招展的店铺旗幌、酒铺荡漾出的"新酒"的芳香、绸衣飘动的纹路,以及弥漫在他的身边的喧嚣的市声……所有这些事物都纠缠、搅拌在一起,变成记忆,一层一层地涂抹在张择端的心上,把他的心密密实实地封起来。这样的感觉,只能意会,不能言传。

有人说,宋代是一个柔媚的朝代,没有一点刚骨,在我看来，这样的判断未免草率，如果指宋朝皇帝，基本适用，但要找出反例，也不胜枚举，比如苏轼、辛弃疾，比如岳飞、文天祥，当然，还须加上张择端。没有内心的强大，支撑不起这一幅浩大的画面，零落之雨、缠绵之云，就会把他们的内心塞满了，唯有张择端不同，他要以自己的笔书写那个朝代的挺拔与浩荡，即使山河破碎，他也知道这个朝代的价值在哪里。宋朝的皇帝压不住自己的天下了，手无缚鸡之力的张择端，却凭他手里的一支笔，成为那个时代里的霸王。

纷乱的街景中，没有人知道他是谁，要做什么，更没有人知道在不久的将来，他们将全部被画进他的画中。他走得急迫，甚至还有人推搡他一把，骂他几句，典型的开封口音，但他一点也不生气。汴京是首都，汴京的地方话就是当年标准的普通话，在他听来即使骂人都那么悦耳。相反，他庆幸自己成为这城市的一分子。他产生一种无法言说的梦幻感，他因这梦境而陶醉。他铺开画纸，轻轻落笔，但在他笔下展开的，却是一幅浩荡的画卷，他要把城市的角角落落都画下来，而不是其中的一部分。

三

这不是鲁莽，更不是狂妄，而是一种成熟、稳定，是胸有成竹之后的从容不迫。他精心描绘的城市巨型景观，并非只是为了炫耀城市的壮观和绮丽，而是安顿自己心目中的主角——不是一个人，而是浩荡的人海。汴京，被视为"中国古代城市制度发生重大变革以后的第一个大城市"[16]，这种变革，体现在城市由王权政治的产物转变为商品经济的产物，平民和商人，开始成为城市的主角。他们是城市的魂，构筑了城市的神韵风骨。

这一次，画的主角是以复数的形式出现的。他们的身份，比以前各朝各代都复杂得多，有担轿的、骑马的、看相的、卖药的、驶船的、拉纤的、饮酒的、吃饭的、打铁的、当差的、取经的、抱孩子的……他们互不相识，但每个人都担负着自己的身世、自己的心境、自己的命运。他们拥挤在共同的空间和时间中，摩肩接踵，济济一堂。于是，这座城就不仅仅是一座物质意义上的城市，而是一座"命运交叉的城堡"。

在宋代，臣民不再像唐代以前那样被牢牢地绑定在土地上，臣民们可以从土地上解放出来，进入城市，形成真正的"游民"社会，王学泰先生说："我们从《清明上河图》就可以看到那些拉纤的、赶脚的、扛大包的、抬轿子的，甚至算命测字的，大多数是在土地流转中被排挤出来的农民，此时他们的身份是游民。"[17]而宋代城市，也就这样星星点点地发展起来，不像唐朝，虽然首都长安光芒四射，成为一个国际大都会，但除了长安城，广大的国土上却闭塞而沉寂。相比之下，宋代则

"以汴京为中心,以原五代十国京都为基础的地方城市,在当时已构成了一个相当发达的国内商业、交通网"[18]。这些城市包括:西京洛阳、南京(今商丘)、宿州、泗州(今江苏盱眙)、江宁(今南京)、扬州、苏州、临安(今杭州)……就在宋代"市民社会"形成的同时,知识精英也开始在王权之外勇敢地构筑自己的思想王国,使宋朝出现了思想之都(洛阳)和政治之都(汴京)分庭抗礼的格局。经济和思想的双重自由,犹如两支船桨,将宋代这个"早期民族国家"推向近代。

在这里,我们找到了宋代小说、话本、笔记活跃的真正原因,即:在这座"命运交叉的城堡"里,潜伏着命运的种种意外和可能,而这些,正是故事需要的。英雄的故事千篇一律,而平民的故事却变幻无定。张择端把他们全部纳到城市的空间中,是因为他意识到了这座城市的真正魅力在哪里。有论者说,张择端把镜头对准劳动人民,是出于朴素的阶级觉悟,这有点自作多情。关注普通人的灵魂,关注蕴含在他们命运中的戏剧性,这是一个叙事者的本能。他面对的是一个充满不确定性的世界、一个变化的空间,对于一个习惯将一切都定于一尊的、到处充斥着帝王意志的、死气沉沉的国度来说,这种变化是多么可贵。

在这座城市里,没有人知道,在道路的每一个转角,会与谁相遇;没有人能够预测自己的下一段旅程;没有人知道,那些来路不同的传奇，会怎样混合在一起，糅合、爆发成一个更大的故事。他似乎要告诉我们，所有的故事都不是互不相干、独立存在的，相反，它们彼此对话、彼此交融、彼此存活，就像一副纸牌，每一张独立的牌都依赖着其他的牌，组合成千变万化的牌局，更像一部喋喋不休的长篇小说，人物多了，故事就繁密起来，那些枝繁叶茂的故事会互相交叠，生出新的故事，而新的故事，又会繁衍、传递下去，形成一个庞大、复杂、壮观的故事谱系。他画的不是城市，是命运，是命运的神秘与不可知——当我在北京故宫博物院面对张择端的原作，我最关心的也并非他对建筑、风物、河渠、食货的表达，而是人的命运——连他自己都无法预知自己的命运，而这，正是这座城市——也是他作品的活力所在。日本学者新藤武弘将此称为"价值观的多样化"，他在谈到这座城市的变化时说："古代城市在中央具有重心的左右对称的图形这种统制已去除了，带有各种各样价值观的人一起居住在城市之中。……奋发劳动的人们与耽于安乐的人们，有钱有势者与无产阶级大众，都在一个拥挤的城市中维持着各自的生活。这给我们产生了一种非常类似于现代都市特色的感觉。"[19]

在多变的城市空间里，每个人都在辨识、寻找、选择着自己的路。选择也是痛苦，但没有选择更加痛苦。张择端看到了来自每个平庸躯壳的微弱勇气，这些微弱勇气汇合在一起，就成了那个朝代里最为生动的部分。

四

画中的那条大河（汴河），正是对于命运神秘性的生动隐喻。汴河是当年隋炀帝开凿的大运河的一段，把黄河与淮河相连。它虽然是一条人工河流，但它至少牵动黄河三分之一的流量。它为九曲黄河系了一个美丽的绳扣，就是汴京城。即使在白天，张择端也会看到水鸟从河面上划过美丽的弧线，听到它拍打翅膀的声音。那微弱而又清晰的拍打声，介入了他对那条源远流长的大河的神秘想象。

那不仅仅是对空间的想象，也是对时间的想象，更是对命运的想象。人是一种水生的生物，母体子宫内部那个充盈着羊水的温暖空间，是一个人生命的源头，是他一生中最温暖的居所。科学分析表明，羊水的主要成分是水，另有少量无机盐类、有机物荷尔蒙和脱落的胎儿羊水细胞。古文字中，"羊"和"阳"是相通的，阳、羊二者同音，代表人类生命之始离不开阳，因此把人类生命起始之源命名为"羊水"，实际上应该为"阳水"。人的寿命从正阳开始，到正阴而结束，印度恒河上古老的水葬仪式，表明了只有通过水这个媒介，逝者才能回归到永恒中去。《圣经》中的伊甸园是一个有河流的花园，河水蜿蜒曲折，清澈见底，滋润着园里的生物，又从园里分四道流出去，分别成为比逊河、基训河、底格里斯河和幼发拉底河。伊甸之河，隐喻了河流与生命无法分割的关系。我们的生命、我们的文化，都是在水的滋润下成长起来的，敏感的人，都能从中嗅到水分子的气味。"关关雎鸠，在河之洲"，中国诗歌出现的第一个空间形象，就是河流，这并不是偶然的。很多年前，孔子曾经来到河边，发出了那句著名的感喟："逝者如斯夫！不舍昼夜。"面对河流，赫拉克利特也曾发表过看法："你不可能两次踏进同一条河流。"有形的河流为无形的时间代言，河水中于是贮满了对生命的训诫和启蒙。千回百转的河水，在我看来更像大脑，贮存着智慧。在河流的启发下，东西方两位哲人取得了类似的意见，即：人生如同河流，变幻无常。他们各自用一句话概括了世界的真谛。

　　我曾经不止一次地打量过河水，起初，它的纹路是单调的，只有几种基本的形态，无论河水如何流动，它的变化是重复的，时间一久，才会发现那变化是无穷的，像一个古老的谜题，一层层地推演，永无止境。我们没有发现水纹的细微变化，是因为我们从来不曾认真地打量过河流，就像孔子或者赫拉克利特那样。我望着河水出神，它的变化无形令我深深沉迷。我知道，当它们从我眼前一一流过，河已不是从前的河，自己也不再是从前的自己。

在《清明上河图》中,河流占据着中心的位置。汴河在漕运经济上对汴京城起着决定性作用,如宋太宗所说:"东京养甲兵数十万,居人百万家,天下转漕仰给,在此一渠水。"[20] 又如宋人张方平所说:"有食则京师可立,汴河废则大众不可聚,汴河之于京城,乃是建国之本,非可与区区沟洫水利同言也。"[21] 可以说,没有汴河,就没有汴京的耀眼繁华,这一点就如同没有底格里斯河和幼发拉底河就没有古巴比伦、没有尼罗河就没有古代埃及、没有印度河就没有哈拉帕文化。但这只是张择端把汴河作为构图核心的原因之一。对于张择端来说,这条河更重大的意义,来自它不言而喻的象征性——变幻无形的河水,正是时间和命运的赋形。如李书磊所说,"时间无情地离去恰像这河水;而时间正是人生的本质,人生实际上是一种时间现象,你可以战胜一切却不可能战胜时间。因而河流昭示着人们最关心也最恐惧的真理,流水的声音宣示着人们生命的密码。"[22] 于是,河流以其强大的象征意义,无可辩驳地占据了《清明上河图》的中心位置,时间和命运,也被张择端强化为这幅图画的最大主题。

河道里的水之流,与街道里的人之流,就这样彼此呼应起来,使水上人与岸边人的命运紧密衔接、咬合和互动。没有人数得清,街市上的人群,有多少是傍水而生;没有人知道,饭铺里的食客、酒馆里的酒客、客栈里的过客,他们的下一站,将在哪里停泊。对他们来说,漂泊与停顿是他们生命中永远的主题,当一些身影从街市上消失,另一些同样的身影就会弥补进来。城市像海绵一样吸收着人群,但其中的人却是不固定的。我们从画中看到的并非一个定格的场景,铁打的城市流水的过客,它是一个流动的过程。它不是一瞬,而是一个朝代。

水在中国文化里的强大意象,为整幅画陡然增加了浓厚的哲学意味。它不仅仅是对北宋现实的书写,而是一部深邃的哲学之书。如果记忆里缺少一条河流,那记忆也将是干枯的河床。老子说:"上善若水""水善利万物而不争"[23],这是自然赋予水的功德。江河之所以永远以最弯曲的形象出现,是因为它试图在最大的幅度上惠及大地。世俗认为,水生财,水是财富的象征,所以才有了"肥水不流外人田"的民谚,这也是对水的功德的一种印证。在现实世界中,汴京就是水生财的最好例证,宋人张洎写道:

> 汴水横亘中国,首承大河,漕引江湖,利尽南海,半天下之财赋,并山泽之百货,悉由此路而进。[24]

周邦彦在《汴都赋》里,把汴京水路的繁荣景象描绘得淋漓尽致:

舳舻相衔，千里不绝。越舲吴艚，官艘贾舶，闽讴楚语，风帆雨楫。联翩方载，钲鼓镗鎝，人安以舒，国赋应节。

　　这座因水而兴的城市没有辜负水的恩德，创造了那个时代最辉煌的文明。它的房屋，鳞次栉比；城市的黄金地段也寸土寸金，连达官贵人，也有"居在隘巷中，乘舆不能进"[25]，甚至大臣丁谓想在黄金地段搞一块地皮都办不到，后来当上宰相，权倾朝野，才在水柜街勉强得到一块偏僻又潮湿的地皮。汴京地皮之昂贵，由此可见一斑。这是一个华丽得令人魂魄飞荡的朝代，汴京以一百三十万人口，成为当时世界上最大的城市，成为东方物质文明、精神文明和商业文明的壮丽顶点，张洎在描绘汴京时，曾骄傲地说："比汉唐京邑，民庶十倍。"[26] 北宋灭亡二十一年后，1147年，孟元老撰成《东京梦华录》，以华丽的文笔回忆这座华丽的城市：

　　时节相次，各有观赏。灯宵月夕，雪际花时，乞巧登高，教池游苑，举目则青楼画阁，绣户珠帘，雕车竞驻于天街，宝马争驰于御路；金翠耀目，罗绮飘香，新声巧笑于柳陌花衢，按管调弦于茶坊酒肆；八荒争凑，万国咸通，集四海之珍奇，皆归市易，会寰区之异味，

悉在庖厨；花光满路，何限春游，箫鼓喧空，几家夜宴，
伎巧则惊人耳目……[27]

"京都学派"（以内藤湖南为代表）的学者们认为宋代是东亚近代的真正开端。也就是说，东亚的近代，不是迟至19世纪才被西方人打出来的，而是早在10—12世纪就由东亚的身体内部发育出来了，这一论点颠覆了欧洲中心主义的历史叙事，形成了与欧洲的近代化叙事平行的历史叙事，从而奠定了"在中国发现历史"这一理论的地位。

但另一方面，水也是凶险的化身。就像那艘在急流中很有可能撞到桥侧的大船，向人们提示着水的凶险。汴河曾给这座城市带来过痛苦，它在空间上的泛滥正如同它在时间上的流逝一样冷酷无情。《红楼梦》里，秦可卿提醒："月满则亏，水满则溢"[28]，而"溢"，正是水的特征之一，如同"亏"是月的特征一样不可置疑。将黄河水导入汴河的一个重要结果是，河中的泥沙淤积严重，河床日益抬高，使这条河变得不稳定，而这种不稳定，又使整座城市，以及城市里所有人的命运变得动荡起来。因此，朝廷每年都要在冬季枯水之时组织大规模的清淤工作。然而，又有谁为这个王朝"清淤"呢？

王安石曾经领导了汴河上的清淤运动，甚至尝试在封冻季节开辟航运，与此相平行，他信誓旦旦地对这个并不"清明"

的王朝展开"清淤"工程,但这无疑是一场无比浩大、复杂、难以控制的工程。他发起了一场继商鞅变法之后规模最大的改革运动,终因触及了太多既得利益者而陷入彻底的孤立,1086年,王安石在贫病交加中死去,死前还心有不甘地说:"此法终不可罢!"[29]

他死那一年,张择端出生未久。

张择端或许并不知道,满眼华丽深邃的景象,都是那个刚刚作古的老者一手奠定的,甚至有美国学者张琳德(Johnson Linda Cooke)推测,连汴河边的柳树,都是王安石于1078年栽种的,因为她根据树的形状,确认它们至少有二十年的树龄。张择端把王安石最脍炙人口的诗句吟诵了一百篇,却未必知道这个句子里包含着王安石人生中最深刻的无奈与悲慨:

春风又绿江南岸,
明月何时照我还?

朝代与个人一样,都是一种时间现象,有着各自无法逆转的旅途。于是,张择端凝望着眼前的花棚柳市、雾阁云窗,他的自豪里,又掺进了一些难以言说的伤感与悲悯。埃米尔·路德信希在《尼罗河传》中早就发出过这样的喟叹:"朝代来了,使用了它(尼罗河),又过去了。但是河,那土地之父却留了下来。"[30] 张择端一线一线地描画，不仅使这座变幻不息的城市从此有了一份可供追忆的线索，更在思考日常生活中来不及生发的反省与体悟。

甚至连《清明上河图》自身，都不能逃脱命运的神秘性——即使近一千年过去了，这幅画被不同时代的人们仔细端详了千次万次，但每一次都会发现与前次看到的不同。研究《清明上河图》的前辈学者，比如董作宾、那志良、郑振铎、徐邦达等，已经根据画面上清明上坟时所必需的祭物和仪式，判定画中所绘的时间是清明时分，张琳德也发现了画面上水牛亲子的场景，而水牛产子，恰是在春天，到了20世纪80年代，一些"新"的细节又浮出水面，比如"枯树寒柳，毫无柳添新叶树增花的春天气息，倒有'落叶柳枯秋意浓'的仲秋气象"[31]，有人发现驴子驮炭，认为这是为过冬做准备，也有人注意到桥下流水的顺畅湍急，推断这是在雨季，而不可能是旱季和冰冻季节……在空间方面，老一辈的研究者都确认这幅画画的是汴京，细心的观察者也看到了画里有一种"美禄"酒，而这种酒，正是汴京名店梁宅园子的独家产品[32]，这个细节也证实了故事的发生地就在汴京，但新的"发现"依旧层出不穷，比如有人发现《清明上河图》里店铺的名称几乎没有一个与《东京梦华录》里记录的汴京店铺名称一致，由此怀疑它描绘的对象根本不是汴京[33]……总而言之，这是一幅每次观看都不一样的图画，有如博尔赫斯笔下的"沙之书",每当合上书,再打开时,里面的内容就发生了神奇的变化,以至于今天,每个观赏者对这幅画的描述都是不一样的,研究者更为画上的内容争吵不休。

直到此时我才明白,《清明上河图》并非只是画了一条河,它本身就是一条河,一条我们不可能两次踏入的河流。

五

由于一条河,这幅古老的绘画获取了两个维度——一个是横向展开的宽度,它就像一个横切面,囊括了北宋汴京各个阶层、各行各业的生活百态,让我们目睹了弥漫在空气里的芳香与繁华,这一点已成常识;另一个是纵向的维度,那就是被河流纵向拉开的时间,这一点则是本文需要特别指明的。画家把历史的横断面全部纳入纵向的时间之河,如是,所有近在眼前的事物,都将被推远——即使满目的丰盈,也都将被那条河带走,就像它当初把万物带来一样。

这幅画的第一位鉴赏者应该是宋徽宗。当时在京城翰林画院担任皇家画师的张择端把它进献给了皇帝。宋徽宗用他独一无二的瘦金体书法,在画上写下"清明上河图"几个字,并钤了双龙小印[34]。他的举止从容优雅,丝毫没有预感到,无论是他自己,还是这幅画,都从此开始了颠沛流离的旅途。

北宋灭亡六十年后，那个名叫张著的金朝官员在另一个金朝官员的府邸，看到了这《清明上河图》卷——至于这名官员如何将大金王朝的战利品据为己有，所有史料都守口如瓶，我们也就不得而知。那个时候，风流倜傥的宋徽宗已经于五十一年前（公元1135年）在大金帝国的五国城屈辱地死去，伟大的帝国都城汴京也早已一片狼藉。宫殿的朱漆大柱早已剥蚀殆尽，商铺的雕花门窗也已去向不明，只有污泥中的烂柱，像沉船露出水面的桅杆，倔强地守护着从前的神话。在那个年代出生的北宋遗民们，未曾目睹、也无法想象这座城当年的雍容华贵、端庄大气。但这《清明上河图》卷，却唤醒了一个在金国朝廷做事的汉人对故国的缅怀。尽管它所描绘的地理方位与文献中的故都不是一一对应的，但张著对故都的图像有着一种超常的敏感，就像一个人，一旦暗藏着一段幽隐浓挚而又刻骨铭心的感情，对往事的每个印记，都会怀有一种特殊的知觉。他发现了它，也发现了内心深处一段沉埋已久的情感。他像一个考古学家一样，把所有被掩埋的情感一寸一寸地挖掘出来，重见天日。北宋的黄金时代，不仅可以被看见，而且可以被触摸。他在自己的跋文中没有记录当时的心境，但在这幅画中，他一定找到了回家的路。他无法得到这幅画，于是在跋文中小心翼翼地写下"藏者宜宝之"几个字。至于藏者是谁，他没有透露，八百多年后，我们无从得知。

金朝没能从胜利走向胜利，它灭掉北宋一百多年之后，这个不可一世的王朝就被元朝灭掉了。一个又一个王朝，通过自身的生与死，证明着"月满则亏，水满则溢"这一亘古常新的真理。《清明上河图》又作为战利品被席卷入元朝宫廷，后被一位装裱师以偷梁换柱的方式盗出，几经辗转，流落到学者杨准的手里。杨准是一个誓死不与蒙古人合作的汉人，当这幅画携带着关于故国的强大记忆向他扑来的时候，他终于抵挡不住了，决定不惜代价，买下这幅画。那座城市永远敞开的大门向他发出召唤。他决定和这座城在一起，只要这座城在，他的国就不会泯灭，哪怕那只是一座纸上的城。

但《清明上河图》只在杨准的手里停留了十二年，就成了静山周氏的藏品。到了明朝，《清明上河图》的行程依旧没有终止。宣德年间，它被李贤收藏；弘治年间，它被朱文徵、徐文靖先后收藏；正统十年，李东阳收纳了它；到了嘉靖三年，它又漂流到了陆完的手里。

有一种说法是，权臣严嵩后来得到了梦寐以求的《清明上河图》，也有人说，严嵩得到的只是一幅赝品。这幅赝品，是明朝的兵部左侍郎王忬以八百两黄金买来，进献给严嵩的，严嵩知道实情之后，一怒之下，命人将王忬绑到西市，把他的头干脆利落地剁了下来，连卖假画的王振斋，都被他抓到狱中，活活饿死。严嵩的凶狠，让王忬的儿子看傻了眼，这个年轻人，名叫王世贞。惊骇之余，王世贞决计为父报仇。他想出了一个颇富"创意"的办法，就是写一部色情小说，故意卖给严嵩，他知道严嵩读书喜欢一边将唾沫吐到手指上，一边翻动书页，就事先在每页上涂好毒药，这样，严嵩没等把书读完就断了气。他想起这个办法时，抬头看见插在瓶子里的一枝梅花，于是为这部惊世骇俗的小说起了一个诗意的名字——《金瓶梅》。[35]

《清明上河图》变成了一只船，在时光中漂流，直到1945年，慌不择路的伪满洲国皇帝溥仪把它遗失在长春机场，被一个共产党士兵在一个大木箱里发现，又几经辗转，于1953年底入藏北京故宫博物院，它才抵达永久的停泊之地。

只是那船帮不是木质的，而是纸质的。纸是树木的产物，然而与木质的古代城市相比，纸上的城市反而更有恒久性，纸图画脱离了树木的生命轮回而缔造了另一种的生命，它也脱离了现实的时间而创造了另一种时间——艺术的时间。它宣示着河水的训诫，表达着万物流逝和变迁的主题，而自身却成为不可多得的例外，为它反复宣讲的教义提供了一个反例——它身世复杂，但死亡从未降临到它的头上。纸的脆弱性和这幅画的恒久性，形成一种巨大的反差，也构成一种强大的张力，拒绝着来自河流的训诫。一卷普通的纸，因为张择端而修改了命运，没有加入物质世界的死生轮回中，因为它已经成为我们民族文化的一部分。没有一个艺术家不希望自己的作品永恒，但如果张择端能来到故宫博物院，看到他在近千年前描绘的图画依然清晰如初，定然大吃一惊。

张择端不会想到，命运的戏剧性，最终不折不扣地落到了自己的身上。

至于张择端的结局，没有人知道，他的结局被历史弄丢了。自从把《清明上河图》进献给宋徽宗那一刻，他就在命运的急流中隐身了，再也找不到关于他的记载。他就像一颗流星，在历史中昙花一现，继而消逝在无边的夜空。在各种可能性中，有一种可能是，汴京被攻下之前，张择端夹杂在人流中奔向长江以南，他和那些"清明上河"的人一样，即使把自己的命运想了一千遍也不会想到自己有朝一日会流离失所；也有人说，他像宋徽宗一样，被粗糙的绳子捆绑着，连踢带踹、推推搡搡地押到金国，尘土蒙在他的脸上，被鲜血所污的眼睛几乎遮蔽了他的目光，乌灰的脸色消失在一大片不辨男女的面孔中。无论多么伟大的作品都是由人创造的，但伟大的作品一经产生，创造它的那个人就显得无比渺小、无足轻重了。时代没收了张择端的画笔——所幸，是在他完成《清明上河图》之后。他的命，在那个时代里，如同风中草芥一样一钱不值。

但无论他死在哪里，他在弥留之际定然会看见他的梦中城市。他是那座城市的真正主人。那时城市里河水初涨，人头攒动，舟行如矢。他闭上眼睛的一刻，感到自己仿佛端坐到了一条船的船头,在河水中顺流而下,内心感到一种超越时空的自由,就像浸入一份永恒的幸福,永远不愿醒来。

(本文选自《故宫的古画之美》,人民文学出版社,2021年版)

苏东坡的南渡北归

苏东坡是一个容易感伤的人，也是一个善于发现快乐的人。

一

元祐八年（公元1093年），苏东坡在五十八岁上被罢礼部尚书，出知定州，临行前他遣散家臣，把家中一位名叫高俅的小史（书童）送给曾布，曾布未收，苏东坡又送给王诜。七年之后，公元1100年，王诜派高俅给自己的好友、时为端王的赵佶送篦刀，正巧赶上赵佶正在花园里蹴鞠，不想那高俅原来球技很高，赵佶与他对踢，他毫不含糊，赵佶一喜之下，不仅收下了篦刀，连送篦刀的人也一起收下了，宋人王明清《挥麈后录》记载过此事。

几个月后，宋哲宗死，赵佶继位，史称宋徽宗，高俅由殿前都指挥使一路官拜太尉，从此贪功好名，恃宠营私，成了白话小说《水浒传》里的那个大反派。

第二年，绍圣元年（公元1094年），高太后去世的那一年，十四岁的宋哲宗真正执掌朝政，这位青春叛逆的少年天子突然感到与朝廷上失意多年的新政派（王安石那一派）那么地情投意合——前者被太皇太后压制、被元祐大臣们漠视了很多年，仿佛他是空气，在朝廷上根本不存在；后者则多年来一直被排斥在外，正等着机会报仇雪恨。北宋政治又面临着一场一百八十度的翻转，苏东坡的亲友，如弟弟苏辙，学生黄庭坚、秦观、张耒、晁补之，也都受到牵连。李一冰说："仇恨与政治权力一旦相结合，则其必将发展为种种非理性的恐怖行为，几乎可以认定为未来的必然。"[1]

尽管苏东坡此时已被贬至定州，天高皇帝远，但他在元祐年间得到重用，本身就是"罪过"，他必须为自己的"罪过"付出代价。

对苏东坡的各种投诉，又汇聚在皇帝身边。罪名，依旧是"讥斥先朝""以快怨愤之私"，没有一点创意。

"欲加之罪，何患无辞"，这句话的意思是说：政治是不讲理的。

那就随他们加吧。

总之，哲宗王朝开张，第一个就要拿苏东坡开刀祭旗。

既然命运无可逃遁，那段时间，苏东坡索性与定州的同好不停地饮酒、作诗、听歌、言笑。他对李之仪说："自今以后，要如现在这样大家同在一起的日子，恐怕很难期望了，不如与你们尽情游戏于文词翰墨之间，以寓其乐的好。"

浩大的宿命缓缓降临，他竟没有一丝怨愤与哀伤。

二

闰四月初三，苏东坡终于接到朝廷的诏告，撤销他的端明殿学士和翰林侍读学士两大职务，出知英州。

从河北的定州前往广东的英州，如此漫长的道路，没有飞机，没有高铁，必须徒步行走，中间要跨过无数的山脉与大河，对于一位六旬老人，能活着走过来就不容易，连苏东坡都认为自己必将死于道途。但这一路，苏东坡不仅走过来了，而且还玩得挺高兴。

除了都会大城，那时的水陆交通，并不像今天这样繁忙。若非书生赶考，公务羁旅，或逢饥馑战争，古代的中国人更喜欢做"宅男宅女"，而不喜欢四处游荡。中国人家园的观念根深蒂固，他们像植物一样固定在大地上，而国土面积之巨大、古时交通之不便，更在客观上压缩了人们的生活区域，像许多平原地区，并没有高山大川相隔，但那里依旧是闭塞的，究其原因，不是地理上的，而是文化上的。除了像谢灵运这样既有闲钱又有闲情的人，才把"腰缠十万贯，骑鹤下扬州"视为一场美梦，一般的中国人，都会对长途行旅的困顿艰辛心存畏惧。

宋代不杀文官，却形成了一种奇特的贬官文化。官场放逐，反而使许多文人官僚寄情山水，在文化上完全了自我。柳宗元写"永州八记"，范仲淹写《岳阳楼记》，欧阳修写《醉翁亭记》，苏东坡写前后《赤壁赋》，都是在他们受贬之后。但很少有人比苏东坡走得更远。他的道路始于西部的眉州，向东到汴京，向北到定州，此次又要向南，折往英州，不久，他还要渡海，抵达更加荒远的琼州。大宋帝国的地图上，留下他无数的折返线。这些线路，就像他在政治上的颠簸曲线一样，撕扯着他，也成全着他，让他的生命获得了别人所没有的空间感。

那时的苏东坡不会想到，仅仅过了几十年，他经过的国土将会大面积地丧失，不要说北方的定州，纵然是都城汴京，都被金国的铁骑疯狂地踏过，然后一把火，把它从地图上抹掉了。

他带着家人从帝国北方的定州出发，钻入茫茫的太行山时，正逢梅雨时节，凄风苦雨打得他们睁不开眼。风雨晦暗，道路流离，他心里的家国忧患丝毫不比杜甫少，但他脸上，见不到杜甫的愁苦表情。到赵州[2]时，雨突然住了，无数条光线从云层背后散射下来，苏东坡描述其"西望太行，草木可数，冈峦北走，山谷秀杰"。山川悠远，犹如摊开的古画，或者一曲轻

歌,无限地延长。他的心一下子变得无比的透彻与明净,于是写下一首《临城道中作》:

> 逐客何人着眼看,
> 太行千里送征鞍。
> 未应愚谷能留柳,
> 可独衡山解识韩。[3]

前两句主要是自嘲,身为逐客,在路上连个正眼看的人都没有,唯有绵绵无尽的太行山,目送他远行。后两句主要是自慰——他自比为唐朝柳宗元,因为永贞革新失败,贬居永州[4],才有了山水忘情之乐;还有韩愈,因为被贬到连州阳山,后来遇到朝廷赦免,改任江陵[5]法曹参军,才能在赴任的途中,一睹衡山的壮丽雄姿。

至滑州[6]后,苏东坡得朝廷恩准,改走水路。到达当涂县慈湖夹时,已是溽热的六月,平地而起的大风阻断了苏东坡的去路。前路迢迢,生死未卜,苏东坡闷坐舟中,望着水浪翻卷,一脸的茫然。突然间,他听到叫卖炊饼的声音,起初还以为是错觉,仔细看时,却见一条小舟在水浪里颠簸而来。小舟为他送来的不只是充饥的炊饼,还有山前墟落人家的消息。空茫的旅途,百里不见一线炊烟,这小小的消息,竟让他感到来自人间的暖意。

这一时刻,他内心里的细微感动,我们同样可以从他的诗里找到:

> 此生归路愈茫然,
> 无数青山水拍天。
> 犹有小船来卖饼,
> 喜闻墟落在山前。[7]

苏东坡是一个容易感伤的人,也是一个善于发现快乐的人。当个人命运的悲剧浩大沉重地降临,他就用无数散碎而具体的快乐来把它化于无形。这是苏东坡一生最大的功力所在。他是天生的乐天派,相比之下,他推崇的唐代诗人白乐天(白居易)只能是浪得虚名,白白乐天了。

更不用说,他一路上见到了思念已久的亲人旧友,成为对他旅途劳顿的最大犒赏——在汝州,他见到了被贬到那里的弟弟苏辙;过雍邱,他见到了米芾和马梦得;至汴上,他与晁补之共饮;到扬州,他见到了"苏门四学士"之一的张耒。张耒受官法限制,不能迎谒老师,于是派两名兵士随从老师南行,一路安顿照料。

那天晚上,在慈湖夹,苏东坡躺在船上,一直待到月亮西落,突然间听见艄公喊道:"风转向了!"他们的船,才又悄悄起航,向帝国的深处行进。

三

苏东坡是在那一年的九月翻过大庾岭的。

从中原到南方,有一道道山脉遮天蔽日,截断去路,好在还有河流,自高山峡谷之间的缝隙穿入,成为连接南北的交通线。那个年代,纵穿帝国南北的道路主要有两条:一条是从大运河入长江,再入赣江,翻南岭,过梅关,入珠江流域;还有一条道路是由长江入湘江,经灵渠,再进入珠江流域。无论哪一条,都凶险异常。相比之下,由中原到岭南,走赣江距离更短,因而,有不同时代的名人从赣江经过,在这里"狭路相逢",在宋代就有欧阳修、苏东坡、辛弃疾、文天祥……我不曾想到过,这条荒蛮中的"道路",竟然成了许多人的共同记忆,也成了中国历史上一个重要的文化现场。它像一根绳子,把许多人的命运捆绑在了一起,不是捆绑在一个相同的时间中,而是捆绑在一个相同的空间中。苏东坡从这里经过的时候,想躲过前人是不可能的,就像后来者在这里躲不过苏东坡一样。

几年前,我曾沿着赣江流域进行考察,与许多历史名人擦肩而过。他们的脚印、意志和所有故事的细节,至今仍蚀刻在那里。连来自意大利马切拉塔的天主教传教士利玛窦,也从这条路上走过。舍此,他无路可走。只不过他是与苏东坡逆向而行,苏东坡是自北向南,自中原而沿海,利玛窦则是自南而北,自沿海而中原。假如当年写《纸天堂》这本书,还有做《岩中花树》这部纪录片时,我能沿这条路走一遍,对于这个外国人进入中国内地的艰难会有更深的体味。

赣江上有十八滩,是公认的事故多发地段。这里落差大,礁石多。江水在暗礁中奔涌,势同奔马,让人望而生畏。我们都会背文天祥的诗句"惶恐滩头说惶恐",但很多年我都不知道这惶恐滩在赣江上,是赣江十八滩的最后一滩,也是最凶险的一滩。江水急速流转,只有当地的滩师能够洞悉江流的每一处变化,知道江水的纹路所暗示的风险,所以船行至这里,须交给此地的滩师掌舵,行人货物全部上岸,从旱路过了十八滩,再与滩师会师,重新回到船上。到20世纪50年代,赣江上还有滩师,只是换了一个具有时代感的名字:引水员。

再往前,一道山影横在眼前,是南岭。

岭南,因地处"五岭"(也叫"南岭",即大庾岭、骑田岭、都庞岭、萌渚岭、越城岭)之南而得名。即使到了宋代,也是遥远荒僻之地,用今天的话说,叫欠发达地区,只有广州等少数港口城市相对繁荣。五岭磅礴,隔断了中原的滚滚红尘,周围只有望不到头的大山。而那些山,就是用来跋涉的。唐代的诗人宰相张九龄曾经主持开凿过大庾岭驿道，劈山炸石，以打通中原与岭南，算是开了一条"国道"了吧，但即使"国道"，也是异常艰险。

翻过去，就是岭南了。

苏东坡是中国历史上被贬谪到大庾岭以南的第一人。

那才是"西出阳关无故人"。

那关，是南岭第一关——梅关。它像一道闸门，分开赣粤两省。梅关隘口的古驿道，同样是张九龄主持开建的，而石壁上两个巨大的"梅关"题字，却是宋代嘉祐八年（公元1063年）刻上去的。苏东坡来时，那两个字已赫然在目。

他写下《过大庾岭》：

一念失垢污，
身心洞清净。
浩然天地间，
惟我独也正。
今日岭上行，
身世永相忘。
仙人拊我顶，
结发授长生。[8]

他的诗里，早已不再有绝望和抱怨，只有宽容和接受。他既乐天，又悯人。乐天，是乐自己；悯人，是悯百姓。李一冰说："死生祸福，非人所为，人亦执着不得。苏东坡今日行于大庾岭上，孑然一身，宠辱两忘，决心要把自己过往的身世，一齐抛弃在岭北，要把五十九年身心所受的污染，于此一念之间，洗濯干净，然后以此清净之身，投到那个叫作惠州的陌生地方，去安身立命。"[9]

他的生命里，不再有崎岖和坎坷，只有云起云落，月白风清。

四

这个梅关，还真是梅之关。梅关南北遍植梅树，每至寒冬，梅花盛开，香盈雪径。一过梅关，大面积的梅花就闯进了苏东坡的视线，盛开如云。

那时才是十一月，苏东坡刚到广东惠州，松风亭下的梅花就开了。苏东坡的心底，情不自禁地涌起一阵感慨。他想起了黄州，在春风岭上见到细雨梅花，后来他在诗中记录了当年的憔悴："去年今日关山路，细雨梅花正断魂。"或许，他也想起了《寒食帖》，想起自己在宿醉之后醒来，看见庭院里的海棠花飘落满阶，零落成泥，内心曾被一种巨大的孤独感所包围。如今，那黄州已被他抛到万里云山之外，对梅花的冷艳幽独，他已心领神会，他笔下的梅花，也呈现出另外一副模样。

他抬笔，写了一首诗：

> 春风岭上淮南村，
> 昔年梅花曾断魂。
> 岂知流落复相见，
> 蛮风蜑雨愁黄昏。
> 长条半落荔支浦，
> 卧树独秀桄榔园。
> 岂惟幽光留夜色，
> 直恐冷艳排冬温。
> 松风亭下荆棘里，
> 两株玉蕊明朝暾。
> 海南仙云娇堕砌，
> 月下缟衣来扣门。
> 酒醒梦觉起绕树，
> 妙意有在终无言。
> 先生独饮勿叹息，
> 幸有落月窥清樽。[10]

梅兰竹菊四君子，苏东坡专门画竹，不见他画梅，但他的诗里有梅。苏东坡这首《十一月二十六日，松风亭下，梅花盛开》，是读诗者绕不过去的。因为这诗，把梅花的秀色孤姿描摹到了极致。南宋朱熹，最恨苏东坡，唯有这首诗，他曾不止一次地唱和。清代纪晓岚为此感叹："天人姿泽，非此笔不称此花。"[11]

苏东坡不画梅，扬无咎替他画了。扬无咎笔下的墨梅，不是"近墨者黑"，而是在黑白中营造出绚丽耀眼的光芒与色彩。阳性的枝干，挺拔粗粝，阴性的梅花，圆润娟秀，那渊静的黑，与纯净的白，彼此映衬和成就，各有风神与风骨。北京故宫博物院收有他的《四梅花图》卷和《雪梅图》卷，我几乎是过目不忘的。

元代王冕，也以画梅著称，算是苏东坡的隔世知音吧。他画的《墨梅图》，一枝挺秀，浓淡相宜，以最简练的笔法，描绘梅的傲骨。画中四句题诗，对梅花精神做了准确的提炼：

> 吾家洗砚池头树，
> 个个花开澹墨痕。
> 不要人夸好颜色，
> 只留清气满乾坤。

梅花没有变，是人变了。他的身体变老了，他内心却变得雄健了,就像眼前的梅花,不惧夜寒相侵。他早已看透人世沧桑,五毒不侵。

就像今天人们常说的,半杯子水,他不看那失去的半杯,只看还剩下的半杯。

最经典的例子,当然是他吃羊脊骨的故事。

那时,惠州城小,物资匮乏。由于经常买不到羊肉,苏东坡就从屠户那里买没人要的羊脊骨。苏东坡发现这些羊脊骨之间有没法剔尽的羊肉,于是把它们煮熟,用热酒淋一下,再撒上盐花,放到火上烧烤,用竹签慢慢地挑着吃,就像吃螃蟹一样。这就是今天流行的羊蝎子的吃法。它的祖师爷,依然可以追溯到苏东坡。后来苏东坡给苏辙写信,隆重推出他的羊脊骨私家制法,对自己的创造力沾沾自喜。还说,这样做,会让那些等着啃骨头的狗很不高兴。

苏东坡依旧自己酿酒,就像在黄州那样,给自酿的酒起了桂酒、真一、罗浮春这些名目。酿酒的材料是大米,苏东坡客多,饮酒量也大,有时酒没了,去取米酿酒,才发现米也没了,不禁站在那里发呆,心里步陶渊明《岁暮和张常侍》诗韵,暗自作了一首诗:

米尽初不知,
但怪饥鼠迁。

二子真我客,

不醉亦陶然。[12]

对于苏东坡这样的吃货,遥远、荒僻的惠州并不吝啬,它以槟榔、杨梅、荔枝这些风物土产犒劳苏东坡贪婪的味蕾,让苏东坡这个地道的蜀人乐不思蜀。语云:"饥者易为食。"对于一个吃不饱饭的人来说,任何食物都堪称美味。苏东坡与友人夜里聊天,肚子饿了,煮两枚芋头,都是美味。相比之下,朝廷中的高官们,锦衣玉食,还叹无处下箸,倒显得悲哀可怜。

荔枝这种水果,为南国特产,在山重水隔的中原,十分少见,对苏东坡来说,也很新奇。在苏东坡心中,荔枝之味,"果中无比",它的丰肥细腻,只有长江上的瑶柱、河豚这两种水产可以媲美。苏东坡为荔枝写过不少诗,最有名的,就是这一首:

罗浮山下四时春,
卢橘杨梅次第新。
日啖荔支三百颗,
不辞长作岭南人。[13]

苏东坡在家书中跟儿子开玩笑说,千万别让自己的政敌知道岭南有荔枝,否则他们都会跑到岭南来跟他抢荔枝的。

五

然而,帝国的官场,比赣江十八滩更凶险。

就在过赣江十八滩时,苏东坡收到了朝廷把他贬往惠州的新旨意。

苏东坡翻山越岭奔赴岭南的时候,他的老朋友章惇被任命为尚书左仆射兼门下侍郎,成为帝国的新宰相。

苏东坡曾戏称,章惇将来会杀人不眨眼,不过那时二人还是朋友。后来的历史,却完全验证了苏东坡的预言。苏东坡到惠州后,章惇一心想拿他开刀,以免他有朝一日卷土重来。由于宋太祖不得杀文臣的最高指示(北京故宫博物院藏有明代刘俊绘《雪夜访普图》轴,描绘赵匡胤在风雪之夜探访大臣赵普的场面,可见赵匡胤对文臣的重视),他只能采取借刀杀人的老套路,于是派苏东坡的死敌程训才担任广南提刑,让苏东坡没有好日子过。苏东坡过得好了,他们便过不好。

那时,苏东坡的儿子苏迨等人已经去了宜兴,他的身边,只有儿子苏过,侍妾朝云、碧桃。

苏东坡的家伎本来不多,在汴京时也只有数人而已,与士大夫邸宅里檀歌不息、美女如云的阵势比起来,已称得上寒酸了。此番外放,前往瘴疠之地,苏东坡更是把能遣散者都遣散了,唯有朝云,死也不肯在这忧患之际离开苏东坡,尤其在王闰之过世之后,这六十多岁老人的饮食起居,没有人照顾不行,所以她坚决随同苏东坡,万里投荒。

朝云之于苏东坡,并没有妻子的名分,却不失妻子的忠诚与体贴,朝云的存在,让晚年的苏东坡,多了一份安慰。

到达惠州的第二个秋天,苏东坡与朝云在家中闲坐,看窗外落叶萧萧,景色凄迷,苏东坡心生烦闷,便让朝云备酒,一边饮,一边吟出一首《蝶恋花》。

这词是这样的:

> 花褪残红青杏小。
> 燕子飞时,
> 绿水人家绕。
> 枝上柳绵吹又少,
> 天涯何处无芳草。
>
> 墙里秋千墙外道。
> 墙外行人,
> 墙里佳人笑。
> 笑渐不闻声渐悄,
> 多情却被无情恼。[14]

"蝶恋花",是五代到北宋时代的词人经常使用的一个词牌,是那个年代里最美的流行歌曲曲调。"蝶恋花",本来就代表着一种依恋,甚至带有几分欲望的成分,晏几道、欧阳修、苏东坡都曾用这一词牌表述自己的感情,"庭院深深深几许"就出自欧阳修的"蝶恋花",20世纪词人毛泽东怀念杨开慧的词,也有意使用了这一词牌。因此,这一词牌可以被视作一种美学形式。[15]

苏东坡的这首《蝶恋花》本不是为朝云而作的,在词里,他把自己当成一个在暮春时节站在墙外偷看墙内少女荡秋千的偷窥者,后来那少女发现了有人在偷窥,就从秋千上下来,悄悄跑掉了,她的笑声,也越来越远。所谓"多情却被无情恼",不是抱怨,而是自嘲,像苏东坡这样坦然在词里写进自己的尴尬的词人,文学史上少见。

朝云抚琴,唱出这首《蝶恋花》,却一边唱,一边落下眼泪。苏东坡看见朝云泪光闪动,十分惊讶,忙问这是为何。朝云说:"奴所不能歌者,惟'枝上柳绵吹又少,天涯何处无芳草'二句。"这是因为这二句,看上去朴实无华,却道尽了人世的无常。苏东坡一生坎坷,在严酷的现实之前,他不过是个墙外失意的过客而已。朝云懂得这词里的深意,想到人世无常,一呼一吸之间便有生离死别之虞,她想为苏东坡分担他的痛苦,却又无着力处,每想及此,便泪如泉涌,无法再歌。此后,朝云日诵"枝上柳绵"二句,每一次都为之流泪。后来重病,仍不释口。

后来苏东坡才意识到,这是朝云死亡的不祥之兆。

朝云是在绍圣三年(公元1096年)的七月里死去的,那是她随苏东坡到达惠州的第三个年头,死因是染上了当地的瘟疫。果然是岭南这瘴疠之地害死了她,或者说,是苏东坡的流放,害死了她。

弥留之际,朝云还在口诵《金刚经》的"六如偈":

> 一切有为法,
> 如梦幻泡影,
> 如露亦如电,
> 应作如是观。

念着念着,朝云的声息渐渐低微下去,缓缓而绝。

苏东坡的第一位夫人王弗死时,二十七岁。

苏东坡的第二位夫人王闰之死时,四十五岁。

朝云死时,只有三十四岁。

苏东坡悲苦流离的一生,曾先后得到三位女子的倾心眷顾,她们却又先后华年而逝,对于苏东坡,是幸,还是不幸?

有人说,"'枝上'二句,断送朝云"[16]。

朝云死后，苏东坡终身不再去听《蝶恋花》。[17]

三个月后，十月的秋风里，惠州西湖边，梅花又放肆地盛开了。西湖的名字，是苏东坡起的；西湖上的长堤，同样是苏东坡捐建的。西湖的一切，都与从前一样，只是此时，苏东坡的身边，永远不见朝云的身影。她就葬在湖边的山坡上，离苏东坡并不遥远。暮树寒鸦，令苏东坡肝肠寸断，望着岭上梅花，苏东坡悲从中来，写下一首《西江月》：

> 玉骨那愁瘴雾，
> 冰姿自有仙风。
> 海仙时遣探芳丛，
> 倒挂绿毛幺凤。
>
> 素面翻嫌粉涴，
> 洗妆不褪唇红。
> 高情已逐晓云空，
> 不与梨花同梦。[18]

六

朝云就这样走了，若她是蝴蝶，该有多好，会在每年花开时节，回来寻他。

北回归线的阳光照亮苏东坡苍老的面孔，荡秋千的少女却永远隐匿在黑暗中，永远不再复现。纵然长夜寒凉透骨，梦醒时，却天空深邃，云翳轻远。

无论怎样，生活还要继续。他曾在给友人的信中称，不妨把自己当成一个一生没有考得功名的惠州秀才，一辈子没有离开过岭南，亦无不可。他依旧作诗，对生命中的残忍照单全收，虽年过六旬，亦从来不曾放弃自己的梦想，更不会听亲友所劝，放弃他最心爱的诗歌。在他看来，丢掉了诗歌，就等于丢掉了自己的灵魂。正是灵魂的力量，才使人具有意志、智性和活力，尽管那些诗歌，曾经给他并且仍将继续给他带来祸患。

朝云的死，没有让政敌们对苏东坡生出丝毫怜悯之心，苏东坡内心的从容，却令他们大为不爽。那缘由，是苏东坡的一首名叫《纵笔》的诗，诗是这样写的：

> 白发萧萧满霜风，
> 小阁藤床寄病容。
> 报道先生春睡美，
> 道人轻打五更钟。[19]

这首诗，苏东坡说自己虽在病中，白发萧然，却在春日里，在藤床上安睡。这般的潇洒从容,让他昔年的朋友、后来的政敌章惇大为光火,说:"苏东坡还过得这般快活吗?"朝廷上的那班政敌,显然是不愿意让苏东坡过得快活的,苏东坡快活了,他们就不快活。他们决定痛打苏东坡这只落水狗,既然不能杀了苏东坡,那就让他生不如死吧。朝云死后的第二年(公元1097年),来自朝廷的一纸诏书,又把苏东坡贬到更加荒远的琼州[20],任昌化军安置,弟弟苏辙也被谪往雷州。

苏东坡知道,自己终生不能回到中原了。长子苏迈来送别时,苏东坡把后事一一交代清楚,如同永别。那时的他,决定到了海南之后做的第一件事,就是为自己确定墓地和制作棺材。他哪里知道,在当时的海南,根本没有棺材这东西,当地人只是在长木上凿出白穴,人活着存稻米,人死了放尸体。

那时的苏东坡,白发苍然,孑然一身,只有最小的儿子苏过,抛妻别子,孤身相随。年轻的苏过,过早地看透了人世的沧桑,这也让他的内心格外早熟。他知道,父亲一贬再贬,是因为他功高名重,又从来不蝇营狗苟。他知道,人是卑微的,但是自己的父亲不愿因这卑微而放弃尊严,即使自然或命运向他提出苛刻的条件,他仍不愿以妥协而实现交易。这一强硬的姿态是原始的,类似于自然物的仿制。一座山、一块石、一棵树,都是如此。甚至一叶草,虽然弱不禁风,也试图保持自己身上原有的奇迹。这卑微里,暗藏着一种伟大。所以,有这样一个父亲，他不仅没有丝毫责难，相反，他感到无限的荣光。苏过在海南写下《志隐》一文，主张安贫乐道的精神，苏东坡看了以后，心有所感，说："吾可以安于岛矣。"

在宋代，已经有了"海南"之名。海南岛在大海之中，少数民族众多，语言、风俗皆与大陆迥异，《儋县志》记载："盖地极炎热，而海风苦寒。山中多雨多雾，林木阴翳，燥湿之气不能远，蒸而为云，停而为水，莫不有毒。"还说："风之寒者，侵入肌窍；气之浊者，吸入口鼻；水之毒者，灌于胸腹肺腑，其不死者几稀矣。"描述了一幅非常可怕的景象。中原人去海南，十去九不还。苏东坡在给皇帝的谢表中，描述了全家人生离死别的场面：

> 生无还期，死有余责……而臣孤老无托，瘴疠交攻。子孙恸哭于江边，已为死别；魑魅逢迎于海外，宁许生还？念报德之何时，悼此心之永已。俯伏流涕，不知所云臣无任。[21]

这摧肝断肠的景象，将被历史永远记下。

不出苏东坡所料，到达海南后，他看到的是一个"食无肉，出无舆，居无屋，病无医，冬无炭，夏无泉"的"六无"世界。

但对于苏东坡来说，最痛苦的，还不是举目无亲，"百物皆无"，而是没有书籍可读。仓皇渡海，当然不会携带书籍，无书可读的窘境，常令苏东坡失魂落魄。于是，苏东坡父子就开始动手抄书。苏东坡在《与程秀才三首》其三中写道："儿子到此，抄得《唐书》一部，又借得《前汉》欲抄，若了此二书，便是穷儿暴富也。"

元符二年（公元1099年）五月，友人郑嘉会从惠州隔海寄来一些书籍，对苏东坡父子，如天大的喜讯，他们在居住的桄榔庵里将书籍排放整齐。在《与郑嘉会二首》之一中，苏东坡说："此中枯寂，殆非人世，然居之甚安。况诸史满前，甚可与语者也。著书则未，日与小儿编排整齐之，以须异日归之左右也。"

那段日子里，父子二人以诗文唱和，情深感厚，情趣相得。《宋史》记载，苏辙曾说过这样的话："吾兄远居海上，惟成就此儿能文也。"

苏过也很喜爱修习道家养生之术。他每天半夜起来打坐，俨然有世外超尘之志。苏东坡在《游罗浮山一首示儿子过》一诗中，骄傲地称许道：

小儿少年有奇志，
中宵起坐存黄庭。
近者戏作凌云赋。

> 笔势仿佛离骚经。[22]

与苏东坡一样，苏过在书法和绘画方面也造诣极高，在今天的台北故宫博物院，还收存着他的三件存世书法，分别为《赠远夫诗帖》、《试后四诗帖》和《疏奉议论帖》（即《贻孙帖》）。他也像父亲一样，痴迷于枯木竹石的绘画主题。今天，我们仍可查到苏东坡在儿子所作《枯木竹石图》上写下的题诗：

> 老可能为竹写真，
> 小坡今与石传神。
> 山僧自觉菩提长，
> 心境都将付卧轮。[23]

而苏东坡自己，则开始整理在黄州时写作未定的《易传》，又开始动笔写《书传》。

七百多年后，纪晓岚读到这些书稿，把它们收入《四库全书》。

七

在黄州时，苏东坡以为自己堕入了人生的最低点，那时的他并不知道，他的命运，没有最低，只有更低。但是对人生的热情与勇气，仍然是他应对噩运的杀手锏。在儋州，他除了写书、作诗，又开始酿酒。有诗有酒，他从冲突与悲情中解脱出来，内心有了一种节日般的喜悦。

与苏东坡泛舟赤壁的西蜀武都山道士杨世昌"善作蜜酒，绝醇酽"，苏东坡特作《蜜酒歌》赠他。诗里写了酿制蜜酒的过程：第一天酒液里开始有小气泡，第二天开始清澈光亮，第三天打开酒缸，就闻到了酒香。打量着这甘浓的美酒，苏东坡已经口齿生津了。

然而谁也没有想到，苏东坡酿出的蜜酒，喝下去似乎并不那么甜蜜，反而会导致严重的腹泻。有人曾问苏东坡的两个儿子苏迈、苏过，这究竟是怎么回事？到底是酿酒秘方有问题，还是酿造工艺有问题？两位公子不禁抚掌大笑，说，其实他们的父亲在黄州仅仅酿过一次蜜酒，后来再也没有尝试过，那一次酿出来的味道跟屠苏药酒差不多，不仅不甜蜜，反而有点儿苦苦的。细想起来，秘方恐怕没有问题，只是苏东坡太性急，可能没有完全按照规定的工艺去酿，所以酿出来的不是蜜酒，而是"泻药"。

在黄州，苏东坡酿过蜜酒；在颍州，他酿过天门冬酒；在定州，他酿过松子酒；在惠州，为了除去瘴气，他再酿过桂酒；此时在海南，为了去三尸虫，轻身益气，他再酿天门冬酒。他在

《寓居合江楼》末句"三山咫尺不归去，一杯付与罗浮春"后自注云："予家酿酒，名罗浮春。"他还写过一篇《东坡酒经》，难怪林语堂先生在《苏东坡传》中称其为"造酒试验家"。

有了酒，却没有肉。那时的海南，连猪肉也没有，在黄州研究出来的"东坡肉"，他只能在饥饿中想一想而已。他只能野菜野果当干粮，但他还写了一篇《菜羹赋》，声称："煮蔓菁、芦菔、苦荠而食之。其法不用醯酱，而有自然之味。"[24] 在饥饿的驱迫下，他像当年在黄州一样，开始寻找新的食物源。很快，他发现了生蚝的妙处。有一年，冬至将至，有海南土著送蚝给他。剖开后，得蚝肉数升。苏东坡将蚝肉放入浆水、酒中炖煮，又拿其中个儿大的蚝肉在火上烤熟，"食之甚美，未始有也"[25]。

刚到海南时，苏东坡经常站在海边，看海天茫茫，寂寥感油然而生，不知自己什么时候才能离开这孤岛。后来一想，九州大地，这世上所有的人，不都在大海的包围之中吗？苏东坡说，自己就像是小蚂蚁不慎跌入一小片水洼，以为落入大海，于是慌慌张张爬上草叶，心慌意乱，不知道会漂向何方。但用不了多久，水洼干涸，小蚂蚁就会生还。从人类的眼光来看，小蚂蚁很可笑，同样，从天地的视角里，他自己的个人悲哀也可笑。

在海南，被阳光镀亮的树木花草，动物的脊背，歌声，甚至鬼魂，都同样可以让他喜悦。这让我想起诗人杨牧在我国台湾岛上写下的一句话:"正前方最无尽的空间是广阔,开放,渺茫,是一种神魂召唤的永恒。"[26]

苏东坡穿着薄薄的春衫,背着一只喝水的大瓢,在海南的田垄上放歌而行。途中一位老妇,见到苏东坡,走过来说了一句话,让苏东坡一愣。

她说:"先生从前一定富贵,不过,都是一场春梦罢了。"

他不知那老妇是什么人,就像那位老妇,不会知道眼前这位白发老人,曾写下"明月几时有"和"大江东去"的豪迈诗句。

八

公元1100年,写一手漂亮的瘦金体的宋徽宗即位,大赦天下,下旨将苏东坡徙往廉州[27],苏辙徙往岳州[28]。台北故宫博物院收藏的《渡海帖》(又称《致梦得秘校尺牍》),就是这个时候书写的。只不过这次渡海,不是从大陆奔赴海南,而是从海南岛渡海北归,返回大陆。

那一次,他先去海南岛北端的澄迈寻找好友赵梦得,不巧赵梦得北行未归,苏东坡满心遗憾,写下一通尺牍,交给赵梦得的儿子,盼望能在渡海以后相见,这通《渡海帖》,内容如下:

  轼将渡海，宿澄迈。承令子见访，知从者未归，又云恐已到桂府，若果尔，庶几得于海康相遇，不尔，则未知后会之期也。区区无他祷，惟晚景宜倍万自爱耳。匆匆留此纸令子处，更不重封。不罪！不罪！轼顿首梦得秘校阁下。六月十三日。

  封囊：手启，梦得秘校。轼封。[29]

  这幅《渡海帖》，被认为是苏东坡晚年书迹之代表，黄庭坚看到这幅字时，不禁赞叹："沉着痛快，乃似李北海。"这件珍贵的尺牍历经宋元明清，流入清宫内府，被著录于《石渠宝笈续编》，现在是台北故宫博物院《宋四家小品》卷之一。

  无论对于苏东坡，还是他之后任何一个被贬往海南的官员，横渡琼州海峡都将成为记忆中最深刻的一段旅程。宋代不杀文官，那个被放置在大海中的孤岛，对于宋代官员来说，几乎是最接近死亡的地带。因此，南渡与北归，往往成为羁束与自由的转折点。但对苏东坡来说，官位与方位的落差，都不能动摇他心里的那根水平线，所谓"吾道无南北，安知不生今"。因为他在自己的诗、画里找到了足够的自由，徜徉其中，无端来去、追逐，尽享欢乐。因此，地位和地理的变化已经不那么重要，好像不管在哪里，他都能得到一种不曾体验过的美。这让他在颠沛之间，从来不失希望与尊严；那份动荡中的安静，在今天看来更加迷人。他在澄迈留下的一纸《渡海帖》，没有心率过速的痕迹，相反，这帖里有一种静，难以想象，静如石头的沉思。

他就这样告别了那个岛，告别了台风与海啸，告别了那些朝朝暮暮的烈日与细雨，告别了林木深处的花妖，带上行囊里仅有的书，重返深远的大陆。再过大庾岭时，一位白发老人看到苏东坡，得知他就是大名鼎鼎的苏东坡，便上前作揖说："我听说有人千方百计要陷害您，而今平安北归，真是老天保佑啊！"

苏东坡听罢，心里已如翻江倒海，挥笔给老人写下一首诗：

鹤骨霜髯心已灰，
青松合抱手亲栽。
问翁大庾岭头住，
曾见南迁几个回。[30]

再过渡口时，不知他是否会想起当年在故乡的渡口见到过的郭纶，那个满眼寂寞的末路英雄。

岁月，正把他自己变成郭纶。

因此，在故乡，他遇到的不是郭纶，而是未来的自己。

在记忆的那端，"是红尘，是黑发"，这端则"是荒原，是孤独的英雄"[31]。

越过南岭，经赣江入长江，船至仪真[32]时，苏东坡跟米芾见了一面。米芾把他珍藏的《太宗草圣帖》和《谢安帖》交给苏东坡，请他写跋，那是六月初一。两天后，苏东坡就瘴毒大作，猛泻不止。到了常州[33]，苏东坡的旅程，就再也不能延续了。

七月里，常州久旱不雨，天气燥热，苏东坡病了几十日，二十六日，已到了弥留之际。

他对自己的三个儿子说："吾生无恶，死必不坠。"

意思是，我这一生没做亏心事，不会下地狱。

又说："至时，慎毋哭泣，让我坦然化去。"

如同苏格拉底死前所说："我要安静地离开人世，请忍耐、镇静。"

苏东坡病中，他在杭州时的旧友、径山寺维琳方丈早已赶到他身边。此时，他在苏东坡耳边大声说："端明宜勿忘西方！"

苏东坡气若游丝地答道："西方不无，但个里着力不得！"[34]

钱世雄也凑近他的耳畔大声说："固先生平时履践至此，更须着力！"

苏东坡又答道："着力即差！"

苏东坡的回答再次表明了他的人生观念：世间万事，皆应顺其自然；能否度至西方极乐世界，也要看缘分，不可强求。他写文章，主张"随物赋形"，所谓"行于所当行"，"止于不可不止",他的人生观,也别无二致。西方极乐世界存在于对自然、人生不经意的了悟之中,绝非穷尽全力临时抱佛脚所能到达。死到临头,他仍不改他的任性。

苏迈含泪上前询问后事,苏东坡没有做出任何回应,溘然而逝。

那一年,是公元1101年,12世纪的第一个年头。

九

心似已灰之木,
身如不系之舟。
问汝平生功业,
黄州惠州儋州。[35]

这是苏东坡在北上途中,在金山寺见到李公麟当年为他所作的画像时即兴写下的一首诗,算是对自己一生的总结。

有人曾用"八三四一"来总结苏东坡的一生:"八"是他曾任八州知州,分别是密州、徐州、湖州、登州、杭州、颍州、扬州、定州;"三"是他先后担任过朝廷的吏部、兵部和礼部尚书;"四"是指他"四处贬谪",先后被贬到黄州、汝州、惠州、儋州;"一"是说他曾经"一任皇帝秘书",在"翰林学士知制诰"的职位上干了两年多,为皇帝起草诏书八百多道。

然而,当生命行将走到尽头的时候,他回首自己的一生,最想夸耀的不是厕身廊庙的辉煌,而是他受贬黄州、惠州和儋州的流离岁月。这里面或许包含着某种自嘲,也包含着他对个人价值特有的认知。钱穆先生在《谈诗》中说:"苏东坡诗之伟大,因他一辈子没有在政治上得意过。他一生奔走潦倒,波澜曲折都在诗里见。但苏东坡的儒学境界并不高,但在他处艰难的环境中,他的人格是伟大的,像他在黄州和后来在惠州、琼州的一段。那个时候诗都好,可是一安逸下来,就有些不行,诗境未免有时落俗套。东坡诗之长处,在有豪情,有逸趣。"[36]

即使在以入仕为士人第一价值的宋代,苏东坡也不屑于用世俗的价值规范自己的生命。假若立功不成,他就把立言当作另一种"功"——一种更持久也更辉煌的功业。他飞越在现实之上,这是一种极其罕见的本领,如弗吉尼亚·伍尔夫所说:他"能把生命从其所依托的事实中解脱出来;寥寥几笔,就点出一副面貌的精魂,而身体倒成了多余之物;一提起荒原,飒飒风声、轰轰霹雳便自笔底而生"[37]。

李泽厚先生在《美的历程》中说,苏东坡的选择,"是奉儒家而出入佛老,谈世事而颇作玄思;于是,行云流水,初无定质,嬉笑怒骂,皆成文章;这里没有屈原、阮籍的忧愤,没有李白、杜甫的豪诚,不似白居易的明朗,不似柳宗元的孤峭,当然更不像韩愈那样盛气凌人不可一世。苏东坡在美学上追求的是一种朴质无华、平淡自然的情趣韵味……并把这一切提到某种透彻了悟的哲理高度"。

李泽厚先生还说,苏东坡"对从元画、元曲到明中叶以来的浪漫主义思潮,起了重要的先驱作用。直到《红楼梦》中的'悲凉之雾,遍布华林',更是这一因素在新时代条件下的成果"[38]。

九百年后,2000年,法国《世界报》在全球范围内评选1001—2000年间十二位世界级杰出人物,苏东坡成为中国唯一入选者,被授予"千古英雄"称号。

苏东坡在未来国人心中的位置,是蔡京、高俅之辈想象不到的,犹如苏东坡不会料到,蔡京,还有自己曾经的家臣高俅,即将在自己死后登上北宋政治的前台。

十

苏东坡辞世后不久,蔡京就被任命为宰相,司马光又成了王朝的负资产,北宋政坛又掀起了暴风骤雨。尽管这个王朝已经折腾不了几年了,但小人们还是完成了逆袭。他们急不可耐地把已去世多年的司马光批倒批臭,司马光曾经的战友苏东坡,也被拉进了这份"黑名单",被列为待制以上官员的"首恶","苏门四学士"——黄庭坚、秦观、张耒、晁补之也被打为"黑骨干"。他们请宋徽宗亲笔把这批元祐圣贤的"罪行"写下来，刻在石碑上，立于端礼门前，让这些朝廷的精英遗臭万年。这块篡改历史之碑，史称"元祐党人碑"。

为了与中央保持一致，蔡京下令全国复制这块碑，要求每个郡县都要刻立"元祐党人碑"。这应该是中国历史上规模最大的一次石碑翻刻行动，也是规模最大的篡改历史行为，宋徽宗著名的瘦金体，从此遍及郡县村寨。他们一如当年的大禹、秦始皇，再一次征用了石头，要求石头继续履行它们的政治义务，并用这整齐划一的行动提醒人民，对历史的任何书写都要听命于政治。他们打倒了苏东坡，还不解气，还要踏上亿万只脚，让他永世不得翻身。

但即使如此，还是有人对帝国的这一行径不屑一顾，宋人王明清《挥麈录》里记录过九江一个名叫李仲宁的刻工，就对上级交办的任务心存不满，说："小人家旧贫窭，止因开苏内翰、黄学士词翰，遂至饱暖。今日以奸人为名，诚不忍下手。"[39]

《宋史》也记载过类似的故事，比如长安一个名叫安民的刻工，对上级官员说，小民本是一个愚人，不明白为什么要立碑，只是像司马（光）相公这样的人，人都知道他是正直之人，如今说他奸邪，小民实在不忍刻下来。府官听后很生气，要收拾他。安民无奈，只能带着哭腔说，让我刻我就刻吧，只是恳请不要在后面刻上我的名字,别让我落个千古骂名。

此时的官场,唯有高俅敢和蔡京分庭抗礼,说苏东坡的好话。在这一点上,他算有良心。史载,他"不忘苏氏,每其子弟入都,则给养恤甚勤"。

那时,苏东坡早已像一个断线的风筝,跌落在离家万里的紫陌红尘中,对宋徽宗和蔡京的举动,他的喉咙和手,都不能再发言了。

苏东坡的一生总让人想起《老人与海》里的老渔夫圣地亚哥,一次次出海都一无所获,最终打回一条大鱼,却被鲨鱼一路追赶。在无边的暗夜里,他没有任何武器,只能孤身搏斗,回港时,只剩下鱼头鱼尾和一条脊骨。

但苏东坡的生命里没有失败,就像圣地亚哥说出的一句话:"人不是为失败而生的,一个人可以被毁灭,但不能给打败。"[40]

十一

很多年过去了,苏东坡最小的儿子苏过潜入汴京,寄居在景德寺内。权倾一时的宦官梁师成知道了这件事,想验一验他的身份,就把这事报告给了宋徽宗。一日,宫中役吏突然来到景德寺,宣读了一份圣旨,召苏过入宫。抬轿人把他让进了轿子,然后行走如飞。大约走了十里,到达一处长廊,抬轿人把轿子放下来，一位内侍把苏过引入一座小殿，苏过发现殿中那位身披黄色褙子，头戴青玉冠，被一群宫女环绕的人，正是宋徽宗。

当时正值六月，天大热，但那宫殿里却堆冰如山，让苏过感到阵阵寒凉。喷香仿佛轻烟，在宫殿里缭绕不散，一切都有如幻象。苏过行过礼，恍惚间，听见宋徽宗开口了。他说："听说卿家是苏东坡之子，善画枿石，现有一面素壁，烦你一扫，没有别的事。"

苏过再拜承命，然后走到壁前，在心里度量了一下，便濡毫落笔。

那空白的墙壁，犹如今天的电影银幕，上映着荒野凄迷的景色。

他迅速画出一方石，几株树。[41]

笔触那么疏淡、简远、清雅、稳重。

那份不动声色，那份磊落之气，几乎与当年的苏东坡别无二致。

在北宋末年落寞迟暮的气氛里，那石头，更凸显几分坚硬与顽强。

只是后来，伴随着金兵南下，那画，那墙，那宫殿，都在大火中消失了。

仿佛突然中断的电影画面。

只不过,在这世上,有些美好的事物是可以逆生长的。

当枯树发芽,石头花开,一张纸页成为传奇,人们就会从那张古老的纸上,嗅出旧年的芬芳。

(本文选自《在故宫寻找苏东坡》,人民文学出版社,2020年版)

空 山

山是他的教堂，是他的宫殿，是不绝如缕的音乐。

风烟俱净，天山共色。从流飘荡，任意东西。自富阳至桐庐，一百许里，奇山异水，天下独绝。水皆缥碧，千丈见底；游鱼细石，直视无碍……
——〔南朝梁〕吴均：《与朱元思书》

一

有一天，朱哲琴来故宫，告诉我在著名建筑师王澍设计的富春山馆，她展出了一个声音装置，希望我有时间去看——或者说，去听。我问声音装置是啥，朱哲琴说，是她采集的富春江面和沿岸的声音素材,加工成的声音作品。她还说,那声音是可以被看见的,因为她还采集了富春江水,声音让水产生震动,光影反照在墙上,形成清澈变幻的纹路。她给这一作品起了个名字,叫《富春山馆声音图》。

我敬佩朱哲琴对声音的敏锐,她让《富春山居图》这古老的默片第一次有了声音,但我想,《富春山居图》里,原本是有声音的,只不过黄公望的声音,不是直接诉诸听觉,而是诉诸视觉,通过空间组织来塑造的。其实黄公望本身就是一个作曲家,徐邦达先生说他"通音律,能作散曲"[1]。黄公望的诗,曾透露出他对声音的敏感:

> 水仙祠前湖水深,
> 岳王坟上有猿吟。
> 湖船女子唱歌去,
> 月落沧波无处寻。[2]

元至正七年(公元1347年),黄公望与他的道友无用师一起,潜入苍苍莽莽的富春山,开始画《富春山居图》。这著名的绘画上,平林坡水、高崖深壑、幽蹊细路、长林沙草、墟落人家、危桥梯栈,无一不是发声的乐器。当我们潜入他的绘画世界,我们不只会目睹两岸山水的浩大深沉,也听见隐含在大地之上的天籁人声。也是这一年,黄公望画了《秋山图》,《宝绘录》说他"写秋山深趣长卷,而欲追踪有声之画"。

黄公望把声音裹藏在他的画里,朱哲琴却让画(光影图像)从声音里脱颖而出,这跨过七百年的山水对话,奇幻、精妙,仿佛一场旷日持久的共谋。

二

但我想说的,却是另一件很重要的事情——《富春山居图》(包括古往今来的中国山水画),之所以与音乐合拍,有一个原因:中国的山水画,有很强的抽象性。

绘画,本来是借助形象的,但赵孟頫老先生一句话,为绘画艺术定了性。他说:"书画同源"(赵孟頫原话为"书画本来同")。这句话,一句顶一万句,因为它不仅为中国书法和绘画——两门最重要的线条艺术,溯清了源头,解释了它们在漫长文明中亲密无间、互敬互爱的关系,更为它们指明了未来的路径,尤其是绘画,本质功能是写意(像书法一样),而不是为现实照相。

中国画,起初是从图腾走向人像的。唐宋之后,中国画迎来了巨大变革:

第一,山水画独立了,不再依附于人物画充当背景和道具,如东晋顾恺之《洛神赋图》里的山水环境，还有五代顾闳中《韩熙载夜宴图》里的山水屏风。

第二，色彩的重要性减弱，水墨的价值凸显。这过程，自唐代已开始，经荆浩、关仝、董源、巨然、米氏父子、马远、夏圭，形成"水墨为尚"的艺术观念。于是，"草木敷荣，不待丹碌之彩。云雪飘扬，不待铅粉而白。山不待空青而翠，凤不待五色而綷"[3]，因为墨色中，包含了世间所有的颜色，所谓"墨分五色"（张彦远的说法是"运墨而五色具"），水墨也从此在中国画家的纸页间牵连移动、泼洒渲染，缔造出素朴简练、空灵韵秀的水墨画。

第三，这份素朴简练，不仅让中国画从色彩中解放出来，亦从形象中解放出来，从而更具抽象性，更适合宋人的哲思玄想。当然，那是有限度的抽象，是在具象与抽象之间进进退退，寻求一种平衡。

水墨山水是中国的，也是文人的。欣赏水墨，需要审美修养的积累，因为它超越了色与形，而强调神与气。金庸写《射雕英雄传》，有黄蓉与郭靖谈画的一段，很有趣：

> 只见数十丈外一叶扁舟停在湖中，一个渔人坐在船头垂钓，船尾有个小童。黄蓉指着那渔舟道："烟波浩淼，一竿独钓，真像是一幅水墨山水一般。"郭靖问道："什

么叫水墨山水？"黄蓉道："那便是只用黑墨，不着颜色的图画。"郭靖放眼但见山青水绿，天蓝云苍，夕阳橙黄，晚霞桃红，就只没黑墨般的颜色，摇了摇头，茫然不解其所指。[4]

总之，绘画由彩色（青绿）时代进入黑白（水墨）时代，这是中国艺术的一个巨大进步，或曰一场革命，这一过程，与由黑白时代进入彩色时代的摄影艺术刚好相反。

大红大紫的青绿山水，也没有从此退场，在历史中不仅余脉犹存，且渐渐走向新的风格。青绿与水墨，在竞争、互动中发展，才有各自的辉煌历史。

也因此，今人用材料指代绘画，一曰水墨，一曰丹青。

三

为此我们要回看两张图，一是北宋王希孟的《千里江山图》，一是南宋米友仁的《潇湘奇观图》。

其实王希孟与米友仁，年代相差不远。

王希孟生于北宋绍圣三年（公元1096年），很小就进了宋徽宗的美术学院（当时叫"画学"，是中国历史上最早的宫廷美术教育机构，也是中国古代唯一由官方创办的美术学院），但他毕业后没有像张择端那样，入翰林图画院当专业画家，而是被"分配"到宫中的文书库，相当于中央档案馆，做抄抄写写的工作。或许因为不服，他十八岁时创作了这卷《千里江山图》，被宋徽宗大为赞赏，宋徽宗亲自指导他笔墨技法，并将此画赏赐给蔡京。王希孟从此名垂中国画史，迅即又在历史中销声匿迹，不知是否死于靖康战乱。

米友仁是米芾长子，生于北宋熙宁七年（公元1074年），比王希孟还年长二十二岁，画史却常把他列为南宋画家，或许因他主要绘画活动在南宋，而且受到宋徽宗他儿子宋高宗的高度赏识，宫廷里书画鉴定的活儿，宋高宗基本交给米友仁搞定，所以今天，在很多古代书画上都可看见米友仁的跋尾。

王希孟《千里江山图》与米友仁《潇湘奇观图》，一为青绿、一为水墨，一具象、一抽象（相对而言），却把各自的画法推到了极致，所以这是两幅极端性的绘画，也是我最爱的两张宋画。

这两张图，好像是为了映照彼此而存在。

它们都存于北京故宫博物院，不知什么时候，它们可以同时展出，同时被看见。

先说《千里江山图》吧，这幅画上，群山涌动、江河浩荡，夹杂其间的，有高台长桥、松峦书院、山坞楼观、柳浪渔家、临溪草阁、平沙泊舟，这宏大叙事的开阔性和复杂性自不必说，只说它的色彩，至为明丽，至为灿烂，光感那么强烈，颇似像修拉笔下的《大碗岛的星期日下午》，阳光通透，空间纯净，青山依旧，水碧如初，照射古老中国的光线，照亮了整幅画，使《千里江山图》恍如一场巨大的白日梦，世界回到了它原初的状态，那份沉静，犹如《春江花月夜》所写：

> 江天一色无纤尘，
> 皎皎空中孤月轮。
> 江畔何人初见月？
> 江月何年初照人？[5]
> ……

有评者曰："初唐诗人张若虚只留下一首《春江花月夜》，清代王闿运评为'孤篇横绝，竟为大家'。现代闻一多誉之为'诗中的诗，顶峰中的顶峰'。北宋王希孟的青绿山水卷《千里江山图》可比《春江花月夜》，孤篇压倒两宋，而论设色之明艳，布局的宏远，说前无古人，后无来者，也不为过。"[6]

然而，假如从这两幅画里再要选出一幅，我选《潇湘奇观图》。虽然王希孟的视野与胸怀已经有了超越他年龄的博大，但他的浪漫与天真，还带有强烈的"青春文学"印记，他对光和天空的神往，透露出青春的浪漫与伤感，还有失成熟和稳重。

这只是原因之一,更深刻的原因在于,比起王希孟《千里江山图》,米友仁《潇湘奇观图》更加深沉凝练、简约抽象,且因抽象而包罗万象。米友仁不仅舍弃了色彩,他甚至模糊了形象——《千里江山图》的焦距是实的,他截取的是阳光明亮的正午,每一个细节都清晰毕现;《潇湘奇观图》的焦距则是虚的,截取的烟雾空蒙的清晨——有米友仁自题为证:"大抵山水奇观,变态万层,多在晨晴晦雨间。"与《千里江山图》的浓墨重彩相比,《潇湘奇观图》是那么淡、那么远、那么虚,全卷湮没于烟雨迷蒙中,山形在云雾中融化、流动、展开,因这份淡、远、虚而更见深度,更加神秘莫测。在"实体"之外,山水画出现了"空幻"之境。

《潇湘奇观图》,才是北宋山水画的扛鼎之作。

四

但绘画走到元朝,走到黄公望面前,情况又变了。

那被米友仁虚掉的焦点,又被调实了。

看元四家(黄公望、吴镇、王蒙、倪瓒),云烟空濛的效果消失了,山水的面目再度清晰,画家好像从梦幻的云端,回到了现实世界。

但仔细看,那世界又不像现实,那山水也并非实有。

它们似曾相识,又似是而非。

就像这《富春山居图》,很上去很具象,画面上的每一个细节,似乎都是真实的,但拿着《富春山居图》去富春江比对,我们永远找不出对应的景色。

可以说,《富春山居图》是黄公望精心设置的一个骗局,以高度的"真实性"蒙蔽了我们,抵达的,其实是一个"非真实"的世界。

那仍然是一种抽象——具象的抽象。

或者说,它的抽象性,是通过具象的形式来表现的。

很像小说中的魔幻现实主义,细节真实,而整体虚幻。

王蒙后来沿着这条路走,画面越来越繁(被称为"古今最繁"),画面却呈现出"一种难以言喻的超现实氛围,像是一个乌有之境"[7]。

那真实,是凭借很多年的写生功底营造出来的。

《富春山居图》,黄公望七十八岁才开始创作,可以说,为这张画,他准备了一辈子,而且一画,就画了七年。八十岁老人,依旧有足够的耐心,犹如托尔斯泰在六十一岁开始写《复活》,不紧不慢,一写就写了十年。他们不像当下的我们那样活得着急,连清代"四王"之一的王原祁都在感叹:

> 古人长卷,皆不轻作,必经年累月而后告成,苦心

在是,适意亦在是也。昔大痴画《富春》长卷,经营七年而成,想其吮毫挥笔时,神与心会,心与气合,行乎不得行,止乎不得止,绝无求工求奇之意,而工处奇处斐亹于笔墨之外,几百年来神采焕然。[8]

黄公望活了八十五岁,他生命的长度刚刚够他画完《富春山居图》,这是中国艺术史的大幸。

可以说,他活了一辈子,就是为了这张画。

放下黄公望一生的准备不谈,只说画《富春山居图》这七年,他兢兢业业,日日写生,"五日画一山,十日画一水",如他在《写山水诀》中自述:"皮袋中置描笔在内,或于好景处,见树有怪异,便当模写记之,分外有发生之意。"[9]

李日华在《六研斋笔记》中记录:"黄子久[10]终日只在荒山乱石、丛木深筱中坐,意态忽忽,人莫测其所为,又每往泖中通海处,看激流轰浪,虽风雨骤至,水怪悲诧,亦不顾。"[11]

因此,《富春山居图》上,画了十数峰,一峰一状,数百树,一树一态,"雄秀苍莽,变化极矣"[12]。明代大画家董其昌看到,彻底服了,简直要跪倒,连说:"吾师乎,吾师乎,一丘五岳,都具是矣。"这赞美,他写下来,至今裱在《富春山居图》的后面。

在这具象的背后,当我们试图循着画中的路径,进入他描绘的那个空间，我们一定会迷失在他的枯笔湿笔、横点斜点中。《富春山居图》里的那个世界，并不存在于富春江畔，而只存在于他的心里。那是他精神世界的一部分，而不是现实世界的一部分。那是他的梦想空间，他内心里的乌托邦，只不过在某些方面，借用了富春江的形骸而已。

但在他其他的山水画中，山的造型更加极端，比如北京故宫博物院藏《快雪时晴图》卷、《九峰雪霁图》轴，还有云南省博物馆藏的《郯溪访戴图》轴。就说《快雪时晴图》卷吧，这幅画里的山，全是直上直下的悬崖，基本上呈直角。它不像王希孟《千里江山图》那么明媚灿烂，不像米友仁《潇湘奇观图》那样如诗如梦，甚至不像《富春山居图》那么温婉亲切，在这里，黄老爷子对山的表现那么决绝、那么粗暴、那么蛮横。他画的，是人间没有的奇观，那景象，绝对是虚拟的。显然，黄公望已经迷恋于这种对山水的捏造，就像夏文彦所说："千丘万壑，愈出愈奇，重峦迭嶂，越深越妙。"[13]

我们在现实中找，却听见黄公望在黑暗中的笑声。

五

自我们今天能够见到的最古老的山水画——隋代展子虔《游春图》（北京故宫博物院藏）开始，中国画家就没打算规规矩矩地画山。中国画里的山，像佛塔、像蘑菇、像城堡，也像教堂。古人画山，表现出充分的任性，所以中国山水画，从来不是客观的地貌图像，即使作者为他的山水注明了地址——诸如"潇湘八景""剡溪访戴""洞庭奇峰""灞桥风雪"，也大可不必当真。五代董源《潇湘图》与南宋米友仁《潇湘奇观图》，画的是同一个潇湘（潇江与湘江），却几乎看不出是相同的地方。中国山水画里的山形，大多呈纵向之势，一副"欲与天公试比高"的架势，仿佛大自然积聚了万年的力量喷薄欲出。这样的山，恍若想象中的"魔界"，适合荆浩《匡庐图》、范宽《溪山行旅图》（皆藏台北故宫博物院）这样的画轴，即使像北宋张先《十咏图》、王诜《渔村小雪图》、宋徽宗《雪江归棹图》、王希孟《千里江山图》，南宋赵伯驹《江山秋色图》（以上皆藏北京故宫博物院）、元代黄公望《富春山居图》这样的横卷，也不例外。如此汪洋恣肆、逆势上扬的山形，在现实中难以寻见（尤其在黄公望生活的淞江、太湖、杭州一带），除了梦境，只有在画家的笔下才能见到。

中国古人从来不以一种"客观"的精神对待山川河流、宇宙世界。中国古人的精神世界，没有像西方那样，经历过"主""客"二分，世界没有分裂成"主体"（subject）和"客体"（object）两个部分，而外部世界（自然）也没有成为与主观世界（自我）相对（甚至对立）的概念，不是一个独立于自我之外的"他者",因此也不仅仅是一个"看"的对象。自然就是自我,二者如身体发肤,分割不开,如庄子所说:"天地与我并立,而万物与我为一",大千世界,变化万千,一滴水、一粒沙、一片叶、一只鸟,其实都是人类感觉器官的延伸。

人类对世界的探索与发现,其实就是对自我的探索与发现。庄子说:"朝菌不知晦朔,蟪蛄不知春秋。"朝菌是朝生夕死,所以它不知月(月初为朔,月底为晦),蟪蛄过不了冬,所以不知年(春秋)。他说的不只是自然界的两种小虫子,而是说人类自己——我们自己就是朝菌、蟪蛄,我们所能知道的世界,比它们又多得了多少?当然,庄子不会以这样的虫子隐喻自己,在他眼里,自己是美丽的蝴蝶,所以庄周梦蝶,不知道是自己梦见蝴蝶,还是蝴蝶梦见自己。李白独坐敬亭山,说:"相看两不厌,只有敬亭山。"山即人,人即山。这山,不只是敬亭山,而是包括了天底下所有的山,当然也包括南宋词人辛弃疾在江西信州[14]所见的铅山,所以他说:"我看青山多妩媚,料青山看我应如是",人与自然、"自我"与"他者",在古人那里,完全是重合的,它们的界限,在古人那里并不存在。

这种"天人合一"的观念,几乎构成了中国古代思想和艺术的核心观念。魏晋时代,山水绘画与山水文学几乎同时起步,历经宗炳、王微,到唐代李思训手里初步完成,引出山水画大师王维,再经五代荆浩、关仝、董源、巨然的锤炼打造,在宋元形成山水画的高峰，有了前面说到的米芾、王诜、王希孟、米友仁的纵情挥洒，有了赵孟頫的铺垫，才有黄公望脱颖而出，历经倪瓒、吴镇、王蒙，在明清两代辗转延续，自然世界里的万类霜天，才在历代画家的画卷上，透射出新鲜活泼的生命感，那"无机"的世界，于是变得如此"有机"，山水画才能感人至深（哪怕倪瓒的寂寞也是感人的），月照千山，人淡如菊，连顽石都有了神经，有悲喜、有力量。

徐复观先生在《中国艺术精神》里说"中国的风景画较西方早出现一千三四百年之久"[15]，相信这只是一种大而化之的说法，实际上，古代中国没有风景画——在古代中国人的心里，山水不只是风景，山水画也不是风景画。风景是身体之外的事物，是"观看"的对象，山水则是心灵奔走的现场——山重水复中，既包含了痛苦的体验，也包含着愿望的实现。人不是外置于"风景"，而是内化于"风景"，身体是"风景"的一部分，"风景"也是身体的一部分、生命的一部分。因此，"风景"就不再是"风景"，中国人将它命名为：山水。山水不是山和水的简单组合，或者说，它不只是一种纯物质形态，而是一种精神的体现。正因如此，在千年之后，我们得以透过古人的画卷，看见形态各异的山水，比如董源的圆转流动，范宽的静穆高远，王希孟的青春浪漫，赵孟頫的明净高古……

在西方，德国古典哲学自17世纪开始使用"主体"与"客体"概念。有了"主""客"二分,人类才能"认识世界"和"改造世界",以研究和改造客观世界为目标的西方近代科学才应运而生,而西方风景画,就是"主体"观察、认识和表现"客体"的视觉方式,所以它的方法也是科学的,比如人体解剖,比如焦点透视。西方的风景画,也美,也震撼,比如俄罗斯巡回画派大师希施金(Ivan I. Shishkin),以生动的笔触描绘出俄罗斯大自然,亦伟大,亦忧伤,但他所描绘的,是纯粹的风景,是对自然的"模仿"与"再现"。相比之下,中国山水画不是建立在科学之上,所以中国山水画里,没有极端的写实,也没有极端的抽象,它所描述的世界,介于二维与三维之间。

西方风景画是单点透视,无论画面多么宏大,也只能描绘自然的片段(一个场面),中国山水画里则是多点透视——高远、平远、深远的"三远"图式,在唐代就已流行,北宋郭熙说:"自山下而仰山巅谓之高远,自山前而窥山后谓之深远,自近山而望远山谓之平远。"[16] 而这仰望、窥视与远望,竟然可以运用到同一幅画面中。

这是最早的"立体主义",因为它已不受单点透视的局限,让视线解放出来,它几乎采用了飞鸟的视角,使画家自由的主观精神最大限度地渗透到画面中,仿佛电影的镜头,"空间可以不断放大、拉近、推远,结束了又开始,以至于无穷尽,使观者既有身在其中的体验,又获得超乎其外的全景的目光。山水画表现空间，然而超空间；描绘自然，然而超自然。"[17]

西方人觉得，中国画是平面的，缺乏空间感，岂不知中国画里藏着更先进的空间感。以徐复观先生的说法，中国画领先西方现代派一千三四百年，又是成立的。但"主""客"不分的代价是，中国人强调了精神的蕴含而牺牲了对"物理"的探索。像黄公望这些画家，一生中大部分时间在云游，但兴趣点，却不在地理与地质。古代中国人的世界观，是经验的，而不是逻辑的；是哲学的，而不是科学的。著名的"李约瑟难题"，即"为何近代科学没有产生在中国，而是在 17 世纪的西方，特别是文艺复兴之后的欧洲"，我想其秘密就藏在：中国人的思想世界，没有像西方人那样，经历过"主体"与"客体"的分家。这一看似微小的差别，在 17 世纪以后被迅速放大，经过几百年的发酵，中国与西方的历史，已判若云泥。

六

关于中国山水画的抽象性，我说得有点抽象了，还是回到黄公望吧。

他究竟是怎样一个人呢？

黄公望的履历，至为简单——他几乎一生都在山水中度过，没有起伏，没有传奇。

他的传奇，都在他的画里。

他一生中最大的转折，出现在四十七岁那年。那一年，黄公望进了监狱，原因是受到江浙行省平章政事张闾的牵连。四年前，黄公望经人介绍，投奔张闾，在他门下做了一名书吏，管理田粮杂务。但这张闾是个贪官，他管理的地盘，"人不聊生，盗贼并起"，被百姓骂为"张驴"。关汉卿《窦娥冤》里有一个张驴儿，不知是否影射张闾，从时间上看，《窦娥冤》创作的时间点与张闾下狱基本吻合，因此不能排除这种可能性。总之在元延祐二年（公元1315年），张闾因为逼死九条人命而进了监狱，黄公望也跟着身陷囹圄。关键的是，正是这一年，元朝第一次开科取士，黄公望的好朋友杨载中了进士，热衷功名的黄公望，则失去了这一"进步"的机会。

人算不如天算，出狱后的黄公望，渐渐断了入仕的念头，只能以两项专业技能为生——一是算卦，二是画画。还有两件事值得一说：首先是他在五十岁时成为赵孟頫的学生，从此自居"松雪斋中小学生"——显然，他上"小学"的时间比较晚，这也注定了黄公望大器终将晚成；其次，是他在六十周岁时，与二十八岁的"小鲜肉"倪瓒携手加入了一个全新的道教组织——全真教，从此改号："一峰道人"。

诗人西川在长文《唐诗的读法》里说，"唐以后的中国精英文化实际上就是一套进士文化（宋以后完全变成了进士—官僚文化)。"他提到，北宋王安石编《唐百家诗选》中近百分之九十的诗人参加过科举考试，进士及第者六十二人，占入选诗人总数的百分之七十二。而《唐诗三百首》中入选诗人七十七位，进士出身者四十六人。

据此，西川说："进士文化，包括广义上的士子文化，在古代当然是很强大的。进士们掌握着道德实践与裁判的权力、审美创造与品鉴的权力、知识传承与忧愁抒发的权力、钩心斗角与政治运作的权力、同情/盘剥百姓与赈济苍生的权力、制造舆论和历史书写的权力。你要想名垂青史就不能得罪那些博学儒雅但有时也可以狠刀刀的、诬人不上税的进士们。"[18]

但任何理论都是模糊的，比如黄公望，就是这"进士文化"的漏网之鱼，在这规模宏大的"进士文化"中，黄公望只能充当一个"路人甲"。而且，在元代，"进士文化"的漏网之鱼，还不止黄公望一个[19]，吴镇、倪瓒、曹知白等，都未考科举，未当官，王蒙只在朱元璋建立明朝以后当过一个地方官（泰安知州），后来因胡惟庸案而惨死在狱中，他在元朝也基本没当过官（只在张士诚占据浙西时帮过一点小忙）。在道教界，这样远离科举的人就更多，仅黄公望的朋友中，就有画家方从义、张雨，以及著名的张三丰。

尽管元朝统治者希望像《尚书》里教导的那样，做到"野无遗贤，万邦咸宁"，但在帝国的山水之间，还是散落着那么多的"文化精英"。他们不像唐朝李白,想做官做不成(西川文中说李白没有参加科举考试的资格),但他承认自己"我志在删述,垂辉映千春",心里是想着当官的,这些元朝艺术家,对科举一点兴趣没有,也不打算搭理什么鸟皇帝。所以,清代孙承泽《庚子销夏记》说:"元季高人不愿出仕。"这样的一个精英文化阶层,成为元朝的一个"文化现象",也是"进士文化"传统的一个例外。

由此我们可以知道,黄公望的内心世界,与当了大官的赵孟𫖯截然不同。当然他们也不是"竹林七贤",躲在山水间,装疯卖傻;也不像李白,张扬、自傲,甚至有点跋扈。黄公望内心的纯然、宁静、潇洒,都是真实的,不是装给谁看的,当然,也没有人看。

所以,才有了黄公望对山水的痴迷。

他也才因此成了"大痴"。

他在王蒙《林泉清话图》上题诗:

霜枫雨过锦光明,
涧壑云寒暝色生。
信是两翁忘世虑,
相逢山水自多情。

他的内心，宁静澄澈、一尘不染。

他的心里，有大支撑，才不为功名所诱引，不为寂寞所负累，山是他的教堂，是他的宫殿。

是不绝如缕的音乐。

他晚年在富春山构筑堂室，说："每春秋时焚香煮茗，游焉息焉。当晨岚夕照，月户两窗，或登眺，或凭栏，不知身世在尘寰矣。"

现实的世界，"人太多了，太挤了，太闹了。但人群散去，天地大静，一缕凉笛绕一弯残月，三五人静坐静听"[20]，李敬泽说的是张岱，也适用于黄公望。

七

黄公望或许就像《射雕英雄传》里黄蓉他爹黄药师，隐居桃花岛，"桃花影落飞神剑，碧海潮生按玉箫"。巧合的是，黄公望不仅像黄药师那样，有一套庞杂的知识结构，所谓上通天文，下通地理，五行八卦、奇门遁甲、琴棋书画，甚至农田水利、经济兵略等亦无一不晓，亦曾隐居于太湖，而且，也喜欢一种乐器，就是一支铁笛。

有一次黄公望与赵孟頫等人一起游孤山，听见西湖水面上隐约的笛声，黄公望说："此铁笛声也。"于是摸出身上的铁笛吹起来，边吹边朝山下走去。湖中的吹笛人听见笛声，就靠了岸，吹着笛上了山。两处笛声，慢慢汇合在一起。两人越走越近，错身而过，又越走越远，那笛声，在空气中荡漾良久。

黄公望为人，直率透明，如童言般无忌。七十四岁那年，危素来看他，对着他刚画完的《仿古二十幅》，看了许久，十分眼馋，便问："先生画这组册页，是为了自己留着，还是要送给朋友，传播出去呢？"黄公望说："你要是喜欢，就拿走吧。"危素大喜过望，说："这画将来一定值钱。"没想到黄公望闻言大怒，劈头盖脸骂了一顿："你们敢用钱来评价我的画，难道我是商人吗？"

其实危素虽然小黄公望三十四岁，却是黄公望最好的朋友之一。他曾官拜翰林学士承旨，参与过宋、辽、金三史的编修，他曾珍藏二十方宋纸，从不示人，他向黄公望求画，就带上这些宋纸，因为在他心里，只有黄公望的画能够配得上。（《宝绘录》说："非大痴笔不足以当之。"）对危素求画，黄公望从未拒绝，仅六十岁那一年，黄公望就给危素画了《春山仙隐图》《茂林仙阁图》《虞峰秋晚图》《雪溪唤渡图》四帧画作，而且，在画末，还有柯九思、吴镇、倪瓒、王蒙的题诗。黄吴倪王"元四家"在相同的页面上聚齐，这危素的人品，也太好了。

关于黄公望的个性，元代戴表元形容他"其侠似燕赵剑客，其达似晋宋酒徒"[21]。关于他喝酒,有记载说,当他隐居山中,每逢月夜,都会携着酒瓶,坐在湖桥上,独饮清吟,酒罢,便扬手将酒瓶投入水中。

那种潇洒,有如仙人。

以至于很多年后,一个名叫黄宾虹的画家仍在怀念:"湖桥酒瓶,至今犹传胜事。"[22]

我不知道黄公望的山水画里,包含了多少道教的眼光,但仙侠气是有的。所以看他的山水画,总让我想起金庸的武侠世界,空山绝谷之间,不知道有多少绝顶高手在隐居修炼——《丹崖玉树图》轴的右下角,就有一人在木桥上行走,可见这座大山,就是他的隐居修炼之所。只是在他的大部分山水画里,像前面说过的《快雪时晴图》卷、《九峰雪霁图》轴,看不到人影,到处是直上直下的叠嶂与深渊,让人望而生畏。

假如我们将黄公望的山水画卷(如《富春山居图》《快雪时晴图》)一点点展开,我们会遭遇两种相反的运动——手卷是横向展开的,而画中的山峰则在纵向上的跃动,一起一落,表现出强烈的节奏感,如咚咚咚的鼓点,气势撼人,又很像心电图,对应着画家的心跳,还像音响器材上的音频显示,让山水画有了强烈的乐感。

其实,在山势纵向的跃动中,还掺杂着一种横向的力量——在山峰的顶部,黄公望画出了一个个水平的台面。好像山峰被生生切去一块，出现一个个面积巨大的平台，与地平线相呼应，似乎暗示着人迹的存在。这样的"平顶山"，在以前的绘画中虽亦有出现，但在黄公望那里却被夸大，成为他笔下最神奇的地方，在《岩壑幽居图》轴、《洞庭奇峰图》轴、《溪亭秋色图》轴、《溪山草阁图》轴、《层峦曲径图》轴（皆藏台北故宫博物院）等画作中反复出现，仿佛由大地登天的台阶，一级级地错落，与天空衔接。那充满想象力的奇幻山景，有如为《指环王》这样的大片专门设计的布景。那里是时间也无法抵达的高处，是人与天地对话的舞台。

黄公望好似一位纸上的建筑师，通过他的空间蒙太奇，完成他对世界的想象与书写；又像一个孩子在搭积木，自由、率性、决然地，构筑他想象中的城堡。

西川在《唐诗的读法》中说，唐人写诗，"是发现、塑造甚至发明这个世界，不是简单地把玩一角风景、个人的小情小调"[23]。其实，中国画家（包括黄公望在内）描绘山水，也是在缔造、发明着一个属于自己的世界。他如此肆意狂为地塑造、捏合着山的形状，透露出画家近乎上帝的身份——他是真正的"创世者"，在纸页上、在想象中，缔造出一种空旷而幽深、静穆而伟大的宇宙世界，并将我们的视线、精神，从有限引向无限。

黄公望笔下的富春山，山峰起伏，林峦蜿蜒，平冈连绵，江山如镜。

那不是地理上的富春山。那是心理上的富春山，是一个人的意念与冥想，是彼岸，是无限，是渗透纸背的天地精神。

"宇宙便是吾心。"

在高处，白发长髯的黄公望，带着无限的慈悲，垂目而坐，远眺群山。

八

《富春山居图》原本是无用师的"私人订制"。他似乎已经意识到，自己将得到的，注定是一件伟大的作品。它在绘画史上的地位，可比王羲之《兰亭序》在书法史上的地位，如明代邹之麟在卷后跋文中说："至若《富春山居图》，笔端变化鼓舞，右军之《兰亭》也，圣而神矣。"

这幅浩荡的长卷，不仅收容了众多山峰，它自身也将成为无法逾越的高峰。所以，他为黄公望提前准备了珍稀的宋纸，然后，耐心地等待着杰作的降临。只是，他没有想到，这一等，就等了七年。

我想，这七年，对无用师来说，是生命中最漫长的七年。想必七年中的日日夜夜，无用师都在煎熬中度过。因为无用师并不知道这幅画要画七年，不知道未来的岁月里，会有怎样的变数。在《富春山居图》完成之前,一切都是那么不确定。为了防止有人巧取豪夺,无用师甚至请黄公望在画上先署上无用师本号,以确定画的所有权。

黄公望似乎并不着急,好像在故意折磨无用师,他把无用师等待的过程,拖得很长。实际上,黄公望也在等,等待一生中最重要作品的到来。尽管他的技巧已足够成熟老辣,尽管生命中的尽头在一点点地压迫他,但他仍然从容不迫,不紧不慢。

此前,黄公望已完成了许多山水画,全是对山水大地的宏大叙事,比如,他七十六岁画的《快雪时晴图》、七十七岁画的《万里长江图》。与《富春山居图》同时,七十九岁时,他为倪瓒画了《江山胜览图》,八十岁,画了《九峰雪霁图》《剡溪访戴图》《天涯石壁图》,八十五岁,画了《洞庭奇峰图》……

他的生命中,只缺一张《富春山居图》。

但那张《富春山居图》注定是属于他的,因为那图,已在他心里酝酿了一辈子。他生命中的每一步,包括受张闾牵连入狱,入赵孟頫室为弟子,加入全真教,在淞江、太湖、虞山、富春江之间辗转云游,都让他离《富春山居图》越来越近。

《富春山居图》,是建立在他个人艺术与中国山水画长期渐变累积之上的。

它必定成为他艺术生涯中最完美的终点。

于是,那空白已久的纸上,掠过干瘦的笔尖,点染湿晕的墨痕。那些精密的点、波动的抛物线，层层推衍，在纸页上蔓延拓展。远山、近树、土坂、汀洲，就像沉在显影液里的相片，一点点显露出形迹。

到了清代，画家王原祁仍在想象他画《富春山居图》时的样子："想其吮毫挥笔时，神与心会，心与气合，行乎不得行，止乎不得止，绝无求工求奇之意，而工处奇处斐然于笔墨之外，几百年来，神采焕然……"[24]

终于，在生命终止之前，这幅《富春山居图》，完整地出现在黄公望的画案上，像一只漂泊已久的船，"泊在无古无今的空白中，泊在杳然无极的时间里"。

《富春山居图》从此成为巅峰，可以看见，却难以抵达。此后的画家，无不把亲眼见到它当成天大的荣耀；此后的收藏家，也无不把它当作命根，以至于明代收藏家吴问卿，专门筑起一栋"富春轩"安置《富春山居图》，室内名花、名酒、名画、名器，皆为《富春山居图》而设，几乎成了《富春山居图》的主题展，甚至连死都不舍《富春山居图》，竟要焚烧此画来殉葬，所幸他的侄子吴子文眼疾手快，趁他离开火炉，返回卧室，从火中抢出此画，把另一轴画扔进火里，偷桃换李，瞒天过海。可惜此画已被烧为两段，后一段较长（横 636.9 厘米），人称《无用师卷》，现藏于台北故宫博物院；前一段只剩下一座山（横 51.4 厘米），人称《剩山图》，现藏于浙江省博物馆。2011 年，这两段在台北联合展出,展览名曰:"山水合璧"。这是《富春山居图》分割三百多年后的首次重逢。

永远不可能与我们重逢的一段,画着平沙秃峰,苍莽之致。当年烧去、化为灰烬的,大约是五尺的平沙图景,平沙之后,方起峰峦坡石。吴问卿的后代曾向恽格口述他们记忆中的《富春山居图》被焚前的样貌,恽格把它记在《瓯香馆画跋》里。

在元代无用师之后、明代吴问卿之前,两百多年间,这幅画过过好几道手,明代画家沈周、董其昌都曾收留过它。沈周是明代山水画大家,明代文人画"吴派"开创者,与文徵明、唐寅、仇英并称"明四家"。《富春山居图》辗转到他手上时,还没有被烧成两段,虽有些破损,但主体尚好,这让沈周很兴奋,认为有黄公在天之灵护佑,立马找人题跋,没想到乐极生悲,画被题跋者的儿子侵占,拿到市场上高价出售,对沈周,不啻当头一棒。沈周家贫,无力赎回,只能眼睁睁看着它渐行渐远,直至鞭长莫及。痛苦之余,极力追忆画的每一个细节,终于在六十岁那年,把黄公望《富春山居图》全图默写下来,放在手边,时时端详,唯有如此,才能让心中的痛略有平复,同时,向伟大的山水传统致敬。

这幅长卷,即《沈周仿富春山居图》,现藏于北京故宫博物院。

《富春山居图》，是黄公望用命画出来的，所以它也滋养着很多人的命。

九

我不曾去过王澍设计的富春山馆，但我去过富春江。那是很多年前，我第一次到富春江时，穿过林间小径，看到它零星的光影，待走到岸边，看到那完全倒映的山形云影，猜想着在茂林修竹内部奔走的各种生灵，内心立刻升起一种招架不住的欢欣，仿佛一种死灰复燃的旧情，决心与它从此共度一生。

一个朋友问：

今天的人，为什么画不出从前的山水画，写不出从前的山水诗？

我说，那是因为山水没了，变成了风景，甚至，变成了风景点。

前面说，风景是身体以外的事物，是我们身体之外的一个"他者"。

风景点，则是对风景的商业化。

它是我们的旅行目的地，是投资者的摇钱树。

风景点是一个点，不像山水，不是点，是面，是片，是全部的世界，是宇宙，把我们的身体、生命，严严实实包裹起来。

我们存在于其中，就像一个细胞，存在于我们的身体中。我们就是山水间的一个细胞，生命被山水所供养，因此，我们的生命，营养充足。

古人不说"旅行"，只说"行旅"。"行旅"与"旅行"不同，"行旅"不用买门票，不用订酒店，"行旅"是一场"说走就走的旅行"，是在自然中的遨游，是庄子所说的、真正的"逍遥游"。

行旅、渔樵、探幽、听琴、仙隐、觅道，都是生命的一部分。

所以，范宽画的是《溪山行旅图》。要画"溪山旅行"，境界立刻垮掉。"行旅"与"旅行"，见出今人与古人的距离。

黄公望很少画人，像王维所写，"空山不见人，但闻人语响"。他的山水世界，却成全了他的顽皮、任性、自由。他的眼光心态，像孩子般透明。所以董其昌形容，黄公望"九十而貌如童颜"，"盖画中烟云供养也"[25]。

但现在，我们不被山水烟云供养，却被钱供养了。山水被划级、被申遗、被分割、被出售。我们只是在需要时购买。雾霾压城、堵车难行，都提升了风景的价值，拉动了旅游经济。后来我们发现，所谓的风景点，早已垃圾满地，堵车的地方，也转移到景区里。

我们或许还会背张若虚的诗：

江天一色无纤尘,
皎皎空中孤月轮。
江畔何人初见月?
江月何年初照人?

心里,却升起一股揪心的痛。

十

空山无人,水流花开。
那空山里有什么?
有"空"。

(本文选自《故宫的古画之美》,
人民文学出版社,2021年版)

内阁长夜

建筑空间，也因此被赋予了权力的属性。

一

那卷著名的《清明上河图》，曾经三次出现在李东阳的眼前。第一次是在15世纪60年代初，那应当是天顺年间（明英宗朱祁镇的第二个皇帝任期）的事，那时李东阳还不到二十岁，任太常寺少卿兼翰林院侍讲，是大明王朝里难得的少年才俊。李东阳目睹这卷北宋绘画名作时的具体场景已不可复原，我们可以大致想象，一个十几岁的白衣少年，面对这繁复而浩大的《清明上河图》卷时所流露出的惊奇与激动的眼神。大概就在他看到北宋张择端《清明上河图》卷之后不久，天顺八年（公元1464年），李东阳在十八岁上考中进士，庶吉士毕业后，进入翰林院,成为这个王朝最年轻的编修之一。

李东阳第二次见到《清明上河图》卷,是在弘治四年(公元1491年)的秋天。那时它的藏家是大理寺卿朱文徵,就在朱文徵的家里,李东阳平生第二次看到了这幅图卷。三十年后重见,这幅绘画长卷依然完好如故,李东阳感慨之极,用他自己的话说,是"为之叹惋不能已",在画后题了一首诗,诗很长,最后四句是这样写的:

> 丰亨豫大纷此徒,
> 当时谁进《流民图》?
> 乾坤俯仰意不极,
> 世事荣枯无代无。

"丰亨豫大",是北宋权臣蔡京提出的一个政治口号,就是大造帝国的形象工程,极力宣扬帝国的昌盛繁荣,实际上是为帝王宋徽宗的奢华生活寻找一个冠冕堂皇的理由。看见并且享受到这种"繁荣"的,只有宋徽宗一个人,广大民众则饥号连天,挣扎在死亡线上。终于,他的帝国尘烟四起,而这个"繁荣"的北宋王朝,也消失在天下造反、金人入侵的尘烟中。

因此,张择端的这卷繁复而浩大的《清明上河图》,给后人带来无限的伤感。李东阳几乎屏住了呼吸,细细地展读画卷,他看到图卷上最早的题跋来自金代，其中，张公药在题诗中，说它"唤回一饷繁华梦，箫鼓楼台若个边"。郦权在题诗中写："车毂人肩困击磨，珠帘十里沸笙歌。而今遗老空垂涕，犹恨宣和与政和。"改朝换代之后，北宋亡国带来的巨大伤痛，依然盘桓在人们的心头，无法消除。

李东阳敏锐地察觉到《清明上河图》的劝谏色彩，在他看来，身为北宋国家画院专职画家的张择端，不甘于这个华丽王朝日渐沦落的现实，以绘画的方式为皇帝提出谏言。表面上，他画的是"百货千商集成蚁，花棚柳市围春风"（李东阳题诗）的繁盛景象，实际上，他画的百姓的苦难，是一幅生活版的《流民图》（北宋郑侠绘）。于是，李东阳在题诗中直截了当地点破了这画的主题——这表面的"繁华"不过是一幅幻景，张择端真正想表达的，是重重叠叠的社会危机，是帝国百姓的困窘与沧桑。

那时的李东阳，担任太常寺少卿兼翰林院侍讲学士，是皇帝朱祐樘和太子朱厚照的老师，李东阳在以此提醒皇帝，世事荣枯，没有哪个朝代躲得过去，因此要励精图治，不可有一丝的懈怠。

明武宗正德十年（公元 1515 年），在自己的怀麓堂西轩，李东阳展读《清明上河图》卷。此时，《清明上河图》已经成为他的个人藏品，所以，这卷来自北宋的绘画名作，他不知看了多少遍，每看一遍，都等于目睹了一遍帝国往事、世事浮沉。就在这天，他按捺不住，又写下一长跋，至今裱在《清明上河图》的卷后。他在长跋中感叹："虽一物而时代之兴革，家业之聚散关焉。不亦可慨也哉，嘻！不亦可鉴也哉。"

墨迹未干，他轻轻钤上两方收藏小印，今天仍隐匿在《清明上河图》上密密麻麻的印章中。

一方是"怀麓堂印"，另一方是"大学士章"。

二

弘治元年（公元 1488 年），弘治时代第一任内阁由刘吉、徐溥、刘健组成，心狠手辣又八面玲珑的刘吉成为内阁首辅。

四年后（弘治五年，公元 1492 年），刘吉在一场政治风浪中呛了水，被赶出朝廷，礼部尚书丘濬火线入阁，与徐溥、刘健成为同事。丘濬是典型的君子，人品、学问、能力俱佳，像刘吉这样的两面三刀的佞臣已被排除出内阁队伍，大明内阁进入"君子时代"。

过了三年（弘治八年，公元 1495 年），丘濬因积劳成疾而离世，神童出身的礼部尚书李东阳和美男子谢迁入阁，与徐溥、刘健组成大明王朝最强内阁。

又过了三年（弘治十一年，公元 1498 年），在徐溥的一再请求下,弘治皇帝准许徐溥正式退休,这时的内阁剩下三名骨干:刘健、谢迁、李东阳。

内阁的历史,要追溯到朱元璋时代。明朝建立后,也曾实行过丞相制,李善长、汪广洋、胡惟庸曾先后担任丞相之职。洪武十三年(公元1380年),风起于青蘋之末,胡惟庸案发,成为大明王朝建立后一桩牵连极广的大冤案,开始了朱元璋大肆屠杀功臣的步伐,杀李善长,杀汪广洋,杀胡惟庸,杀常遇春,杀沐英,杀来杀去,杀人就成了习惯,不杀就食不甘味,寝不能安。杀人方法虽各有千秋,结果却殊途同归,总之大明王朝的开国元勋们都到九泉之下集合去了。

三百多年后,清代史学家赵翼写《廿二史札记》,列出了朱元璋长长的杀人名单,写罢投笔,浑身感到一股凛冽的凉气。

朱元璋不仅杀人,而且杀死了宰相制度,中国历代延续的丞相制度自此终结。朱元璋不放心别人,亲自掌管起六部百司的事务,等于自任宰相。加强中央集权,固然让放心,但一个人的精力毕竟有限,工作范围没有了边界,事无巨细,事必躬亲,反而损害了他的权力,让他在鸡毛蒜皮的事务中彻底迷失。明朝皇帝最怕大权旁落,但是皇帝大权旁落最厉害的朝代,正是明朝。

废除丞相制后,朱元璋曾在八天之内处理国事四百多件,平均每天批阅奏章两百多件,这简直是要了朱元璋的老命,无奈之下，设置殿阁大学士作为侍从顾问，帮助他分担处理政务。这些大学士很少能参决政事，大事仍由明太祖亲自决断。

明成祖在位时，选拔翰林院官员作为殿阁大学士入值文渊阁，开始参与机要事务的决策，"内阁"于是出现。慢慢地，内阁就变得重要起来，大学士有了替皇帝起草批答大臣奏章的票拟权，主持阁务的首辅更是监管六部、权压众臣。张居正任首辅时，大权尽归内阁，六部几乎沦为内阁的下属机构。

今天，在紫禁城内，还保留着明清两代的内阁办公的院落，只是我没有查到它究竟是在哪一年出现在这里的。它就在文华殿的正南。文华殿的大门（文华门）向南，内阁的正门则向西（面对午门方向），或许是大学士们从午门入宫后，进入内阁方便吧。进内阁正门，是一座四合院儿。正房是内阁大堂，也叫大学士堂、大学士直舍。这紫禁城"内"的"阁"，听上去气派，实际上不过是三间黄瓦大屋，简单低调，光线不佳，大学士们（包括李东阳）埋首于文牍奏章，即使白天，也要秉烛。政务繁忙时，更是昼夜不分，比如每逢科举殿试结束，评卷大臣们都要在内阁连夜加班，封闭阅卷，在如此紧迫的空间里，度过漫漫长夜。

内阁大堂正中挂着一块匾，上书"调和元气"。这匾是清代乾隆皇帝的御笔，中书居东西两房，大学士居中，因此，人们把大学士称为"中堂"。少年时看电影《甲午风云》，电影里清代官员把李鸿章称"李中堂",一直不知"中堂"何意,到了内阁大堂,看到真正的"中堂",方知这原本是一种代称。建筑空间,也因此被赋予了权力的属性。

内阁大堂南边是满本房和汉本房,与内阁大堂有垂花门相隔;西厢是蒙古堂,东厢是汉票签房和相关机要房,主要有侍读拟写草签处、中书缮写真签处、收储本章档案处,等等。内阁大堂往东,是内阁大库,一座两层库房,砖木结构,外包砖石,库顶覆以黄瓦,为砖城式建筑,是内阁收贮文书、档案的库房,明代建,建造年代同样无考。前面说过,大库建立以前,那里曾是明代文渊阁的位置。

这座内阁办公的小院目前尚未开放,但它紧依紫禁城的东南城墙,站在城墙上,从午门向东华门走,刚好可以俯视整个院落。院落里绿草如茵,古木森然。我曾看见几株柿子树,在秋天日渐凋零的树丛中格外显眼,似乎期许着内阁的一切事务皆能"事事(柿柿)如意"。

明清两代的许多内阁辅臣,一生中最辉煌的时期,都是在这里度过的。工作条件固然艰苦,但偶有闲暇,阁臣们也会饮茶作诗、对弈闲谈,把肃穆的大堂变作怡情养性之所。明宣宗朱瞻基曾经偶然造访这里,正逢辅臣们在下棋,便问:"怎么听不到落子的声音?"臣答:"棋子是用纸做的。"宣宗笑道:"怎么这么简陋啊?"第二天赐给内阁大臣们一副象牙棋。据说宣宗曾在大堂的中间位置坐过，七十多年后，到了弘治年间，他坐过的位置，大臣们仍不敢坐。

三

弘治时代转眼就过去了，朱祐樘驾崩时，给儿子朱厚照留下的遗产是三个人，他们是刘健、谢迁、李东阳。

这也是弘治皇帝一生积累的最重要的政治资产。

时人语之："李公谋，刘公断，谢公尤侃侃。"[1]

可惜新继位的明武宗正德对这份遗产不大感冒，倒对他豹房"八虎"情有独钟，须臾不愿意离开。

豹房"八虎"其实是一个由宦官组成的政治集团。说到宦官，人们通常没有好感。他们遭受阉割，不长胡须，嗓音尖厉，不男不女。宦官制度是帝制的伴生物，有皇帝，就必定会有宦官，否则，宫殿内的一切事务都无法运作。因此，在帝制时代，宦官只是一种职业，是宫殿的附属物。历史上也有好的宦官，上一章提到的张敏、怀恩就是如此。但后人记住的，更多的是那些不好的宦官，他们两面三刀，凶狠狡猾，陷害忠良，威福凌人，人类几乎所有的恶都集中在他们身上，宦官，几乎背负了宫廷制度的一切罪恶。

但这所有的罪恶，首犯应当是皇帝，因为只有皇帝宠信，宦官才能横行一时。宦官需要皇帝，皇帝更需要宦官，因为自他们降生的一刹，他们就与宦官打交道了。宦官侍奉他们吃，侍奉他们睡，他们成长的全过程都有宦官陪伴，而内阁里的那些文官，皇子到了上学的时候才能接触，因此，与文官比起来，宦官自然更加亲近。对宦官的声音、举止、动作乃至气息，他们都是熟悉的，更不用说宦官行事乖巧，会逗皇帝玩儿，不像那些文官阁员们书生气十足，一天到晚给皇帝提意见，一如这正德朝的大学士刘健、谢迁、李东阳，正德登基不久就上疏批评他"奢靡玩戏，滥赏妄费，非所以崇俭德；弹射钓猎，杀生害物，非所以养仁心；鹰犬狐兔，田野之畜，不可育于朝廷；弓矢甲胄，战斗不祥之象，不可施于宫禁"，仿佛他们天生就与皇帝过不去，唯有宦官，意味着绝对的服从与忠诚。

前面已经说过，自从朱元璋废了丞相制度，朝廷的政务就把皇帝的日子湮没了。皇帝忙不过来，就要找人代替，他所找的人，一定是自己最信任的人。皇帝信任谁呢？自己的爹、自己的妈、自己的亲生兄弟，皇帝都是不信任的，不仅不相信，有的甚至是竞争对手，因此弑父杀母、屠兄害弟的戏份，在故宫的历史上都一出一出地演过了。皇帝最信任的人，只有宦官。因此，尽管朱元璋早就立下规矩，命人在宫门口立下一块铁牌，上书："内臣（指宦官）不得干预政事，犯者斩"[2]，仍阻不住宦官地位的一再提升。明成祖设东厂，成化皇帝设西厂，大权都落到宦官手里，不知不觉间，宦官开始染指帝国的政治、军事、外交、司法等各个领域，以至于许多朝臣（如焦芳），见刘瑾都自称"门下"。许多官员一见到锦衣卫的飞鱼服、绣春刀[3]，就会产生生理反应，浑身发麻，满头冒汗。《明史》上说："缇骑四出，海内不安。"[4]

对于正德皇帝而言，世界上最可爱的人唯有刘瑾。朱厚照当太子时就是刘瑾侍奉，因此刘瑾深得朱厚照欢心。朱厚照登基后，自然赋予刘瑾大权。刘瑾的权力有多大呢？在"事业"的巅峰期，他不仅总领东厂、西厂、内厂、锦衣卫四大特务机构，对满朝文武有了生杀大权，而且代皇帝拟旨，直接决定朝廷事务。这种不经过宰辅机构直接下达的旨意，被称为"中旨"，是违反祖制的。所谓"中旨"，实际上已成"刘旨"，刘瑾已成皇帝，成为王朝事业的最高决策者，而这个决策者，大字都不识几筐（朱元璋规定"内臣不得识字"），只能在自己的宅里豢养几名文士，替刘瑾，也替皇帝拟旨。不仅内阁的权力被抽空，连皇帝的权力也被掏空了。刘瑾的府第，成为真正的"内阁"，而紫禁城里的内阁，则成了摆设。内阁辅臣们，终于可以安心下棋了。

原本，宦官不得习字、干政，明宣宗时，为了牵制内阁的权力，开始让司礼监的宦官习字，逐渐开始干政，并且掌握了"票拟"，就是代皇帝批答臣僚章奏，再呈皇帝裁决的权力，形成了内阁与司礼监的双轨辅政。官宦与宦官,犹如一架天平的两翼,尽管处于支点上的皇帝起着平衡的作用,但只有在少数时期(如弘治时期),文官集团与宦官集团形成了难得的团结局面(这离不开怀恩的努力),在大多时段里,双方进行着此消彼长的权力竞赛,而且,是恶性的竞争。由于宦官近水楼台,容易受皇帝宠信,并且掌握了东厂、西厂、锦衣卫这些特务机构,可以不经司法程序抓捕大臣,不经审判处决大臣,加上司礼监宦官"批红",甚至代皇帝拟"中旨"的权力,权力的天平常常倾向宦官,使宦官终于成为明代政治的肿瘤。

但权力似糖,有诱惑性,更有腐蚀性,权力越大,危险也就越大,无论胡惟庸、张居正这些文臣,还是刘瑾、魏忠贤这些宦官,下场都惨不忍睹,罪名五花八门,比如"谋逆",真正的原因,其实是权力太大,让皇帝害怕。清朝对宦官权力进行限制,反而使宦官得以幸免,在历史舞台上"全身"而退,年羹尧、和珅这些权倾一时的大臣则分别被雍正、嘉庆赐死,原因不言而喻。

权力需要制约,良性的制约不仅有利于社稷,其实也有利于从政者自身,只是不撞南墙不回头是人的本性,纵然有那么多的覆车之戒,但是当一个人(无论他是文官还是宦官)面对权力的蛊惑,他绝对不会罢手,就像一个在赌局中杀红了眼的赌客,直至折戟沉沙,血本无归,才悔之晚矣。

四

内阁安静了,乾清宫安静了,所谓的"皇上",实际上成了乾清宫那把龙椅的代称,它的主人,则去向不明。此时的帝都,最忙碌的只有两个地方,一个是豹房,另一个就是刘瑾的家。皇帝在豹房忙玩乐,刘瑾在家里替他打理"江山",以皇帝的名义号令天下,增减赋税,调拨兵马。王世贞《弇山堂别集》说:"大权一归于瑾,天下不复知有朝廷矣。"[5]

但大臣们并不安心,相反,他们的心随着刘瑾的得势而愈发忧心。反对刘瑾的下场是什么,他们都十分清楚。东厂、西厂、内厂、锦衣卫的监狱里,各种酷刑正对他们拭目以待。那些酷刑,极具创造性,几乎把人类的想象力开发到了极致。比如在西厂,有一种刑罚叫"弹琵琶",名字有一点风花雪月,其实极为凶残。所谓"琵琶",是指"琵琶骨",也就是锁骨(也有人认为琵琶骨指的是肩胛骨)。每当转移重要的犯人时,一条长长的锁链就会穿过锁骨,让犯人无法逃脱。把犯人上身脱光,他上身的骨骼,也正如一只琵琶——琵琶的弦轴,对应的就是琵琶骨,再往下每一节都对应着肋骨。行刑时把受刑者的手脚捆住,用这一把锋利的刀在锁骨和肋骨之间来回弹拨。我想,行刑人的姿态是优雅、从容的,表情是气定神闲的,有如佳人弹奏琵琶,但伴随他手指舞动的，不是美妙的乐声，而是犯人的哀号。《明史》卷七十三《刑法志》载："其最酷者曰琵琶，每上，百骨尽脱，汗如雨下，死而复生，如是者二三次，荼酷之下，何狱不成。"[6]

如此淫威，阻不住大臣们上疏的步伐。与其仰天长叹，不如拼死一搏。有明一代，文弱书生的身上，血性未泯。所谓"文死谏，武死战"，放之明朝，是最准确的形容，因为自汉晋以来，士大夫凭借他们对知识与思想的占有与阐释权，形成了对皇权某种程度上的制约，在宋朝，因为开国皇帝赵匡胤立下了不杀文臣的规矩，使得言论环境更加宽松，甚至形成了"君臣共治天下"的局面。然而，到了明朝，自朱元璋开始，就对文臣采取了高压政策，死于政治清洗的文官不计其数，使得文官的言论空间受到极大压制，当官也成了一种高危职业，进谏皇帝，真的要把脑袋掖在裤裆里。

然而，有意思的是，来自皇权的压制越大，文官们的反弹就越大。赵广超先生说：明代的阁臣，对于皇帝（其实是任性地下放权力的皇帝），总有一种顽强的对立，每至"帝勉从之"方休。[7]他们的"自信"，来自他们内心的正义感，就是儒家的治国安天下的理想。不像清代文臣，一律成了唯唯诺诺的"奴才"，这也是明代政治的亮点之一。

于是，有明一代，廷杖，就成为皇帝和大臣们对话的一种方式。廷杖，就是打屁股，地点有时在紫禁城内，但一般在午门外。我们常听戏文里说：推出午门斩首，其实在历史上，午门并没有用来斩首，如此神圣的位置，是不会被当作屠宰场的。但是，午门之外，的确举行过廷杖。廷杖比斩首也好不到哪儿去，甚至还没有斩首痛快。廷杖是一种很残酷的刑罚，刑杖一般是由栗木制成，击人的一端削成槌状，还要包上铁皮，铁皮上还有倒钩，一棒击下去，行刑人再顺势一扯，尖利的倒钩就会把受刑人身上连皮带肉撕下一大块来。如果行刑人手下不留情，不用说六十下，就是三十下，受刑人的皮肉也会被撕成一片乱麻。据说行刑的宦官受过专门的训练，就是用衣服包着一堆砖头，放在地上接受廷杖，行刑人要练到隔着衣服把砖头打得粉碎，上面的衣服却丝毫不损。

朝廷不少官员因廷杖而毙命，即便不死，十之八九也会落下终身残疾。廷杖最高的数目是一百，但没有达到过这个数字，因为打到七八十下，人就已经断气了，廷杖一百，基本上是无法打破的纪录。不知那时京城，是否有医治廷杖伤病的专科医院。假如有，一定生意兴隆。

廷杖开始还只是一种象征性的惩罚，后来发展到打死人，成为一种杀人手段。明太祖时代就有廷杖，明成祖朱棣废除了廷杖，但朱棣死后十几年，明英宗就恢复了。被廷杖的官员，一般是一两个人，但在正德年间，在刘瑾的领导组织下，创造过一百零七人同时受杖的纪录，而时隔不久，这个纪录就被打破，嘉靖皇帝同时廷杖一百三十四人，其中十六人当场死亡。一百三十四人，一百三十四个屁股，排在皇极殿下，两百六十八根棍子同时起落，这是多么壮观的景象，永远被记录在紫禁城的史册上。

廷杖的厉害，在于它不仅要命，还要脸，因为身为朝廷命臣，被当众脱裤子，是何等的有损颜面。当然，剥夺大臣们的尊严，是显示皇威的一种手段。一个统治者的威严，从某种意义上是通过侵犯和剥夺他人的尊严实现的。廷杖，以剥夺他人尊严的方式，来强调和捍卫了皇家的尊严。

但大明王朝从来不缺有骨气的大臣。皇帝任性，大臣们更任性。廷杖这一刑罚，不仅没有让大臣们俯首帖耳，反而激发了他们的斗志，让他们前仆后继，主动申请廷杖。面对廷杖，他们不以为耻，反以为荣。这种荣耀，基于长期文化积累的对忠臣这个符号的认可。皇帝要打大臣屁股，他们干脆齐刷刷地露出屁股，让皇帝打个够。屁股与刑杖，彼此是那么配合默契，那么相得益彰，那么彼此成就，那么相映生辉。可以说，文官们白生生的屁股，就是为凶残的刑杖而生的。在文官们心里，他们的屁股代表着他们的忠诚，代表着他们的名节，代表着他们英勇顽强、不屈不挠的斗志。在明朝，甚至有很多为反对而反对的反对派，皇帝不论说什么，他们都投反对票，以便用皮肉之苦换来冒死直谏的好名声，在今天看来，不免教条主义，但在他们眼中，这是他们超凡入圣的通天梯。在明朝，自开国皇帝朱元璋到亡国之君朱由检，君臣之间基本上成了施虐狂与受虐狂的绝配。皇帝越是凶狠，文官们越是起劲。

刑杖握在宦官的手里，如疾风暴雨，落在他们的屁股上，执行着皇帝——或者说盗取了皇帝名义的宦官——的旨意，文官们手无缚鸡之力，从来没有掌握过棍棒。他们所做的，只能是用自己的血肉之躯抵挡着汹涌的暴力，但他们从脑袋到屁股都不准备认输。

他们的被动挨打，反而透露出他们在态度上的优越感。

他们看上去是屈辱的，但他们的屈辱里藏着不可侵犯的庄严。

不能说中国士人都是软骨头，假若我们能够回到15世纪，在北京紫禁城内外，我们可以见到一群硬骨头的读书人，为捍卫他们心中的"真理"，心甘情愿地被打成肉饼。即使你说他们是在表演，是赚取同情分，他们的勇气也是不能否认的，不然你来试试看？在很多人眼里，明朝是一个阴暗、变态的王朝，但话得两面说，没有黑暗，哪衬得出光明？这群近乎执拗的文臣名士，就是明代里最明亮的部分。近读龚曙光先生著作，读到一段话，于我心有戚戚，现抄录如下：

"没有一部历史不遭遇黑暗，只要面对黑暗时有守护灵魂之光的知识分子，这部历史便会有光明的续章！"[8]

五

正德元年（公元 1506 年）六月，奉天殿鸱吻被雷电击毁，李东阳、刘健、谢迁认为皇帝与"八虎"荒淫无度，惹心天怒，联合上疏，请求皇帝惩处"八虎"。疏中说：

> 政在于民生国计，则若罔闻知，事涉于近幸贵戚，则牢不可破。臣等叨居重地，徒拥虚御。或旨从中出，略不与闻；或众所拟议，竟行改易。若以臣言为是，则宜俯赐施行；臣等言非，亦宜明加斥责。而往往留中不发，视之若无。臣等因循玩愒，窃禄苟容，既负先帝，又负陛下。[9]

这份言语真切的奏疏，静静地躺在如山的奏疏中，有如石沉大海。

户部尚书韩文，每逢退朝，向部下谈及朝廷，都会黯然落泪。时任户部郎中的李梦阳说："先生是朝廷大臣，与朝廷休戚相关，光哭有什么用呢？"

韩文说："那怎么办呢？"

李梦阳说，要在这个时候，率诸大臣阁老死争，一定要把刘瑾拉下马。

韩文说:"吾年足死矣,不死不足以报国。"[10]

于是,明朝中期最伟大的散文家李梦阳又写了一篇奏疏。此疏字字见血,把矛头勇敢地直指"八虎"。

奏疏全文如下:

> 臣等待罪股肱,值主少国疑之秋,仰观乾象,俯察物议,至于中夜起叹,临食而泣者屡矣。臣等伏思,与其退而泣叹,不若昧死进言,此臣之志,亦臣之职也。伏睹近岁以来,太监马永成、谷大用、张永、罗祥、魏彬、刘瑾、丘聚、高凤等,置造巧伪,淫荡上心。或击球走马,或放鹰逐兔,或俳优杂剧错陈于前,或导万乘之尊与人交易,狎昵猥亵,无复礼体。日游不足,夜以继之,劳耗精神,亏损圣德。遂使天道失序,地气靡宁,雷异星变,桃李秋花,考厥占候,咸非吉祥。缘此辈细人,唯知蛊惑君上以行私,而不知皇天眷命,祖宗大业,皆在陛下一身。高皇帝艰难百战,取有四海,列圣继承,传之陛下。先帝临崩顾命之语,陛下所闻也。奈何姑息群小,置之左右,为长夜之游,恣无厌之欲,以累圣德乎!前古阉宦误国,汉十常侍,唐甘露之变,是其明验。今永成等罪恶既著,若纵而不治,为患非细。伏望陛下将永成等缚送法司,以消祸萌。[11]

李东阳连同刘健、谢迁,以及六部九卿,一一在上面签名。

一切都不动声色,却暗藏杀机。

李梦阳大手笔,区区三百字,回顾了汉代十常侍乱政、唐代甘露之变以来宦官乱政的血腥历史,足以让缺心眼儿皇帝朱厚照吓出一身白毛汗。

《明史纪事本末》写:"疏入,上惊泣不食"[12]。

害怕,哭泣,连饭都咽不下去了。

无知者朱厚照,终于尝到了畏惧的滋味。

紫禁城的夜色中,内阁的灯通夜亮着。三位顾命大臣全部值守在内阁,焦急地等待。

终于,宦官王岳派人送来一封密信。

刘健展信,眉头骤然舒展。

上面写着两个字:"已定。"

刘健大叫:"好事!"

成功临近,李东阳在默然思索。

谢迁摇头:"皇上与'八虎'情分极深,如有一天想起他们,必然会召回他们。我们不能高兴得太早了。"

刘健听后点头,又铺展纸张,写一上疏,历数"八虎"罪恶,要求皇帝将他们全部处决。

不久,他们就收到皇帝许可的回复。

即使在最黑的夜晚,这一消息也立刻照亮了内阁大堂,每个人的脸上都泛着红光。他们的心里都在想着一件事：

他们终于熬出头了。

只要过了这个夜晚，大事即可成矣。

六

犹如一场足球比赛，对于领先的一方来说，时间成为一个累赘。他们希望时间快一点过，早一点把多余的时间耗掉，把胜利收入囊中。正德元年十月的那个夜晚，李东阳、刘健、谢迁的心情正是如此。

对他们而言，那是世界上最长的夜晚，他们坐在内阁大堂里枯等天亮，希望在天亮时听到皇帝处决"八虎"的诏书。他们已经穷尽了所有的努力，已经没有什么事可做了。等待不是最好的办法，但此时除了等待，已经没有别的办法了。

心理学上有一个专有名词叫墨菲定律（也叫墨菲效应），这一定律（效应）的主要内容如下：

一、任何事都没有表面看起来那么简单；

二、所有的事都会比你预计的时间长；

三、会出错的事总会出错；

四、如果你担心某种情况发生，那么它就更有可能发生。

果然，阁僚们高兴得太早了。茫茫夜色，看上去波澜不惊，实际上有无数未知的事物在蠢蠢欲动。至少，在这个夜晚，皇帝没有睡，顾命大臣没有睡，刘瑾或许睡了，或许没睡，但即使睡了，在做着美梦，他的梦也被人吵醒。就在这天夜晚，有一道人影暗中奔向刘府，把三位顾命大臣与六部九卿联合处置刘瑾的奏章报告给刘瑾，这个人，是在那份奏折上签过名字的吏部尚书焦芳。

那时，刘瑾的全身一定会被一股巨大的恐惧穿透，他没有想到，他苦心侍奉的皇帝，居然会如此冷酷无情。他忘记自己是如何的冷酷，而如此的冷酷，同样可以施加在他的身上。我猜他会下意识地用手摸摸脖子，好确认自己的脑袋还在。现在还在，不知还能在多久，他要趁脑袋还在，进行绝地反击。此刻，他人生所有的机会，只存在于天亮前的若干个时辰。

他决定去见皇帝。见到皇帝，他的撒手锏只有一样，那就是哭。他和另外"七虎"，趴在皇帝面前，尽情地号啕。他们哭得不管不顾，哭得涕泪俱下，哭得惊天地泣鬼神，过了今夜，他们连哭的机会都没有了。

没想到皇帝也哭了，他们从自己的哭声里找到了皇帝的哭声。那哭声幽咽如琴，颤动似弦，比他们的哭声优雅，却具有不可置疑的权威性，足以力压群哭。可怜的刘瑾，终于引起了他无尽的恻隐之心。他回想起了与这群宦官游龙戏凤、招猫斗狗的快乐时光，回想起他们对自己的俯首帖耳、一片忠心，突然后怕,自己险些做了一个错误的决定。哭声继续着,但在心里,刘瑾开始笑了。

反击的时候到了。在这样致命的场合,说话的艺术绝对重要。刘瑾没有把矛头指向文官们,因为他们此时正处在上风,他要避其锋芒。因此,他把矛头指向与内阁合作的宦官王岳,说王岳才是幕后主使,要通过文官们的笔打垮他,把对皇帝好的人全部铲除,好控制朝廷。刘瑾语言的力道掌握得很精准,一句话就戳到了正德皇帝的心窝子里。他一下子"明白"过来,原来自己上了群臣的当。幸亏,他给了刘瑾一个辩白的机会,不然,他就把如此忠心耿耿的人"误杀"了。

历史的剧情,在那一刻发生了不可思议的反转。史书的记载是:"上怒,夜收岳及亨、智"(即王岳、李荣、范亨、徐智、宁瑾等宦官)。

他不是朝令夕改,他是夕令夕改。

那个漫长的夜晚终于过去了,天亮早朝,阁僚们得到的完全是相反的结果。皇帝宣布了对"八虎"的任命——任命刘瑾为司礼监提督兼提督团营,丘聚提督东厂,谷大用提督西厂;"八虎"的力量不仅没有削弱,反而得到了增强。文臣们搞不懂眼前发生了什么,呆若木鸡,手脚冰凉,三月里的春风呼呼吹着,差点把他们像树叶落花一样吹起来,他们再也无力把握自己的方向。

七

刘健生气了，谢迁生气了，他们决定辞官，皇帝准了。朝局不好玩，他们决定金盆洗手，八抬大轿也不能把他们抬回来了，至于他们后来又回到朝廷，回到他们熟悉的内阁大堂，那是正德归天以后的事了。

只有李东阳留在朝廷，从此被正人君子们诟病，说他贪恋权位，不能与刘健、谢迁共进退。其实李东阳与刘健、谢迁上疏一起乞求退休，皇帝只批准刘、谢二人离职，却独留李东阳。此后李东阳一再上疏请辞，都被皇帝驳回，可见朱厚照对自己的这位老师还是充满了信任和依恋。

与刘健、谢迁饯别时，李东阳潸然泪下。刘健冷眼看他，说：你哭什么呢？如果当日你态度坚决一点，今天不同我俩一样回老家了吗？[13]

他的"学生"罗玘（实际是李东阳担任主考官时录取的进士），写了一封公开信与他断绝师生关系。手握那封信，李东阳一句话也说不出来，只能对天发出一声长叹。

身为四朝臣子，他恐怕早就分不清皇帝于他哪些是国事哪些是家事了。所以，别人可以退，可以隐，可以独善其身，但对他来说，"大奸未除，弊政未革则不敢言退"，因此宁可"怀忧抱惭,含垢纳污",留在朝廷上继续战斗。

许多官员不甘心痛失好局,他们煽动李东阳团结大家上疏,把刘健、谢迁留下来。李东阳决定忍,他知道,此时的刘瑾,羽翼已丰,实力强大,绝不是硬拼的时候。他告诉官员们一个道理:你们不是在救人,而是在害人。刘瑾对刘健、谢迁恨之入骨,你们现在要救他们,等于把他们往火坑里推,先不说诸位的命,刘健、谢迁命不久矣。

李东阳没有说错,刘健回乡后,刘瑾决定把他逮捕入狱,李东阳出面阻拦,才改为撤职除名。就在这一年十二月,大雪凝寒时节,一匹快马飞奔到刘健的故乡河南洛阳,带来了一道圣旨,剥夺刘健的诰命,追还所赐玉带服物。他从前在内阁的同事谢迁,以及尚书马文升、刘大夏、韩文、许进等人受到同样处罚。被同时剥夺诰命的,多达六百七十五人。

听到圣旨时,刘健正与人对弈。接过圣旨,他把目光继续投向棋盘。寂静的空气中,他落子的声音清脆而有力。

李东阳走在一条幽暗的、不确定的道路上,这同样需要勇气。与走比起来,留无疑更加困难。与正德相伴,与刘瑾为伍,稍有不慎,就会粉身碎骨。谁能保证,他不会成为下一个胡惟庸?中国士大夫,喜欢洁身自好,一旦对客观环境看不上眼,就会拂袖而去。这样做,正好把政治空间留给了奸佞小人,正像刘健、谢迁离去,让内阁与司礼监的双轨骤然失去了平衡,归根结底，这是一种不负责任的行为。天启时期的东林党人有同样的毛病，这一点后面还要讲到。因此说，阉党专权，有一半的功劳，需要记在这些文臣的账上。

二十多年前，我读过一篇文章，叫《当前中国知识分子心态分析》，作者是我尊敬的一名青年学者。文章针对当时语境，其中提到知识分子的现实磨合问题，有一段话，给我的印象很深："这种道德谴责可以看作是他们所受压抑的发泄借口，是他们在不良处境中的一种自我心理防护。不过，知识分子毕竟是一个具有良好理解力、适应力和反省力的群体，他们的失态是暂时的，不久之后他们就对现实采取了一种恰当的姿态：去接受那些必须接受的，去改善那些可以改善的。"[14]

在这个关键时刻，李东阳决定留在朝廷，不是苟且偷安，而是忍辱负重，甚至可能是一种最好的现实策略。他不是与虎谋皮，而是与"八虎"谋皮。他不仅要把宦官对朝廷的影响尽可能降到最低，让朝政能够正常地运转，同时寻找着机会反戈一击。这是一场漫长的、一时看不到胜利希望的战斗，但李东阳没有放弃。他就像一个狙击手，躲在丛林里，以目光锁定自己的猎物，观察着它的一举一动，表面上他什么都没有干，实际上他是等待机会，在最合适的时候发出致命一击。因此，等待本身，就是战斗。

《明史》对他，有公允的评价：

刘健、谢迁、刘大夏、杨一清及平江伯陈熊辈,几得危祸,皆赖东阳而解。其潜移默夺,保全善类,天下阴受其庇,而气节之士多非之。[15]

八

刘瑾独揽大权后,果然变得愈发嚣张。正德三年(公元1508年)六月二十六日那天,早朝散去,值班御史突然在御道上发现一份奏疏,指控刘瑾四十三款大罪,诸如导引皇帝嬉游、欺罔、僭越、贪婪、滥杀等,仔细查看,没有发现署名。奏疏被送到皇帝那里,正德看后,微微一笑,把刘瑾叫来,把这份控告他的奏疏交给他,说:你处理吧。于是,发生了宫廷政治史上至为荒诞的一幕。

刘瑾气急败坏,下令百官在奉天门前下跪,于是,那些头戴乌纱、身着各种颜色的花锦朝服的官员们在广场上跪成一片,好像空旷的奉天门广场上突然长出了许多色彩奇异的植物。谁说紫禁城的外朝没有植物?此时的奉天门广场,就变成一座五光十色的大花园。但大臣们一点儿不觉得好玩,他们的膝盖被坚硬的砖地磨破,他们腿上的血停止了流动,他们的腰要断了,但他们一律不能动,只能忍耐,在静默中,祈祷时间快一点流过。一个时辰（两个小时）过去了，各衙门正副长官以上的官员才被允许离开紫禁城，其他官员仍要继续长跪。又一个时辰过去了，六月的北京，骄阳似火，广场上的砖地被晒得仿佛烙铁，长跪与毒晒，让一些官员昏厥过去，还有一些年老的官员，大小便失禁，庄严的广场上飘浮着一股不庄严的恶臭。但刘瑾一直铁青着脸，不发一言。时间接近中午，内旨才传出，将百官拿送锦衣卫处置。

将朝廷官员集体下狱，这在明朝的历史上是空前绝后的一次，连锦衣卫都有点招架不住，他们的牢房出现了紧缺，因为那不是文武百官，而是三百名官员，大部分是文官。这长长的囚徒队伍在大街上出现，在整个中国历史上也是难得的景观。市民们纷纷围观，当然不少对他们寄予了深深的同情，以至于京城的贩夫走卒、老少妇孺纷纷向这囚徒的队伍聚集，给他们送水送食。情况愈演愈烈，最终演变成大规模的罢市，人民群众以这样的方式，向刘瑾集团发出无声的抗议。

当天晚上，李东阳给武宗写下一份条陈，让没深没浅的朱厚照知晓这一处罚的厉害：

> 匿名文字出于一人之阴谋，诸臣在朝，仓促拜起，岂能知之！况今天时炎热，狱气薰蒸，数日之间，人将不自保矣。

刘瑾看到条陈，也倒吸一口凉气。把所有朝臣都弄死，把朝廷弄成无人区，恐怕也不是办法，于是下令，将朝臣们从锦衣卫监狱里放出来。此时，已有刑部主事何钺等三人被折磨至死，致伤致病的官员，多达数十名。

刘瑾的白色恐怖，让朝廷骤然安静下来。就在这时，一个小官上了一道疏，故意去摸刘瑾这只"大老虎"的屁股，这个小官，就是兵部武选司主事王阳明。在这道奏疏里，王阳明先把正德皇帝吹捧一番，说君仁，臣才直。上有正德这样英明的皇帝，下才有这些敢于直谏的朝廷官员。对于官员们的批评，皇帝应该有则改之，无则加勉，而皇帝不分青红皂白，把他们通通收拾一番，对于大臣们来说，不过是吃了点苦，但对于皇帝来说，却损失了好名声，堵塞了言路。

有人问王阳明，大家都在弹劾刘瑾时，他默不作声；现在大家都沉默了，他却跳出来，这是什么道理？

王阳明回答：当时有那么多的官员挺身而出，多我一个不多，少我一个不少，现在朝廷上鸦雀无声，必须有一个声音来呼唤他们的良知，这个责任，非我莫属。

上完这道疏，王阳明心情大好，跑到友人湛若水创办的书院里讲他的身心之学。没过多久，他接到了一份圣旨，圣旨上说，把他廷杖四十，下锦衣卫狱。

王阳明的屁股就这样被打开了花,投进了锦衣卫诏狱。在这暗无天日的监狱里,他度过了人生中最艰辛的冬天。春天到来的时候,他奇迹般地被放出来,发配到遥远的贵州龙场,在驿站当站长。

那时的贵州,天遥地远,瘴疠弥漫,用湛若水的话说,那不是人类居住的地方,驿站站长,更是一个连品级都没有的小官。但对于刚从锦衣卫诏狱里出来的王阳明来说,那里已经美如天堂。感谢锦衣卫,让王阳明的内心获得了一种坚韧的力量;感谢刘瑾,将他发配龙场,才有了中国哲学史上著名的"龙场悟道",阳明心学,才在中国历史最黑暗的时刻里,横空出世。

九

刘瑾做梦也不会想到,给自己致命一击的,竟然是"八虎"中的"二把手"——张永。

其实"八虎"内部也是有矛盾的,张永和刘瑾的矛盾就不小。张永在皇帝面前告刘瑾的状,刘瑾知道后,把张永发往南京,还下令在禁门上贴下告示一张,不许张永进入内廷,实际上要把张永和皇帝隔绝起来,让他无法再告状。没想到张永也不是好惹的,他直闯宫门,跑到皇帝面前痛斥刘瑾。皇帝要二人对质,没想到二人越说越激动,居然动起手来。张永孔武有力，善于骑射，把刘瑾打得满地找牙。谷大用等一群宦官跑来拉架，才把二人分开。

两个人就这样结下了死仇。后来（正德五年，公元1510年），安化王朱寘镭起兵造反，张永和御史杨一清被派去平叛。后来，叛乱被平定了，张永和杨一清商定了收拾刘瑾的大计。后来，张永准备到紫禁城献俘。后来，刘瑾准备在张永献俘时杀掉张永。后来，张永抢先入京，并利用献俘的机会，向皇帝朱厚照进呈了一道奏疏，揭发刘瑾的十七条大罪。

朱厚照酒意正酣，把奏疏搁到一边，摆手说先喝酒，先不说这些。

张永说，要是离开陛下一步，臣就死定了。

朱厚照说：刘瑾想干什么？

张永说：取天下。

那时朱厚照有点喝大了，说：那就让他取呗。

张永说：那您干什么呢？

朱厚照突然一抖，是啊，他取了天下，我干什么呢？

一瞬间，他感到毛骨悚然，于是下了一道命令：即刻抓捕刘瑾。

刘瑾看见那几名彪形大汉闯进来，还没来得及挣扎就被摁到了地上，只留下一阵含混不清的叫声，在宫殿冰冷的地面上徘徊。这一夜，刘瑾被临时关押在东华门外的菜厂，再无翻身的机会。天亮时，朱厚照把奏疏转给内阁，李东阳看了这道奏疏，一定会感到这是人生最快意之事。刘瑾已成落水狗，此时唯一的任务就是痛打。处理刘瑾的公文进展神速，很快，刘瑾被降为奉御，准备发配到凤阳守陵。

但张永并不放心，刘瑾势大，他担心刘瑾还会咸鱼翻身，于是建议朱厚照亲自到刘瑾宅邸查看。朱厚照一去就傻了眼——从刘瑾的私宅里，不仅搜出黄金二十四万锭又五万七千八百两，元宝五百万锭又一百五十八万三千六百两，宝石二斗，其他宝贝不计其数，而且搜出一枚伪玺，五百牙牌，一只他经常使用的扇子，里面藏着两把尖刀，还有很多衣甲弓弩。

有了伪玺，他就可以篡位；有了五百牙牌，他的人就可自由出入宫廷；有了藏刀的扇子，他可以随时行刺皇帝；至于那些衣甲弓弩是干什么的，就不用多说了吧。朱厚照看到这些，一定会感觉到一股凛冽的寒风吹过他的后脑勺，他感到一阵恐惧，那个他无比熟悉的刘瑾突然间变得无比陌生，半天，他才从牙缝里挤出三个字：

"瑾果反！"

刘瑾还没有反，但他已经具备了反的条件。在皇帝的眼里，这就是反。

依据《大明律》，刘瑾应该被剐三千六百刀，但天饶一刀，地饶一刀，皇上饶一刀，他实际上挨了三千五百九十七刀。他那不可一世的身体，化成了三千多块肉片，扔进一只大筐里，像一堆沾满鲜血的猩红猪肉。肉片从空中飞过，洒下的血滴晶莹透亮。凌迟总共进行了三天，这是一项难度很高的技术，因为刽子手要保证犯人活够三天，死亡不能直接来到他的身上，必须经历了一个曲曲折折的过程之后，他才被允许死去。这一始于辽代的酷刑，经过了几百年的发展，已成为一项精致的手艺，仅刀具就达一百多种。受刑人的呼吸，必须在第三千五百九十七刀降临之后准确地停止。据说在进行到一半时，刘瑾饿了，刽子手还喂他喝了一碗粥，好让他攒足体力，用他残缺不全的躯体继续迎接刀刃。

那切割下来的三千多块刘瑾肉一点也没有浪费，它们全被市民们买走，煮着吃了。许多人没等肉熟，就把它们吞了下去。这就是所谓的生吞活剥吧，只不过得先活剥，然后才能生吞。我想，那天一定有不少人为此拉肚子。

刘瑾死后，他的亲信十五人被斩于市，男人籍没为奴，女子被送进浣衣局。清算工作一直持续了两个月才宣告结束。

十

然而，李东阳的噩梦并没有结束。死的是刘瑾，宦官仍然活着。在内廷的每一个角落都能看见他们的身影，听到他们不男不女的奇特嗓音。

张永取代了刘瑾，内阁与司礼监的对峙仍然没有结束，"八虎"中有"七虎"尚存，皇帝对他们的宠信一如既往，一切都是换汤不换药。

兵部员外郎宿进上疏，要求皇帝查处内侍中的刘瑾余党，矛头是冲着"七虎"去的。没想到他的上疏触怒了朱厚照，要严惩宿进。刘瑾已被处死，查处内侍余党有何不可？在皇帝看来，这是挑战他对宦官的信任，因此说，这不是针对刘瑾，而是针对他。《明代宫廷政治史》说："刘瑾被诛，固然可以将一些罪责推给他。但要全盘否定以前的措置，实际上是正德帝自我否定，这是专制君主不能容忍的。""君主身边的亲信不能够少，他还需要亲信为自己办事；君主的颜面不能够丢，不能够因此就否定即位以来的举措。"[16]

宿进的脑袋似乎已经不属于自己。这时，还是李东阳出场了。他与另外两名内阁大学士杨廷和、梁储面见皇帝，趁着朱厚照喝得有些微醺，进言道："后生狂妄，且日暮，非见君之时，但宜奏请宽处之。"不久，内旨传出，命人把宿进像拎小鸡一样拎到午门外，廷杖五十，发遣为民。

李东阳就这样，在狭小的政治空间里小心周旋。他做的可能不够多，但他已经做到了最多。在皇权体制下，一个有良知的士人，或许也只能做这么多。

不难想象李东阳内心的痛苦，他活过的每一天都在挣扎中度过，都经历着凌迟般的痛苦。他经常会感到一种撕裂感，感到无能为力，找不到自己。他写诗，作画，就是要从中找回那个他能够接受的自我。在诗里，他会变作豫让，"报君仇，为君死，斩仇之衣仇魄褫，臣身则亡心已矣"[17]，或者化身为乐毅："当时誓死却齐封，更忍还兵向燕土"[18]。他多希望自己能像他们一样，为国为君，潇洒而决然地死去。

有时，他会展开那卷《清明上河图》，目光扫过四百年前的重重危机。弘治十二年（公元1499年），曾经的内阁首辅徐溥生命到了最后时刻，他让自己的孙子从故乡宜兴出发，带上他收藏的《清明上河图》卷，千里迢迢奔赴京城，将这卷旷世名画赠送给李东阳，其中的含义，不言而喻。李东阳展开徐溥的信，看到上面的六个字，眼泪立刻扑簌而出，滴落在信笺上。

那六个字是：

吾之志，交汝也。

那一刻他才明白，老首辅交给他的，不是所谓的名画，而是无尽的叮咛与嘱托。

在紫禁城东南角那个不起眼的院落里，在内阁大堂幽暗的青灯下，李东阳一直工作到六十六岁，在正德七年（公元1512

年），皇帝终于批准了他的辞职申请，赐敕褒誉李东阳，下令有司时加存问，给李东阳月食八石待遇，恩荫其侄李兆延为中书舍人。十二月三十日，李东阳上疏谢恩。

四年后，李东阳在北京寓所安详辞世，终年七十岁。

辞世前一年，李东阳回顾自己的一生，内心生起一股沉痛的伤感，挥笔写下一首诗：

解组归来已白头，
几从天路想神游。
端阳过眼仍三日，
旧事伤心更百忧。
寝庙衣裳云气冷，
泰陵松柏雨声秋。
乾坤俯仰余生在，
隐几无言只泪流。

（本文选自《故宫六百年》，人民文学出版社，2020年版）

家在云水间

只有在绛云楼里,她才能活成她希望的那个自己——那个最好的自己。

我可以是村妇是村姑
也可以是一个侠女　我可以是
采药人　也可以是一个女道士
我以女人的形象走在云水间
以女人的蒙太奇平拉推移
以女人的视觉看时间忽远忽近
　　　　——翟永明:《随黄公望游富春山》

一

崇祯十六年（公元1643年）的春天，晚明名士钱谦益偕柳如是走进拂水山庄观看桃花。那一年，柳如是二十七岁，钱谦益六十七岁。

柳如是一生钟爱自然的声色，风拂竹瑟，月映梨白，都会让她深深地感动。很多年后，她仍不会忘记，那一天，小桃初放，细柳笼烟，她与夫君一步一步，辗转于月堤香径。那桃、那柳，都见证着她生命中最为清宁恬静的岁月。她轻轻踏上花信楼，端坐在窗口，凝望着迷离的春光，心中想起钱谦益《山庄八景》诗中的那首《月堤烟柳》，突然间想画一幅画，把自己最钟爱的时光留住。她索来纸笔，匆匆画了一幅山水图景。

三百七十年后，我在北京故宫博物院目睹着柳如是的《月堤烟柳图》，心里想着当年的岁月芳华，都是那样真实，仿佛那烟柳风花正是昨日刚刚见到的景物，中间三百多年的流光，根本不曾存在过。

二

在抵达拂水山庄之前，柳如是的路走得太久、太累。

柳如是一生的行脚,几乎都不曾离开过江南。她出生在江南水乡,幼年身世无考,少年时入吴江,被卖做已被罢官的东阁大学士周道登府上做婢女,又做小妾,后被周府姬妾所陷,十五岁沦落风尘,很快倾倒众生,成为"秦淮八艳"之首。

但后人提她、陈寅恪写她,绝不止于这些。

在陈寅恪先生眼里,即使在倚门之女、鼓瑟之妇那里,也存在着"独立之精神,自由之思想",更何况柳如是的清词丽句,常深奥得令他瞠目结舌、不知所云。[1]

"放诞多情""慷慨激昂""不类闺阁",这是当时文人对柳如是的评价。她常做男子打扮,头罩方巾、一身长衫,于文人的世界中周旋,在她的温婉妩媚中,平添了几许阳刚之气。

就是陈寅恪所说的"三户亡秦之志"[2]。

她爱过宋征舆,但那份曾经狂热的恋情却因宋母的强烈反对而熄灭。后来她又爱陈子龙,因为她不仅看上了陈子龙身上的才华,更喜欢他的侠义之气。在松江的渡口,她送年轻俊逸的陈子龙北上京师,参加次年二月的春闱。那是崇祯六年(公元1633年),帝国正处于风雨动荡之秋,北方的战事糜烂,紫禁城里的崇祯皇帝,神经衰弱得几近崩溃。或许,正是那样的处境,赶上那样的时事,让陈柳之间的那份情,别有一番暖意。

陈子龙没有一去不归,第二年春天,他就落第归来了,这反而让柳如是感到释然。崇祯七年(公元1634年),离大明王朝的灰飞烟灭还有整整十遍的春秋，柳如是和陈子龙住进了松江南门内的别墅小楼——南楼。白天，陈子龙去南园读书——那座园林，本是松江陆氏所筑，但多年无人居住，已是廊柱丹漆剥落，假山薜荔纵横，看当年与他们同在园中读书的陈雯的记录，觉得那园林的气氛，很像今天的恐怖片。他说："有啄木鸟，巢古藤中，数十为伍，月出夜飞，肃肃有声。猵獭白日捕鱼塘中，盱睢而徐行，见人了无怖色。"

但在柳如是看来，这荒芜的园林别墅，在她的辗转流离中，无疑是一处温暖的巢穴，因为每天晚上，陈子龙读书归来，都在南楼上与她相伴。那段日子，她填了许多词，有《声声令·咏风筝》《更漏子·听雨》等。她《两同心·夜景》里写二人缠绵之状：

> 不脱鞋儿，
> 刚刚扶起。
> 浑笑语，
> 灯儿斯守。
> 心窝内，
> 着实有些些怜爱。
> 缘何昏黑，
> 怕伊瞧地。

两下糊涂情味。

今宵醉里。

又填河,

风景堪思。

况销魂,

一双飞去。

俏人儿,

直恁多情,

怎生忘你。

陈子龙拾起纸页,笑道:"这该是我作给你的啊。"

陈子龙也为柳如是留下很多词,比如《浣溪沙·五更》《踏莎行·寄书》。

但柳如是的词,像这样轻松俏皮的并不多,更多的,总是有着一种莫名的愁绪,就像崇祯七年的春天一样,晦暗不明。

在陈子龙身边,内有正室张孺人不动声色斗小三儿,外有文场小人背地暗算,让他腹背受敌。在家里,张孺人出身大户人家,掌握家庭财政大权,她能接受陈子龙纳妾,却绝不接受一位青楼女子玷污门楣;在文场,许多人对陈子龙又妒又恨,开始风传一些流言蜚语,还有人花钱,让当地官员上奏朝廷,剥夺陈子龙的举人资格,这事,陈子龙自撰年谱有载。

南楼,不是他们在现实中的容身之所,只是现实中的一道幻影。很多年后,当所有的缠绵都成了陈年往事,内心的伤口长出厚厚的茧子,柳如是翻弄昔日的诗稿,不知会做何感想。

有意思的是,她的诗集,后来恰由陈子龙为她整理编印。不过这些,都是后话了。

三

我见过柳如是初访钱谦益时的小像一帧,的确是一身儒生装束,配她的清逸面庞,倒显得洒脱俏丽。

那一年,是崇祯十三年(公元1640年)的冬天。转眼间,已和陈子龙相别六年。六年中,柳如是迁延于盛泽、嘉定等地,也几经情感的波折,始终没有归处。

她感觉自己已然老去许多。不是容颜老了,是心老了。

柳如是最终与钱谦益最终牵手成功,得益于杭州友人汪然明的牵线。终于,她乘上一叶小舟,翩然抵达虞山半野堂。

柳如是买舟造访钱谦益,让人想起卓文君夜奔卖酒情定司马相如,那份胆略,自出一途。所幸,钱谦益早知柳如是的才名,对她所作"桃花得气美人中"之句激赏不已。他初时只觉面前的翩翩佳公子骨相清朗,待看到她投来的名刺,又见她落落长衫之下的一双纤纤弓鞋，方恍然悟出面前的少年郎竟是名满江南的柳隐，自然大喜过望。[3]这一段旷世姻缘，就在崇祯十三年冬天暧昧不明的光线里，尘埃落定了。

很快，柳如是拥有了自己的居舍，那是钱谦益在半野堂边上为她建起的一座新舍，取名"我闻室"。这名字来自《金刚经》，因为经文开头便是"如是我闻"，如是，刚好是柳如是的名字。

此时，距柳如是半野堂初会钱谦益，只过去了一个多月。

柳如是从此有了别号："我闻居士"。

入住我闻室那一天，面对绿窗红舳、熏炉茗碗，不知她是否会想起，自己十六岁时与宋征舆相见时，宋征舆送她的那一首《秋塘曲》？是否会想起与陈子龙在南楼相别，陈子龙和秦观《满庭芳》填的那阕新词："无过是，怨花伤柳，一样怕黄昏？"或许，那份曾经的温存与暖意，她都不曾忘记，只是沉沉地压在心底，不愿把它们再翻搅上来。

相比之下，钱谦益的确是老了。燕尔之宵，他说：我爱你黑的头发白的面孔。柳如是笑答：我爱你白的头发黑的面孔。这事《觚剩》《柳南随笔》有载，不过这些都是清代笔记，真实性存疑——他们又不在现场，怎知钱柳二人的悄悄话？但不管怎样，"白个头发黑个肉"，从此成为典故，那说笑里，多少也藏着柳如是的辛酸。

其实，柳如是的心迹，在她的诗里写得明白：

> 裁红晕碧泪漫漫，
> 南国春来正薄寒。
> 此去柳花如梦里，
> 向来烟月是愁端。
> 画堂消息何人晓，
> 翠帐容颜独自看。
> 珍重君家兰桂室，
> 东风取次一凭栏。

听上去，柳如是并不怎么开心，有了我闻室作安身之所，竟有一脉冰凉自眼角溢出，流过她的面颊。是伤痛，还是幸福的泪水？陈寅恪先生解释说："盖因当日我闻室之新境，遂忆昔时鸳鸯楼之旧情，感怀身世，所以有'泪漫漫'之语。"

或许，出于对于出身的敏感，柳如是一生，要浪漫，更要尊严，要一个真正属于自己的、独立的空间，而这，恰恰是宋征舆、陈子龙所不能给她的。这世上，只有钱谦益能给，能够给她一个我闻室、一个像样的婚礼、一个侧室夫人的身份，还有，对一位艺术家的那份欣赏与尊重。

钱谦益，在晚明历史上是举足轻重的人物。他二十四岁中举，二十八岁参加殿试，被定为一甲探花，被授翰林院编修，后来因母亲去世，回乡丁忧，在朝廷坐了十年的冷板凳。公元1620年，明神宗万历皇帝龙驭归天，明光宗即位，钱谦益被召回京，官复原职。不料第二年，也就是天启元年，又被政敌所害，辞官回乡。崇祯即位后，又召他入京，授礼部右侍郎，很快又成党争的牺牲品，又遭温体仁、周延儒弹劾，直到崇祯把自己吊死在煤山上，他再也没有进过紫禁城。

但钱谦益有钱，有才华，有名声，还有两座园林别墅——一座半野堂，在虞山东面山脚，吴梅村、石涛都曾在此住过；另一座拂水山庄，在虞山南坡。这两处林泉佳境，既是他的生活空间，也是他的知识天堂，在品味诗文，或者咏诵唱和间，他面对晨昏昼夜，笑看时空轮转，人们称他为："山中宰相"。

三年后（崇祯十六年，公元1643年）的秋日里，钱谦益又在半野堂旁，为柳如是盖起一座绛云楼。此楼共五楹三层，楼上两层为藏书之所，楼下一层为钱柳夫妇的卧室、客厅和书房。

此时的钱谦益，既无内忧，也无外困。而朝廷的形势，却刚好相反。

绛云楼以北，万里关山以外，大明帝国接连丢掉了关外重镇宁远、锦州，辽东总兵祖大寿和前去增援的蓟辽总督洪承畴相继降清，山海关屏障尽丧。绛云楼清夜秋灯、私语温存之时，清军已如浩荡的洪水，冲垮了蓟州、兖州等八十八城。而黄上高原上的那支义军也将俯冲下来,一年多后,就将会师北京。

大明王朝,已入垂死之境,自相残杀的热情却丝毫不减。崇祯在位十七年,却换了十一个刑部尚书,十四个兵部尚书,诛杀总督七人,杀死巡抚十一人、逼死一人,这其中就包括总督袁崇焕。崇祯拔剑四顾,满朝找不出一个他信任的人。

而此时的钱谦益,正追携着佳人,一壶酒、一条船、一声笑,归隐江湖。对于那个年代的士人而言,这未尝不是一个最好的结局。

四

假如退回到晚明,我们可以看到许多记忆里的老熟人,正端坐在水榭山馆中,抚琴叩曲、操弦吟词。这里面,有弇山园(小祇园)里的王世贞、乐郊园里的王时敏、梅村山庄里的吴伟业,当然也有拂水山庄里的钱谦益与柳如是。

多年前,我曾有一次常熟之行,却因行色匆匆,没有看到过拂水山庄,也不知道从前的秋水阁、耦耕堂、花信楼、梅圃溪堂这些园中建筑,如今可否安在。后来从黄裳先生书里看到,他曾经两次去常熟,都向当地人打听过拂水山庄的遗址,没有人知道。[4]他说这话的时候,是1983年,如今,已经过去了三十余年了。

所以,那个拂水山庄,对我来说一直是一个神秘的空间,搁浅在 17 世纪的光阴里,从未向 21 世纪的我打开。出于对当代仿古建筑的警惕,我再也没去常熟,没去打探过拂水山庄的下落。今天我能面对的,也只有柳如是在崇祯十六年所绘的一纸《月堤烟柳图》。从这幅图卷上看,这座拂水山庄,沿袭了明末文人空间的质朴风格,房屋建于一个平坦的岛上,有小桥与岸边相通,空间环境几乎被满目烟柳所包围,小岛岸边,停靠着一叶小舟,是为构图的平衡,是空间的延伸,也是她心内处境的写照。

一卷《月堤烟柳图》,让我想起"明四家"笔下的文人空间——沈周《桂花书屋图》轴、唐寅《事茗图》卷、文徵明《东园图》卷、仇英《桃村草堂图》轴,都藏在北京故宫。《桂花书屋图》里的书屋,被沈周设置为一个敞开的空间,面对一棵桂花树,还有一条蜿蜒的小溪,屋后,则是青黛的山峦。这幅画中,无论是书屋本身,还是周边的竹篱、门扉,都平朴至极,没有丝毫的声色与嚣张,但它却是那么美,美在建筑与自然、物质与精神的和谐相契。

假如我们打量元代绘画中的房子,我们很容易发现其中的不同——那个时代的画家,要么借助铠甲般厚重的山石,把屋舍一层层包裹起来,如马琬《雪岗渡关图》轴;要么把房屋安置在半山的位置上,在山崖的皱褶与山树的簇拥中,只依稀露出几个屋顶,如王蒙《夏山高隐图》轴、《深林叠嶂图》轴、《葛稚川移居图》轴、《西郊草堂图》轴、《溪山风雨图》册;甚至更加极端地把居舍托举到了一个不可企及的高度上,与世隔绝,如黄公望《天池石壁图》轴、《九峰雪霁图》轴、《丹崖玉树图》轴和《快雪时晴图》卷——我甚至怀疑在那样的高度上,是否可以有正常的生活。

后来,所谓"隐"与"显"、出世与入世的对立,就不那么尖锐了。二元选择带来的两难,渐渐被时间所溶解。自在的世界是无处不在的,不一定只有在深山绝谷、寂寞沙洲才能寻到,而士人的内心,也渐渐由幽闭,转向开放和坦然。

在明代绘画中,几乎找不到王蒙、黄公望这样不近人世的孤绝感,也不像倪瓒那样,把人间生活的一切场景全部滤掉。明代风景画上的房屋,大都平稳地坐落在平实的环境中,不一定要置身于奇胜绝险之地,也不需要高墙或者天然的屏蔽把自己遮挡起来,而是门轩开敞,与世界融为一体。在这个空间里,水自流,花自开,风自动,叶自飘,他们笑纳一切。

所谓"会心处不在远",他们的目光,已由远方,收拢到质朴、亲切的生命近处,收拢到自己对生命与世界的真实体验中。这里不再是寂寞的江滨,而是温暖的溪岸,让我想起邹静之兄在电影《一代宗师》里写下的一句词:

有一口气，点一盏灯；有灯，就有人。

五

多年前，我从米希尔·埃利亚德的书里读到过这样一段话："在日常住宅的特定结构中都可以看到宇宙的象征符号。房屋就是世界的成像……"[5]这让我们对于房子的功能有了新的想象：除了遮风避雨和保护自己以外，房屋还是"世界的成像"。

我对这话的理解是，无论什么的房屋，对应的都是一个人对世界的想象。一个人在构筑物质空间的同时，也在构筑着他的精神空间。敬文东说："房屋绝不是房屋本身，也绝不只是砖、石、泥、瓦等各项建筑材料按照某种空间规则的完美堆砌。在'房屋'这个巨大而源远流长的'能指'之外，昂然挺立的，始终是它的超强'所指'（或意识形态内容）。"[6]

很多年中，我都对装修充满热情。在我看来，装修的趣味性在于，它能够把一个看上去千篇一律、索然无味的毛坯房，变幻成一个唯美的、舒适的、充满个人气息的空间。而过程的艰辛、狼狈、无厘头，不过是让结局更显惊喜而已。

读了米希尔·埃利亚德的书，我才知道，我的这种偏执，竟然是"世界的成像"在作怪。那四白落地的毛坯房，就是我构筑自己"世界的成像"的起点，让我按捺不住，跃跃欲试。它们仿佛一张白纸，供我在上面画最新最美的图画，又好似空白的电影银幕，等待着我导演出最好的剧情，只不过电影的呈现有赖时间的流动，而个人的房间要凭借对空间的结构与组合。

皇帝也是一样，只不过他的毛坯房大了一些，帝国、城池，就是它的毛坯房，他内心里的"世界成像"，也就更加壮丽和宏观。回顾中国历史，我们很容易发现，几乎所有令人瞩目的皇帝，比如秦皇汉武、唐宗宋祖，都是伟大的空间梦想家，也是野心勃勃的建筑设计师，在他们的任期内，无不根据他们的旨意，展开了轰轰烈烈的建设运动。

《历史简编》是14世纪在巴黎出版的一本书，记录了忽必烈汗曾经梦到过一个宫殿，后来他根据这个梦，修建了著名的汗八里——就是元大都（今北京）的宫殿。拉什德·艾德丁在这本书里写道："忽必烈汗在上都之东修建一座宫殿，宫殿设计图样是其梦中所见，记在心中的。"[7]

四个多世纪后，英国诗人科尔律治梦见了忽必烈的梦，并且在梦里完成了一首长诗《忽必烈汗》，醒来后他依然记得三百多行，这时，一位不速之客打断了他，结果他除了一些零散的诗句以外，再也想不起其他诗句。他有些愤怒地写道："仿佛水平如镜的河面被一块石头打碎，它反映的景象怎么也恢复不了原状。"[8] 又过了一百多年，一个名叫博尔赫斯阿根廷老头又用这两个相距几百年的梦构筑了自己的小说——《科尔律治之梦》。

忽必烈汗的梦,有人认为是一种心理学的奇特现象,但是在我看来,它刚好暗合了建筑空间的成像性质。

于是,房屋就不再仅仅是遮风避雨的实用场所,也不只是装载梦的容器,它是梦的物质形式,可以体现梦想的形状、质地与方位感。

紫禁城落实的是一个王者的"世界成像",因此它必须是唯一、宏伟的、秩序谨严的,必须把所有人的个性全部吞噬掉。同理,一栋日常的住宅——它的环境、空间、布局、装饰,也是与一个人内心里的世界相吻合,是他心目中"世界成像"的表达。

入明以后,画家不再迷恋深山绝谷,不再用一层层的山峦把自己的内心紧紧地包裹起来。他们的内心不再那么紧张,而是以一种相对松弛的心态,构筑自身与外界的关系。此时,他们的清逸人格,就更多地通过对居住空间的构筑得以表达。不论这样的居住空间坐落在哪里,它都将是"一个自足的摒绝外界联系的隐居天地,不受岁月流逝的促迫,因此可以按照个人理想,像高濂在《遵生八笺》(1591年序)中所宣扬的,选择最精当的物件来构筑私属的永恒仙境"[9]。

六

尽管我已经无缘进入钱柳的绛云楼,去参观他们生活空间的内部，但他们生活空间的那份低调的奢华，完全是可以想象的。低调体现在建筑环境上，一定是朴素直率、清旷自然，就像拂水山庄设计者、17世纪早期最著名的园林设计师张涟所追求的，"一花一竹，疏密欹斜，妙得俯仰"，"窗棂几榻，不事雕饰，雅合自然"[10]；奢华则体现在布局摆设上，不仅囊括了钱谦益的平生所藏：秦汉金石、晋元书画、两宋名刻、香炉瓷器、文房四宝……

我们可以透过明代画家文徵明的一幅名为《楼居图》的画轴，观察明代文人的私密空间。这也是一座坐落在自然环境中的朴素的居舍，院外有一条弯曲的小河，河上有一板桥正对着敞开的院门，流露出主人对友人造访的期待。院内那座两层高的楼阁，傲然独立于一片高耸的树林上，楼中主客二人正对坐畅谈。阁中设一红案，案上置一青铜古器，旁边堆放着一些书册，屏风后面，露出书架的一角，有书卷和画轴在上面码放整齐，一位小侍童正端着一个托盘，步入高阁，准备为二人奉上酒或者茶。

在这样的文人空间内，来自大自然的瓶花，充当着点睛之笔。

鲜花插瓶，自宋代以来兴盛于士大夫之间。对此，许多宋代文人作品都可以为证，比如曾几《瓶中梅》写道：

> 小窗水冰青琉璃,
> 梅花横斜三四枝。
> 若非风日不到处,
> 何得色香如许时。
> 神情萧散林下气,
> 玉雪清莹闺中姿。
> 陶泓毛颖果安用,
> 疏影写出无声诗。[11]

扬之水说,形成这一风雅的重要物质因素,是家具的变化,亦即居室陈设的以凭几和坐席为中心而转变为以桌椅为中心。高坐具的发展和走向成熟,精致的雅趣因此有了安顿处。[12] 这一风雅,也一路延伸到明代。这个朝代,为我们贡献了一部专门品藻物质雅俗的书——《长物志》。在这部书里,文震亨不仅以一卷的篇幅谈论文人花木,而且在《器具》一卷中,专设《花瓶》一节,对插花之瓶,一一做出指导,告诉读者什么瓶可以插花,什么瓶不可。我才知道青铜器,如尊、罍、觚、壶,也是可以用来插花的,而且花之大小不限。在我看来,最适合插花的青铜器,应当是形体细长、优雅的觚,张岱给它起了一个好听的名字:美人觚。当然,在这些"专业知识"之下,我也想起一个暧昧的书名:《金瓶梅》。

钱谦益写过《灯下看内人插瓶花戏题》四首，可见绛云楼内人花相照的情景。其中一首为：

> 水仙秋菊并幽姿，
> 插向磁瓶三两枝。
> 低亚小窗灯影畔，
> 玉人病起薄寒时。

除了花朵、美人，墙上的挂轴，也最能暗合居室主人内心的清雅。《长物志》里，文震亨对不同时令挂画的内容也提出不同的建议，比如六月宜挂云山、采莲等图，七夕宜挂楼阁、芭蕉、仕女等图；九月、十月宜挂菊花、芙蓉、秋江、秋山、枫林等图，十一月宜挂雪景、蜡梅、水仙、醉杨妃等图。[13]

因此，柳如是《月堤烟柳图》，就像沈周《桂花书屋图》这些明代绘画里的士人一样，纵然在他们的身体与世界之间已经没有屏障，但是，在他们的内心与世界之间，还是有一条线的，只不过那线不再像之前的绘画那样，通过大山大水进行区隔，而是存于他们的心底，是一条隐隐的心灵底线，是文人们的内心品格与操守。明代的画家们，通过居舍中的书卷、文玩、香炉、花瓶、茶具、梅兰竹菊表现出来。他们不是玩物者，那个所谓的"志"，就潜伏在他们心里，从来不曾泯灭。

七

一个人，可以通过物质空间的构成来为他的乌托邦奠基，而物质的空间，也可以界定一个人的身份和命运。比如，在学校的空间里，我们被界定为学生；在写字楼里，我们被界定为职员；在风景旅游点里，我们被界定为游客，而我们所有的故事，都围绕这样的身份展开。

对于柳如是来说，绛云楼既包含了她对世界的设计和想象，也重构了她的命运，甚至重塑了她与世界的关系——

绛云楼里的柳如是，不再是秦楼楚馆里的柳如是，不再是南楼里的柳如是，也不再是她为躲避谢三宾纠缠而在嘉兴勺园避居养病的柳如是，甚至，不再是我闻室这个临时建筑里的柳如是，她与爱人的关系，再也用不着偷偷摸摸、暗度陈仓。绛云楼重新界定了她的身份——她不仅是一代名士钱谦益的爱妾，而且是一位兼具诗人、词人、书法家、画家身份的女艺术家。翁同龢曾经在《客以河东君画见示，伪迹也，题尤不伦，戏临四叶漫题》一诗的自注中说："在京师曾见河东君狂草楹帖，奇气满纸。"翁同龢为晚清一代书家，他称河东君（即柳如是）的书法"奇气满纸"，柳如是的书法功力可以想见。当代学者黄裳先生也说，她的"诗词都很出色"，而她"漂亮非凡的小札，放在晚明小品名家的作品中……也是第一流的"[14]。

她爱瓶花，但她不是花瓶。

还是崇祯十四年（公元 1641 年）正月初二，拂水山庄梅花开得正艳，钱谦益邀柳如是来看梅。面对那数十株寒香沁骨的老梅，钱谦益作诗《新正二日偕河东君过拂水山庄，梅花半开，春条乍放，喜而有作》：

> 东风吹水碧于苔，
> 柳厴梅魂取次回。
> 为有香车今日到，
> 尽教玉笛一时催。
> 万条绰约和腰瘦，
> 数朵芳华约鬓来。
> 最是春人爱春节，
> 咏花攀树故徘徊。

柳如是步其韵，写道：

> 山庄山色变轻苔，
> 并骑轻看万树回。
> 容鬓差池梅欲笑，

韶光约略柳先摧。
丝长偏待春风惜,
香暗真疑夜月来。
又是度江花寂寂,
酒旗歌板首频回。

这些唱和之作,在拂水山庄之美上,又叠加了一层二人唱和的和谐之美。

在钱柳诗稿中,这样的唱和之作,比比皆是。至少在诗词上,柳如是可与钱谦益平起平坐。她与钱谦益,是一种平等的"互渗"关系,相互推动,东成西就。

她美,但她不甘只做被观赏的对象,因为观赏也是一种权利——在男权社会,对女人的观赏更是男人的权利。她曾放言,非旷世逸才不嫁,而且主动投靠钱谦益,都表明她从没有放弃过对男人的鉴赏权。而与她过从甚密的那些文人——张溥、陈子龙、钱谦益,又无不是那个时代的佼佼者。

钱谦益也珍爱这一点,所以他把自与柳如是相识以来的唱和诗作编成一本书,取名《东山酬和集》。

其实,除了她是一介女流,不能去参加科举,不能求取功名以外,她的内心,与士人没有区别,甚至,她内心的境界,比起那些摇头晃脑、大做帖括文章的举子要高出许多。她就像沈唐文仇绘画里的那些高雅文士一样，安坐在一个由自己选定的宁静世界里，坚守着内心的原则，却不孤高、不傲世，甚至，这种对生命的感动、对家园的渴望，与对他人的关爱、对国家的抱负，一点也不抵触，以至于后来，当崇祯皇帝在紫禁城憔悴的花香里奔赴煤山，把自己吊死在一棵歪脖树上，弘光政权在南京搭起草台班子，柳如是虽为一女文艺青年，那一副报国之心，也是一样可以被激起的。钱谦益被这个临时朝廷起用，出任礼部尚书兼翰林院学士加太子太保，她随夫君奔赴南京，当清军杀入南京时，她又劝钱谦益不做降臣，重返山林。她在乱世中把握自己的那份力道，虽不如她在笔墨间那么轻松自如，却依然让人肃然起敬。

绛云楼就像她命运中的变压器，把她从青楼闺阁里的柳如是，变成历史图景里的柳如是。只有在绛云楼里，她才能活成她希望的那个自己——那个最好的自己。

八

清军是在清顺治二年（公元1645年）的五月初八夜里从瓜州[15]渡江的。渡江前，江面上刮起了强劲的西北风，吹得江南的明军士兵几乎睁不开眼睛。等他们睁开眼睛时，看见的却是一幅离奇的景象——江面上居然燃起了大火。是豫亲王多铎下令，用搜掠来的门板、家具等扎成木筏，浇上桐油，用火点燃之后，推入江中。这些燃烧在火船，在大风中飞奔着，在江风中越燃越旺，连同它们的倒影，照彻江水，把它变成一条宽广而明亮的光带。此时，长江北岸的清军与南岸的明军已经对峙整整三天，明军的精神已经高度紧张，看见那些火船，明军以为清军已经开始渡江，于是引燃他们的红衣大炮，万炮齐发。夜空中划过弧形的弹道，炮弹落在江里，又爆出巨大的火光。假如那不是战争，我想现场的人们一定会为江面上绽开的神奇的、亮丽的、恶毒的花朵而深感陶醉。

不知过了多久，那惊心动魄的火光终于沉寂下来，江岸陷入了更深、更持久的黑暗，像一片深海，寒冷而岑寂。对于明军来说，刚刚发生的一切，仿佛一场恍惚迷离、不可确认的梦。江面上，不见清军的一兵一卒。他们没有想到，那不过是多铎虚晃一枪。他们已经打完了所有的炮弹，此时，清军准备真正渡江了。

清军渡江时，鸦雀无声，草木不惊。所有人几乎屏住了呼吸，默默地、小心翼翼地潜到长江南岸，等明军发现时，清军已经近在眼前，还没等他们叫出声来，就见一道道白光闪过，在刺透黑夜的同时也刺透他们的脖颈。

那时，崇祯的哥哥、在南京被拥立为新皇帝的朱由崧，企图凭借长江天堑，守住半壁江山，这个政权，史称南明弘光政权。只是这个新皇帝，丝毫未改这个家族骄淫的基因，在清军渡江的第二天，也就是五月初十的午后，在南京城温煦的春风和迷离的暖阳中，还在大内看了一出大戏。歌舞升平中，南京的官员，没有一人敢把清兵渡江这个破坏安定团结的消息报告给皇帝。

《鹿樵纪闻》说，为清军打开南京城门的，不是别人，正是钱谦益。此书记录的过程是这样的：当多铎率领大军到南京城下，看到城门紧闭，遂命一人上前大喊："既迎天兵，为何关闭城门？"就在这时，一个苍老的声音从城头上传下来："自五鼓时分，已在此等候，待城中稍微安定，即出城迎谒。"清兵问："来者何人？"对方答道："礼部尚书钱谦益！"[16]

但计六奇《明季南略》则说，多铎到时，是忻城伯赵之龙派人缒城出迎。当赵之龙准备迎接清军入城时，南京百姓在他的马前跪成一片，企求他不要把清军放进来。赵之龙从马上下来，对百姓说："扬州已经屠城，若不投降，城是守不住的，唯有生灵涂炭。只有竖起降旗，才能保全百姓。"[17]

清军兵不血刃地进入南京城时的场面，从许多时人的笔记中都可以看到。城破那日，已是五月十五。根据《东南纪事》的记载，多铎穿着红锦箭衣，骑马自洪武门冲进南京城的。赵之龙率公侯驸马、内阁大学士、六部尚书侍郎、六科给事中及都督巡捕提督副将等五十五人迎降。

礼部尚书钱谦益,就跻身于迎降的政府官员中,把屁股翘得老高,头紧紧贴在地上,做叩头状,多铎的马队已驰出很远,仍紧张得不敢抬起头来。

拒不参与迎降的官员也有很多,他们是:尚书张有誉、陈盟,侍郎王心一,太常少卿张元始,光禄丞葛含馨,给事蒋鸣玉、吴适,主簿陈济生等。

左都御史刘宗周、礼部侍郎王思任、兵部主事高岱、大学士高弘图等,皆绝食而死;太仆少卿陈潜夫,与妻妾相携,投河而死;后部主事叶汝苏也是与妻子一同溺死。

柳如是对钱谦益说,咱们死吧!钱谦益站到水里试了试,又缩回来,说他怕冷。

其实他不是怕冷,是怕死。

倒是柳如是不怕死,自己要"奋身欲沉池水中",却被钱谦益紧紧抱住。

那一天,柳如是的心,一定比水还冷。

九

在柳如是看来,即使不死,也用不着去献媚。

甲申国破,文人们又纷纷离开家园,像当年的倪瓒那样,避入山林。其中有:傅山、王夫之、顾炎武、黄宗羲、方以智、冒襄、李渔……

张岱，那个曾经极爱繁华、好精舍、好美婢、好娈童、好鲜衣、好美食、好骏马、好华灯、好烟火、好梨园、好鼓吹、好古董、好花鸟的纨绔子弟，历经国变，在五十岁那年避入剡溪流域的山村，拒不与新政权合作。那时，曾历经繁华的他，身边只有破床碎几、折鼎病琴，与残书数帙、缺砚一方，鸡鸣枕上，夜气方回，想到自己平生繁华靡丽，过眼皆空，五十年来，总成一梦，给自己写下悼亡诗，准备自杀。

但他还是活了下来，因为他要把自己经历的历史和历史中的奇谈怪事写下来，于是在我的书案上，有了《陶庵梦忆》《西湖梦寻》《夜航船》《琅嬛文集》《快园道古》等绝代文学名著，我写此文，自然还会找来他花费二十七年时光所写的史学巨著《石匮书》。从他的《石匮书后集》里，我看见了钱谦益的身影，只是翻到《钱谦益王铎列传》那一页，发现竟是个白页，标题下只有一个"缺"字，看来是原稿遗散了，真是无比遗憾。

就像那一页所缺的，在那些入山隐居的士人中，不见文坛领袖钱谦益的身影。

钱谦益正忙着前往天坛拜谒英亲王阿济格。[18]

那一天，南京城陷入一片凄风苦雨，青色的城墙在雨水的冲刷中战栗着，风挟着雨在黑色的屋顶上呎呎地叫着，仿佛心事浩茫的叹息。从谈迁《国榷》中，穿越那些久远的文字，我终于看到了钱谦益苍老的身影，佝偻着，与阮大铖一起，穿越重重雨幕，去寻找他新的主子，一副丧家犬的模样。到了天坛，他在大雨中等待接见，都不敢往屋檐下挪动半步。

而那个负心人陈子龙，虽手无缚鸡之力，却在这关键时刻挺身而出，在清兵南下时，密谋抗清。顺治五年（公元1648年）五月，他在吴县被捕，审讯者问他为何不剃发，陈子龙答："吾唯留此发，以见先帝于地下也。"几日后，他被押解南京，路过松江时，趁守卫不备，纵身跳向水中。

他不怕水冷。

清军后来找到了他的遗体，用乱刃戳尸后，又丢弃在水中。

那一年，陈子龙三十九岁。

钱谦益的降、陈子龙的死，无不让柳如是感到椎心之痛。

十

柳如是不会想到，她所置身的那个帝国，本身就是一座更大的建筑、一座曲径交叉的花园、一台更加神异的变压器，它让每个人的命运都处于急剧的变动中，不到生命最后，谁也不知道会发生什么。

无论他们所拥有的个人空间能够在多大程度上落实他们的意志，但是，这个空间终归是微小的。这个空间之外的一切似乎都不可掌控，一个更加浩大、多变、迷离的空间，也终将消磨和吞噬他们原有的空间。那个时代的历史叙事，在一定程度上就是依托这两个空间的关系转换来完成的。

关于这两种空间关系的转换，一位学者曾经说过一段非常精彩的话，在这里我只能照抄：

> 对任何一个社会人来说，有两件事对他拥有决定性的影响力，因而也成为他生活中的基本点，这两件事就是政治和爱情。政治代表公共生活，爱情代表私人生活。这两件事对人同样重要，然而它们在生活中所占的比重却不是平分秋色而是此长彼消的。如果政治的天地大了，那么爱情的领域就必然缩小，反过来也一样。有趣的是，凡是政治在人生活中占重要位置的时候都是出现政治灾难的时候，不是暴虐，就是腐败，或者干脆就是战乱。这时人们不得不用全身心来应付政治，爱情退居于无关紧要的角落。任何时代只要人们不得不全力应付政治，就表明他们的基本生存受到了威胁，政治关系到了人们物质形式的存在。假若苛政猛于虎，兵匪罗于门，国政到了一塌糊涂的地步，人们的生活乃至生命朝不保夕，这时候谁还有心思去歌唱爱情，人们这时候只会无休止地歌咏政治，表达对统治者的怨怒。而如果一个地方、

一个时代情歌很兴盛，那就说明此时此地政治的重要性减小了，政治收缩了它的领地，政治退隐了。而政治的退隐恰恰是政治的昌明。爱情是一种精神奢侈品，是人们在生活安全、安定的时候才油然而生的东西，爱情需要时间、需要精力、需要闲适，当然也需要财富；如果爱情成了人们生活的中心事件，那就表明人的生存条件已具有了基本保障，也就是说政治处于正常而良好的状态。[19]

具体到钱谦益与柳如是，他们"湘帘檀几，煮沉水，斗旗枪，写青山，临墨妙，考异订伪，间以调谑"的那副浪漫与美满，也在政局翻转的动荡中，戛然而止。

没过多久，绛云楼就燃起了一场大火。楼中那些珍贵的书卷册页，像鸟儿张开了羽翼，贪婪地吸吮着火焰。在空气中纷飞翻卷的锦绣册页，如风中的火蝴蝶，如天花乱坠。火焰的灿烂、灼目与邪恶，与清兵南渡时江面上奔跑的火光，有得一比。

绛云楼大火，被称为中国藏书史上一大劫难。

钱谦益自己则说："汉晋以来，书有三大厄。梁元帝江陵之火，一也，闯贼入北京烧文渊阁，二也；绛云楼火，三也。"

有人说，是绛云楼的名字没有起好。绛，是指大红色；绛云，似乎预示了这场大火所升起的红云。

清人刘嗣绾在《尚絅堂诗集》中写:"绛云一炬灰飞湿,图书并入沧桑劫。"

十一

钱谦益向清朝摇尾乞怜,虽换得了礼部右侍郎的官职,但那基本是一个虚衔。钱谦益北上入京,柳如是没有相随,似乎以此表明她的政治态度。

陈寅恪说:"牧斋(钱谦益字)在明朝不得跻相位,降清复不得为'阁老',虽称'两朝领袖',终取笑于人,可哀也已。"[20]

清廷的冷屁股,让钱谦益的热脸变得毫无价值。他终于明白,柳如是的判断都是对的,对柳如是,更多了几分折服。终于,他回到常熟,开始从事反清活动。

转眼到了康熙元年(公元1662年)除夕,已过八旬的钱谦益在城中旧宅的病榻上呻吟着,突然间想起了拂水山庄的梅花,心知自己无法再去看,叫柳如是拿来纸笔,他要写下几个字。

我不知那一天他都写了什么,只知道柳如是当年画下的《月堤烟柳图》,是他们永远回不去的家。

不知那时,他是否会记起,在《月堤烟柳图》的题跋上,他抄录了自己《山庄八景》里的一首诗:

月堤人并大堤游，

坠粉飘香不断头。

最是桃花能烂熳，

可怜杨柳正风流。

歌莺队队匀何满，

舞燕双双趁莫愁。

帘阁琐窗应倦倚，

红栏桥外月如钩。

陈寅恪先生点评："此诗'桃花''杨柳'一联，河东君之绘出实同于己身写照，所谓诗中有画，而画中有人矣。"

第二年，春天到来的时候，钱谦益撒手人寰。

钱谦益尸骨未寒，钱氏家族的人们就来催逼柳如是这个未亡人交钱交房产，否则就把柳如是和她的女儿赶出家门。面对这一片乱哄哄的景象，柳如是脸上掠过一丝不易察觉的笑，说：你们等等，我上楼取钱。

许久，她都没有下来。有人不耐烦了，说上去看看。推门时，见一白色身影，孝衫孝裙，静静地悬挂在房梁上。

(本文选自《故宫的古画之美》，
人民文学出版社，2021年版)

文渊阁：文人的骨头

在那些纸页的背后，挺立着文人的身姿。

一、紫禁城的盲点

在故宫上班，最浪漫的事，莫过于守在寿安宫（故宫博物院图书馆）里，读《文渊阁四库全书》。我想，乾隆老前辈若在，一定会对这事感到欣慰。此时，那座令他无比熟悉的巨大宫殿，早已物是人非。人潮汹涌的三大殿，也早已不见昔日的静穆与庄严，站在三大殿的台基上茫然东望，新东安市场的玻璃幕墙光芒刺眼，远方的国贸三期，更以不可企及的高度炫耀着自身的权威。乾隆面对过的苍穹，早已被犬牙交错的天际线分割围困，他所站立的地方也早已不再是天下的中心。站在自己的盛世里，他或许会想到人事沉浮、王朝鼎革，想到世间所有的变幻与无常，却无论如何也不可能想到这般"天翻地覆慨而慷"的巨变。然而，在寿安宫——故宫西路一个偏僻的庭院，情况就有所不同。这座当年乾隆皇帝为母亲进茶侍膳、歌舞赏戏的旧日宫院，如今已是故宫博物院的内部图书馆。在这里，所有与宫殿无关的事物都退场了。阳光均匀地涂在宫殿的琉璃屋顶上；青苍的屋脊上，几茎青草拂动；两百多年前的柱子，旧漆斑驳；楠木雕花的梁间，是燕子的王朝，没有人知道它们在那里世袭了多少代。九重宫墙把殿宇一层一层地包裹起来，像一件精致、繁复的容器，牢牢锁住曾有的时光。

《文渊阁四库全书》，是那旧日的一部分，被这纷繁扰攘的尘世隔得远了，但它仍在。在寿安宫，我看到的虽然只是台湾商务印书馆的影印版，但是完全依照《文渊阁四库全书》照相影印的，清代缮写者的硬朗笔锋还在，植物般茂盛的繁体字，埋伏在纸页的清香里，筋脉伸展，摇曳多姿，抵御着工业印刷的污染感或者电子书籍给汉字带来的损伤，让阅读成为天下第一享受。

或许只有在中国，存在着一种由无数种小书组成的大书，称"部书""类书"，也称"丛书"。这样的书，宋代有《太平御览》《册府元龟》《文苑英华》《太平广记》这"四大部书"，明代有《永乐大典》，但与《四库全书》相比，都只是九牛一毛。所谓《四库全书》，就是一部基本囊括古代所有图书的大书，按经、史、子、集四部分类，所以才叫《四库全书》。《永乐大典》总字数约三亿七千万字，而《四库全书》则差不多九亿字。《四库全书》犹如一座由无数单体建筑组成的超级建筑群，与紫禁城的繁复结构遥相呼应。林林总总的目录犹如一条条暗道，通向一个个幽秘的宫室。然而，无论一个人对于建筑的某一个局部多么了如指掌，他也几乎不可能站在一个全知的视角上，看清这座超级建筑的整体面貌。

图书馆里，即使是台湾商务印书馆的十六开压缩影印本，也有一千五百巨册，即使不预留阅读空间，密密麻麻排在一起，也足够占满一整间阅览室，让我一眼就看到了自己生命的短促。这或许注定是一部没有读者的大书。我的导师刘梦溪先生曾说，20世纪学者中，只有马一浮一人通读过《四库全书》，但也只是据说。有资料说陈垣也通读过，他1913年来北京，用了十年时间，把《四库全书》看了一遍，我认为这不可能，但他后来写出《四库书目考异》《四库全书纂修始末》《文津阁书册数页数表》《四库全书中过万页之书》等一系列论著，倒是确凿无疑的。《四库全书》的珍本，全部线装，装订成三万六千余册，四百六十万页，当年在紫禁城里，甚至需要一整座宫殿来存放它。那座宫殿，就是文渊阁。

文渊阁在故宫的另一侧，也就是故宫东路，原本是未开放区，今年（2013年）4月才刚刚对外开放。从太和殿广场向东，出协和门，透过依稀的树丛，就可以看见文华殿，文渊阁就坐落在文华殿的后院里。如今的文渊阁，早已书去楼空。在1948年解放战争的炮火中，匆忙撤离大陆的国民政府疏而不漏，没有忘记将《文渊阁四库全书》带走。他们不怕麻烦，因为他们知道它重要。三万六千余册线装古书，穿越颠簸的大海，居然毫发无损地码在台北的临时库房，后来又辗转运进台北故宫博物院的文物库房。这座藏书的宫殿，在丢失了它的藏品之后，犹如一位失了宠的皇后，在紫禁城里成了一个无比尴尬的存在。

即使人们了解它的身世，也未必对它感兴趣，更何况大多数人根本就不知道这里是用来干什么的。相比之下，人们还是对储秀宫、翊坤宫更加关注，因为后宫之后，是帷帐深处的风流与艰险，是权力背后的八卦，绝大多数观览者，此刻目光都会变得异常尖利和敏锐，印证着自己对帝王私生活的丰富想象。

所以，尽管文渊阁的位置还算显赫，它的外表也算得上华丽——深绿廊柱，菱花窗门，歇山式屋顶，上覆黑琉璃瓦，绿、紫、白三色琉璃将屋脊装饰得色彩迷离，屋脊上还有波涛游龙的浮雕，犹如一座梦幻宫殿，但这里依然人迹寥落。在整座紫禁城内，它依然是一个盲点，或者，一段随时可以割去的盲肠。

飞鸟在空气中扇动翅膀的声音，凸显了宫殿的寂静。每当站在空阔的文渊阁里，我都会想象它从前装满书的样子，想象着一室的纸墨清香，如同一座贮满池水与花朵的巨大花园，云抱烟拥，幻魅无穷。在这样一座宫殿里，一个人既容易陶醉自己，也容易丢失自己。如果说紫禁城是一座建筑的迷宫，那么《四库全书》就是一座文字的迷宫。它以它的丰盛、浩大诱惑我们，置身其中，我们反而不知去向。我们不妨做一道算术题：一个人一天读一万字，一年读四百万字，五十年读两亿字，这个阅读量足够吓人，却也只占《四库全书》总字数的五分之一，更何况面对这部繁体竖排、没有标点的浩瀚古书，一个职业读书家也不可能每年读四百万字。一个人至少需要花上五辈子，才能全部领略这座纸上建筑的全貌。对于"卷帙浩繁"这个词，它给予了最直观的诠释。它像一个深不见底的黑洞，把我们的光阴毫不留情地吸走；又像一个灿烂的神话，把我们彻底覆盖。

幽暗的文渊阁里，我暗自发问：九亿字的篇幅，究竟为谁而存在？它们为什么存在？

二、文人的骨头

崇祯十七年（公元1644年），大明王朝在北京城漫天的火焰和憔悴的花香里消失了，带着杜鹃啼血一般的哀痛，在人们的记忆里永远定格。它日暮般的苍凉，很多年后依旧在旧士人心里隐隐作痛。

曾写出《长物志》的文震亨，书画诗文四绝，崇祯帝授予他武英殿中书舍人，崇祯制两千张颂琴，全部要文震亨来命名，可见他对文震亨的赏识。南明弘光元年（公元1645年），清兵攻破苏州城，文震亨避乱阳澄湖畔，闻剃发令，投河自尽未遂，又绝食六日，终于呕血而亡，遗书中写："保一发，以觐祖宗。"[1]意思是，绝不剃发入清，这样才能去见地下的祖宗。

以"粲花主人"自居的明朝旧臣吴炳，在顺治五年（公元1648年）——按照吴炳的纪年，是明永历二年——被清兵所俘，押解途中，就在湖南衡阳湘山寺绝食而死。

对于效忠旧朝的人来说，这样的结局几乎早就注定了。两千多年前，商代末期孤竹君的两个儿子伯夷、叔齐，在周武王一统天下后，就以必死的决心，坚持不食周粟。他们躲进山里，采薇而食，天当房，地当床，野菜野草当干粮，最终在首阳山活活饿死。他们的事迹进了《论语》，进了《吕氏春秋》，也进了《史记》，从此成为后世楷模，击鼓传花似的在古今文人的诗文中传诵，一路传入清朝。这些文人有：孔子、孟子、墨子、管子、韩非子、庄子、屈原、陶渊明、李白、杜甫、白居易、韩愈、范仲淹、司马光、文天祥、刘伯温、顾炎武……

"粲花主人"饿死的时候，距离乾隆出生还有六十三年，所以乾隆无须为他的死负责。但来自旧朝士人的无声抵抗，却是困扰清初政治的一道痼疾。他们无力在战场上反抗清军，所以他们选择了集体沉默。"扬州十日""嘉定三屠"血迹未干，他们是断然不会与屠杀者合作的，他们的决绝里，既包含着对清朝武力征服的不满，又包含着对满族这个"异族"的轻视。无论东厂、锦衣卫的黑狱，还是明朝皇帝的变态枉杀，都不能阻挡臣子们对明朝的效忠。他们对旧日王朝的政治废墟怀有悲情的迷恋，却对新王朝的盛世图景不屑一顾。他们拒绝当官，许多人为此遁入空山，与新主子玩起捉迷藏。也有人大隐隐于市，一转身潜入自家的幽花美景。江南园林，居然在这一片动荡不安的时代氛围中进入了疯长期。馆阁亭榭、幽廊曲径里，坐着面色皎然的李渔、袁枚……

康熙十七年（公元1678年），康熙下诏开"博学鸿词"科，要求朝廷官员荐举"学行兼优、文词卓越之人"供他"亲试录用"，张开了"招贤纳士"的大网。被后世称为"海内大儒"的李颙，就有幸受到陕西巡抚的荐举，但他坚决不从，让巡抚大人的好意成了驴肝肺。敬酒不吃吃罚酒，地方官索性把他强行绑架，送到省城，他竟然仿效伯夷、叔齐的样子，绝食六日，甚至还想拔刀自刎。官员们的脸立刻吓得煞白，连忙把他送回来，不再强迫他。他从此不见世人，连弟子也不例外，所著之书，也秘不示人，唯有顾炎武来访，才会给个面子，芝麻开门。

顾炎武之所以受到李颙的特殊待遇，是因为他和顾炎武情意相通。当顾炎武成为朝廷官员荐举的目标，入选"博学鸿词"科时，他也以死抗争过，让门生告诉官员，"刀绳具在，无速我死"[2]，才被官府放过。同样的经历，还发生在傅山、黄宗羲的身上。

对康熙皇帝来说，等待并不是一个好的办法，但在这个世界上，有时除了等待，没有更好的办法了。康熙毕竟是康熙，他有的是耐心。以刀俎相逼既然没有效果，就干脆还他们自由，让地方官府厚待他们，总有一天，铁树会开花。

康熙深知，士大夫的骨头再硬，也经不住时间的磨损。时间可以化解一切仇恨，当"扬州十日""嘉定三屠"变成历史旧迹，当这个新王朝欣欣向荣的崭新气象遮盖了旧王朝的血腥残酷，他们坚硬的身段就会变得柔软。后来的一切都证实了康熙的先见之明，康熙大帝多次请黄宗羲出山都遭到回绝，于是命当地巡抚到黄宗羲家里抄写黄宗羲的著作，自己在深宫里，时常潜心阅读这部"手抄本"，这一举动，不能不让黄宗羲心生知遇之感，终于让自己的儿子出山，加入"明史馆"，参加《明史》的编修，还亲自送弟子到北京，参加《明史》修撰。死硬分子顾炎武的两个外甥也进了"明史馆"，他还同他们书信往来。傅山又被强抬进北京，一见到"大清门"三字便翻倒在地，涕泗横流。至于李颙，虽已一身瘦骨、满鬓清霜，却被西巡路上的康熙下旨召见，他虽没有亲去，却派儿子李慎言去了，还把自己的两部著作《四书反身录》《二曲集》赠送给康熙，以表示歉疚。连朱彝尊这位明朝王室的后裔，也最终没能抵御来自清王朝的诱惑，于康熙十八年（公元1679年）举"博学鸿词"科，二十二年（公元1683年）入值南书房……

这样的例子，不胜枚举，因为它不是一个人的故事，而是一代人的故事。

他们所坚守的"价值"，正一点一点地被时间掏空。

毕竟，新的政治秩序已经确立，新的王朝正蒸蒸日上，"复辟倒退"已断无可能。顾炎武、黄宗羲早就看清了这个大势，所以，他们虽然有心杀贼，却无力回天。如同李敬泽在《小春秋》里所说："'大明江山一座，崇祯皇帝夫妇两口'就这么断送掉了，这时再谈什么东林、复社还好意思理直气壮？"[3] 他们自己选择了顽抗到底，终生不仕，却不肯眼睁睁断送了子孙的前程。连抗清英雄史可法都说："我为我国而亡，子为我家成。"[4] 清朝皇帝也是皇帝，更何况是比大明皇帝更英明的皇帝，而天下士人的第一志愿，不就是得遇明君吗？康熙正是把准了这个脉，所以才拿得起放得下。面对士人们的横眉冷对，他从容不迫。

当这个新生的王朝历经康熙、雍正两代帝王，平稳过渡到乾隆手中，一百多年的光阴，已经携带着几代人的恩怨情仇匆匆闪过——从明朝覆亡到乾隆时代的距离，几乎与从清末到今天的距离等长。天大的事也会被这漫长的时光所淡化，对于那个时代的汉族士人来说，大明王朝的悲惨落幕，已不再是切肤之痛，大清王朝早已成了代表中国人民的唯一合法政府，入仕清朝，早已不是问题，潜伏在汉族士大夫心底的仇恨已是强弩之末。就在这个当口，乾隆祭出了他的杀手锏——开"四库馆"，编修《四库全书》。

乾隆三十七年（公元1772年），安徽学政朱筠上奏，要求各省搜集前朝刻本、抄本，认为过去朝代的书籍，有的濒危，有的绝版，有的变异，有的讹误，比如明代朱棣下令编纂的《永乐大典》，总共一万多册，但在修成之后，藏在书库里，秘不示人，成为一部"人间未见"[5]之书，在明末战乱中，藏在南京的原本和皇史宬的副本几乎全部被毁，至清朝，手里已所剩无几[6]，张岱个人收藏的《永乐大典》，在当时就已基本上毁于兵乱。[7]（流传到今天的《永乐大典》残本，也只有约四百册，不到百分之四，散落在八个国家和地区的三十个机构中。）因此，搜集古本，进行整理、辨误、编辑、抄写（甚至重新刊刻），时不我待，用他的话说："沿流溯本，可得古人大体，而窥天地之纯。"[8]乾隆觉得这事重要，批准了这个合理化建议，这一年，成立了"四库全书馆"。

只有在乾隆时代，在历经康熙、雍正两代帝王的物质积累和文化铺垫之后，当"海内殷富，素封之家，比户相望，实有胜于前代"[9]，才能完成这一超级文化工程（今人对"工程"这个词无比厚爱，连文化都目为"工程"，此处姑妄言之），而乾隆自己也一定意识到，这一工程将使他真正站在"千古一帝"的位置上。如果说秦始皇对各国文字的统一为中华文明史提供了一个规范化的起点，那么对历代学术文化成果全面总结，则很可能是一个壮丽的终点——至少是中华文明史上一个不易逾越的极限。在两千年的帝制历史中，如果秦始皇是前一千年的"千古一帝"，那么后一千年，这个名额就非乾隆莫属了。更有意思的是，乾隆编书与秦始皇焚书形成了奇特的对偶关系——在历史的一端，一个皇帝让所有的圣贤之书在烈焰中萎缩和消失，而在另一端，另一个皇帝却在苦心孤诣地搜寻和编辑历朝的古书，让它们复活、膨胀、繁殖，使它成为这个民族的"精神原子弹"。如果从这个角度上说，乾隆应被视为中国帝制史上独一无二的君王。[10]

对于当时的士人来说，这无疑是一项纪念碑式的国家工程，因为这一浩大的工程，既空前，又很可能绝后。所有参与其中的人，无疑在一座历史的丰碑上刻写下自己的名字。这座纪念碑，对于以"为往圣继绝学，为万世开太平"为己任的士人们，构成了难以抵御的诱惑。

三、华丽转身

"皖派"学术大师戴震迈向"四库馆"的步伐义无反顾。

乾隆二十年（1755年），戴震三十三岁，风华正茂之年，他迎来了一生的转折点。《清史稿》称他"避仇入都"。所避何仇，《清史稿》没有说，纪晓岚在戴震的《考工记图注》的序文中说，戴震与同族的豪门为一块祖坟的土地起了争执，对方勾结官府，给他治罪，他连忙逃到北京，匆忙中，连行李衣服都没带。他寄旅于歙县会馆，连粥都喝不上，却依旧放歌，有金石之声。戴震因祸得福，正是在这一年夏天，他结识了纪晓岚、钱大昕这群哥们儿，也正是在他们的帮助下，他的著作《勾股割圜记》《考工记图注》成功刻印，一举成为京城的学术名流。

尽管戴震影响巨大，但他的科举之路一直没有走通。到京十七年后，一个天大的馅饼才掉到他的头上。由于纪晓岚向"四库全书馆"正总裁于敏中推荐了戴震，于敏中向乾隆帝汇报后，将他召入四库馆任纂修官。这一年，戴震已到了天命之年。

戴震就这样穿上了青蓝的官袍，由一个民间知识分子变成政府公务员，这一选择在当时士人当中还是引起了轩然大波，认为他是在向体制投降。戴震不为所动，因为在他看来，在体制内做学问和在体制外做学问没有什么不同，只要所做的学问是真学问。

话是这么说，但在皇帝眼皮底下搞学术，与在刀俎上舞蹈没有什么分别。帝王的关怀，有时是危险的同义词。尽管乾隆是一个懂业务的领导，但他代表的帝王意志，依旧严峻凌厉。工作中出现的错误，不仅是学术问题，而且随时可以被归结为政治问题，干得好升官，干不好杀头。征集图书最积极的江西巡抚海成，因为他征集的书里有一句"明朝期振翮，一举去清都"惹怒了乾隆，被革职拿办，后来又被处以"监斩候"，就是死缓；编书、抄书者因失误而被罚俸成了家常便饭，连总纂官纪晓岚也曾在乾隆四十五年（公元1780年）冬天被记过三次，第二年，纂修周永年被记过多达五十次。另一位总纂官陆费墀甚至被罚得倾家荡产。

因此，入馆编书，也是一项高风险职业，用今天话说，是机遇与挑战并存。纪晓岚全身而退，并不是因为他有"铁齿铜牙"——即使他真有，也会被修理得满地找牙——而是因为他既才华盖世，连乾隆都成了他的粉丝，同时不失阿Q的精神胜利法，带着一种好玩的心态看待荣辱赏罚，他还利用职务之便给自己抄了不少禁毁小说，在紧张繁忙的工作之余没事儿偷着乐。

除了最高权力者带来的震慑，戴震还要面对知识群体的谩骂。对于皇帝意志带来的学术不公正，桐城派古文家姚鼐入馆一年就扬长而去。尽管倡议成立"四库馆"的朱筠推荐了他的弟子章学诚，章学诚却宁肯一生潦倒也决不入馆，更对乾隆朝的第一学者戴震嗤之以鼻，与他老死不相往来。道不同，不相为谋，但他们最终在学术史里相遇，成为大清王朝文化苍穹上两颗不灭的恒星。

应当说，戴震走的，也是一条孤绝的路，一条孤绝的学术之路，甚至是一种皈依。他了却红尘，把目光收束在苍古斑驳的经卷中，它所需要的勇气、毅力，丝毫不逊于伯夷、叔齐，不逊于顾炎武、黄宗羲，更不逊于将与他相识视为生命中"头等重大事件"[11]，却又终生不相契阔的章学诚。汉人的江山被夺走了，但文化的江山还在，这个江山，谁也夺不走，不仅夺不走，那些夺了宝座的帝王，还要削尖脑袋，对它顶礼膜拜。这文化，不仅考士人，也考皇帝，迈过它的门槛，才是一个合格的皇帝，也才配得上这无限江山。他们终于悟出了，一纸书页，抵得上千军万马。不知不觉之间，时代的话语权，又回落到了士人的手上。

当袁枚在遥远的江南踏雪寻梅，戴震正踏着斑驳的石砖地和砖缝里蓬勃的杂草，走向庄严的"四库"馆。一进馆，他被冻得发木的面孔就会舒展、丰润起来，那世界如一片丰饶的园林，让他觉得妥帖、温暖和自由，正像袁枚在湖山之间的感觉一样。袁枚的理想生活藏在随园里，正如戴震的理想生活在

"四库馆"。戴震的世界里,"余花犹可醉,好鸟不妨眠",那余花、那好鸟,就是他触目可及的琳琅文字。戴震贪恋着那片文字的园林,在其中游刃有余。在校勘《水经注》时,他以《永乐大典》本《水经注》为校勘通行本,凡补其缺漏者2128个字,删其妄增者1448个字,正其进改得3715个字,长期以来困扰学术界的经文、注文混淆的问题迎刃而解。除此,凡是天文、算法、地理、文字声韵等各方面的书,均经其考订,精心研究、校订。

人各有志。无论披着布衣还是官袍,他枯瘦的身体里,都藏着一份不灭的信念,那就是对"道统"的坚守,对学术的信念。无论多么庄严的"政统"都有它的极限,八百年的周朝,够长久了,也有灰飞烟灭的那一天,所以他叩拜乾隆,虽五体投地,但当他瞥见御座上方那块"建极绥猷"匾,心底都会感到一种彻骨的悲凉;而周朝小民孔子创建的儒学,已经延续了两千年,超越了所有的朝代,超越了焚书坑儒的毁灭,仍然香火传递。文人身处帝王的朝廷,心里却有自己的朝廷、自己的江山——那亘古不灭的"道统",是他们真正效忠的对象。一股手传手的力量,历经两千年,把戴震推向"四库馆"。他守着如豆的灯火,面对着先人的语言沉默不语,却感到自己的血液里有一种已经酝酿了两千年的力量。

在戴震身后,越来越多的士人奔向"四库馆"。当时的大学者，除戴震外，还有邵晋涵、周永年、余集、杨昌霖。徐珂写《清稗类钞》，将他们五人称为"五征君"[12]。戴震不再孤独，"四库馆"里，成百上千的编书、抄书者仿佛潮水，迅速淹没了他枯寂的身影。

由于字数庞大，当时又没有复印机，刊刻是不可想象的，抄写是最快捷的办法，于是缮写处成立了，前后聘用的缮写人员达2840人以上[13]。他们按照半页8行、每行21字的格式统一抄写。每书要先写提要，后写正文。两百多年后，在故宫图书馆，面对着它们的影印版，我仍然体会得到他们的细致和耐心。那一刻，我似乎听到了"四库馆"里，所有人都屏住呼吸，唯有笔尖齐刷刷落在纸页上的沙沙声。那种声音轻盈绵密，若有若无，一个敏感的人，能够从它们疾徐有致的节奏里，听出笔画的起承转合。纸是浙江上等开化榜纸，纸色洁白、质地坚韧。那时，定然有一只飞虫轻轻降落在某一张正在书写的纸页上，混迹于那些蝇头小字中，但缮写者的写字节奏没有丝毫的零乱，假如笔触刚好到达它停泊的位置，那悬起的笔尖一定会停顿在空中，等待它的重新起飞。

乾隆四十六年（公元1781年）十二月，历经十年，第一部《四库全书》缮写完成。三年后，第二、三、四部抄写完成。又过六年，到乾隆五十五年（公元1790年），最后一部（第七部）《四库全书》抄完了最后一个字，装裱成书。至此，七部《四库全书》全部竣工。

四、"克隆"的藏书楼

乾隆皇帝下江南,一定听说过宁波范氏家族的天一阁。这是一个民间藏书家的理想国,不仅"阁之间数及梁柱宽长尺寸,皆有精义,盖取'天一生水,地六成之'之意"[14],而且它的基本材料不是木,而是砖,因此"不畏火烛",有很强的"抗烧性"。乾隆四十一年(1776年),是"四库馆"成立和第一部《四库全书》缮写完成中间的一个年份。这一年,风雨天一阁,这座美轮美奂的江南私家藏书楼,同时也是亚洲现有最古老的图书馆,被"克隆"到宫殿里,不仅形制几乎与天一阁一模一样,连书架款式,都一模一样。它,就是文渊阁。

一座绿色宫殿,就这样在紫禁城由黄色琉璃和朱红门墙组成的吉祥色彩中拔地而起,像一只有着碧绿羽毛的凤凰,栖落在遍地盛开的黄花中。它以冷色为主的油漆彩画显得尤其特立独行,显示出藏书楼静穆深邃的精神品质。

那应该是别一种的"雅集"吧,先秦诸子、历代圣贤,都在那里聚齐,"参加"了文渊阁盛大的落成典礼。《日下旧闻考》形容:"煌煌乎馆阁之宏规、文明之盛治矣。"[15]反清绝食而死的文震亨,其《长物志》也被编入了《四库全书》,真有戏剧性。

文渊阁，也真正地成为文化的渊薮。一个人的文化是否渊博，拉到文渊阁考一下就知道了，因为《四库全书》里边的许多书，早就绝版、失传了，别说读，许多人恐怕闻所未闻，即使有所耳闻，也是只闻其名，不见其书。只有来自皇家的动员，才能重新发现，并把它们汇聚在一起。当乾隆第一次站在文渊阁的内部，背着手，望着金丝楠木的书架上整齐码放的一只只书盒，心底一定充满成就感。那些书籍，是用木夹板上下夹住，用丝带缠绕后放在书盒中的，开启盒盖，轻拉丝带，就可以方便地取出书籍。乾隆还特许在每册书的首页钤"文渊阁宝"印，末页钤"乾隆御览之宝"玺，以表明自己对《四库全书》的那份厚爱。时隔两百余年，我仍然听得见他黑暗中的笑声。

"克隆"藏书楼的行动并没有停止，乾隆想让它们四处开花。于是，另外六座专藏《四库全书》的藏书楼也前后脚相继兴建，它们是：承德避暑山庄的文津阁，公元1775年建成；圆明园内的文源阁，公元1775年建成；盛京（沈阳）故宫的文溯阁，公元1782年建成。

它们与紫禁城的文渊阁一起，并称"北四阁"，因为它们的位置都在皇家禁地，因此也称"内廷四阁"。《日下旧闻考》称："凡以揽胜蓬山，珍储秘籍，为伊古以来所未有。"[16] 此外还有"南三阁"，分别是：镇江金山寺的文宗阁，公元1779年建成；扬州天宁寺的文汇阁，公元1780年建成；杭州西湖孤山南麓的文澜阁，公元1783年建成。因为它们都在江苏、浙江，因此也被称为"江浙三阁"。

最晚到公元1782年，全部七部《四库全书》在这七座藏书阁中安放完毕，每阁一部，这一年，距离乾隆下诏建"四库馆"，刚好过去十年。七部《四库全书》，为历代文化学术成果"存盘"，也留了备份，应该说万无一失了。同时也利于使用——尤其"南三阁"，基本对民间士人开放，成为公益性图书馆，使《四库全书》与士人能够站在巨人的肩膀上，这才有了著名的乾嘉学派，读书笔记也在清代走向成熟，被清人写得有声有色。

这些笔记中，有一部《鸿雪因缘图记》，是清代的一部"图文书"。它的文字作者，是嘉庆十四年（公元1809年）进士、金世宗第二十四代后裔完颜麟庆。在这部记录了他一生见闻的笔记中，不难寻见他对造访文汇阁的难忘记录。他去的时候，满眼的"名花嘉树，掩映修廊"，让他有了一种梦幻般的恍惚感。很多年后，当他"回忆当年充检阅时"，仍有"不胜今昔之感"。[17]

因此，《四库全书》真正的主人，不是乾隆，而是天下士人。乾隆一生，文治武功，被称为"十全老人"，没有什么事情是他办不到的，唯独在文渊阁，他看到了自己的局限。他只能瞥见《四库全书》的吉光片羽，而天下士人，则完成了对它的集体阅读。编修《四库全书》，给当时士人，尤其像戴震这样科第无门的布衣士人提供了一个至高无上的学术平台，正是在"四库馆"里，戴震实现了真正的自我完成，成为有清一代卓越的学术大师。许多人对清代学术不以为然，认为它过于沉溺于通经、考据，实际上，对于儒家知识分子来说，通经的目的，正是"致用"。正是借助这些古代文献，汉族知识分子站稳了自己的脚跟，建立起一个完整的思想体系，其中，戴震正是表现最为出色的一位，所以胡适说："人都知道戴东原是清代经学大师、音韵的大师，清代考核之学的第一大师。但很少有人知道他是朱子以后第一个大思想家、大哲学家。……论思想的透辟，气魄的伟大，二百年来，戴东原真成独霸了！"[18]

五、太平军来了

七座藏书阁中，第一座被毁的是文宗阁。

乾隆皇帝无论如何也不会想到，他所缔造的盛世，不到半个世纪就成了强弩之末。鸦片战争距离乾隆去世，只有四十一年的时间。清代似乎只有前期和晚期——前期以康雍乾的百年盛世为代表，晚期留给人的印象，就是晚清七十年的血雨腥风。

乾隆的儿子嘉庆，给后人留下的印象似乎只有扳倒和珅这个贪官，民间有谚："和珅跌倒，嘉庆吃饱。"接下来的道光皇帝，不幸赶上鸦片战争这一外患和太平天国这一内乱，江山从此不可复识，在重重的宫墙之外，在风雨之外，连绵的战争，一波接着一波，爱新觉罗子孙的命运，更是一代不如一代。不到二十年，英法联军自帝国海岸登陆，冲入京城烧杀抢掠，在圆明园里放一把大火，让热河病榻上的咸丰立刻就吐了血，龙袍上的血光，成为对这个王朝最直接的象征。咸丰的死，成就了他身边那个名叫"玉兰儿"的妃子，很多年后，她成了人人畏惧的"老佛爷"，坐在同治、光绪两代皇帝的身后，岿然不动，但伴随着这位老寡妇进入更年期，这个铁血王朝终于到了末日穷途。甲午海战伤了帝国的元气，庚子之变则抽干了它的骨髓。这段历史，对于每个中国人都刻骨铭心。假若九泉下的乾隆追问起王朝的运命，那些后世的帝王又该说些什么呢？

盛衰自有定数，任你强权倾世，也终逃不过一场败亡。戴震抬头望见乾隆御座上方那块"建极绥猷"匾时，心底就知道了那只是一场不切实际的梦想，世界上从来就没有永恒这件事。如果有，它也不是属于帝王的。

镇江文宗阁，在鸦片战争时就遭到了从浙江上岸的英军的洗劫，苟延残喘了一时，太平军到时，它的劫数也就到了。咸丰三年（公元1853年）早春二月，大地刚刚开始现出它凄迷的色彩，太平军攻陷南京的消息就传到镇江，把这座城市抛入前所未有的恐怖气氛中。据说太平军在攻下一座城池以后，就会把当地"群众"充分地"组织"起来，编入男馆、女馆，变成"军队",强迫他们去攻打下一座城池,对于那些老弱病残,则驱至城外,在河边统统杀死,层层叠叠的尸首,把江都塞满了。作战时,这些临时组织的"杂牌军"在前,被后面的士兵监督,太平天国,就是一个层层监督的政权,如有逃亡,身后的士兵就会手起刀落,把他们斩成两截。他们就这样被置于死地,留给他们的只有一条路,就是拼死向前冲,从别人的死地里,寻找自己的生路。[19]

镇江就这样,顺理成章地成了太平军的下一个目标。二月十八日,天国的军队黑压压地向镇江漫溢过来,就要水漫金山了,只不过那不是一般的水,而是天国的水军。据清同治六年刊刻的《金陵被难记》记载,船上的太平军士兵,在向镇江挺进时,一律要振臂高喊,凡不从者,皆被乱刃砍死。[20]尖锐的喊杀声,从万余名太平军的喉咙里喊出来,在天空中交织缠绕,像一条粗重的蟒蛇,由远及近,飘浮过来,把镇江城紧紧地围裹起来。整座城池,都在这恐怖的声音中瑟瑟发抖。镇江知县弃城逃跑了,金山寺的僧人们匆忙地把佛经转移到五峰下院藏了起来,而文宗阁的看守人,此时却乱了方寸,望着书架上层层叠叠的楠木书函,束手无策。

那定然是一场惨烈的激战。我没有找到关于那场战斗的详细记录,一个多世纪后,它的细节已湮没无闻,只知道那一天,黑压压的天国水军截断了大江,摆开他们的重炮,向着城里猛轰。枪炮之声打断了金山寺里的诵经声,呛人的火药味盖过了初春的花草芳香。瓜洲守备方纲逸奔到炮台上,向太平军还击,但在太平军猛烈的火力下,镇江守军的还击,与其说是顽抗,不如说是呻吟。

二十二日,镇江城破,太平军蜂拥而入,一把火把金山寺烧了。雕梁画栋的镇江、堆金砌玉的镇江,立刻就成了一片起伏的火海。文宗阁里那些美轮美奂的藏书和书盒,也被裹挟在火中,化作一缕缕的青烟。假若有一双敏锐的眼,定然会发现文宗阁的火光与他处不同,大火一旦遭遇了那些上等的绢帛、楠木、纸页,也一定会变得更加兴奋和狂放,它们在上面肆意奔跑、翻滚、撒野,火的颜色,也愈发明亮、刺眼和邪恶。十年寒窗下静心书写的文字,在经历了短暂的抽搐、挣扎之后,转眼就没了踪影。我想,大火一定会让纵火者无比陶醉,一种成就感会从他们的心底油然而生。无论乾隆皇帝多么苦心孤诣地营造他的纸上辉煌,他所有的努力,在大火面前都不值一提。

太平军就这样占领了镇江城,幸存的城内百姓必须在家门口贴上一个"顺"字表示降服,以保全性命。太平军没有就此停止他们前进的脚步,他们要从胜利走向新的胜利。他们挥师向北,剑指扬州。十三年前鸦片战争,英国人就采纳了蒲鼎查的建议,采取了占领江南而不是占领北京的策略,切断了大运河这一输血管道,从而一举征服了大清帝国。太平军如法炮制,就是为了切断大运河的漕运，席卷江南，占领帝国的心脏地区。双方都意识到，这一战至关重要，他们在枪炮血刃中纠缠，那一场厮杀，不见天日，文汇阁，遭遇了与文宗阁相同的命运。

江浙三阁中的最后一座文澜阁，在咸丰十年（公元1860年）李秀成攻入杭州、破江南大营时，还安然无恙。第二年，李秀成再破杭州，这一次，文澜阁劫数难逃。

《扬州画舫录》里记载的藏书"千箱万帙"的江浙三阁，至此"全军覆没"，连残骸都没能留下。自建成起，它们只在世间挺立了七十多年。

六、悲风里

江浙三阁在水波浩渺的中国南方灰飞烟灭的时候，法国人埃利松还只是一个十八岁的小瘪三，沉浸在天马行空的青春岁月里。那时的他，只身跑到意大利佛罗伦萨，无心欣赏文艺复兴时期诞生的伟大建筑，却是要一心支持意大利人民的独立斗争，渴望着自己的青春能在战场上闪光。公元1859年，拿破仑率领军队进入意大利，埃利松于是在那里加入一个骑兵团，成为第六骑兵团的一名二等兵。

大清王朝，对于年轻的埃利松来说，只是一个遥远而模糊的名称，对它的一切，他都一无所知。他从来不曾奢望自己能够进入法国国王的宫廷，更不用说大清皇帝的皇家园林了。如果不是因为一场战争，他恐怕一辈子都不会有这样的资格。咸丰十年（公元1860年），李秀成攻入杭州时，一纸命令改变了埃利松的命运——他被派去做"远征中国海陆军总司令"蒙托邦将军的私人秘书兼英文翻译，前往中国。

他因而亲历了发生在该年的第二次鸦片战争。在圆明园里目睹的一切，始终沉甸甸地压在他的心底，几乎将他压垮。二十多年后，他写下一本《翻译官手记》，在法国出版。在无数英法联军官兵的自述作品中，这本书被誉为最生动、最精彩的一部。

他是在秋季的薄暮中第一次看见那座宏伟的皇家园林的。那一天是1860年10月6日，巨大的宫殿仿佛一片深海，半明半昧地显露在他的面前。亭台楼阁在山水之间错落，在夜幕将临时，依然顽强地浮现着坚硬的轮廓。那时他还没有机会去打量建筑上的花纹雕刻，那些在石头上绽放的艳丽花朵，但这座山水园林的湖光山色，就已经让他沉迷不已。秋意渐浓的时节，依然仿佛一个温暖如春的香巢。空气中有零星的枪声，锋利地撕破长夜。园林的守卫者在做着无效的抵抗，法军做着还击。直到深夜，起伏的枪声终于沉寂下来。

圆明园的总管文丰在夜里投湖自尽了，从此再没人对这座园林的秩序负责。法军冲进去了，那些没有被咸丰带到热河的妃子，纷纷把自己吊死在雕梁上。每当有外国士兵冲进那些宫殿，都会看见她们的玉体如在空中飘来荡去一般。埃利松说，抢劫发生的时候，蒙托邦将军试图控制局势，"他不停地在人群中指挥、训斥、请求、安慰，最后，他恼怒地举起了手中的指挥杖来阻拦这些恐慌得晕头转向的士兵。后来，他的指挥杖丢了，被人拔走了，也不知道是哪个士兵干的，最终也没有找回来。"[21]

但清朝政府的资料，并不接受法国士兵对那个恐怖之夜的说法。实际上，在10月6日法军抵达圆明园的那个夜晚，局势就已经失控，抢劫和纵火的行为都得到放任。内务大臣宝鋆在给恭亲王的报告中说，几座大殿在10月6日就被烧毁了，火焰在夜晚直冲云霄。[22]李慈铭《越缦堂日记补》中记录那天的场面是："夷人烧圆明园，夜火光达旦烛天。"[23]

英国人在附近的喇嘛庙里宿营一夜，因而没能赶上这最初一轮的抢劫，这令他们十分恼火，第二天一早就开始了更大规模的抢劫。两国士兵争先恐后，比学赶帮超，那份勇猛，比起在战场上更强出了百倍。

在那个冰凉彻骨的夜晚，埃利松居然看到了文源阁。那座皇家藏书阁，贮满了乾隆皇帝，还有一代代士人的心血，在惊天动地的抢劫中，孤独地站立着。黑色的瓦顶，远处燃烧的火光为它镀上一层凄迷的光。这是我们今天能够找到的关于文源阁的最后记录。埃利松走进去,发现"厅内各处墙壁上都是书架,上面摆满了极为罕见、极为古老的手稿"。[24]

蜂拥而至的抢劫者,没有人知道这些"古老的手稿"是做什么用的,他们并不知道,它们并不"古老",但它们抄录的古书却足够古老——很多文字已经在这块土地上流传了两千年;他们更不知道,文源阁落成后,乾隆皇帝每年驻跸圆明园,几乎都要来此休憩观书,吟咏题诗。他们不懂帝王的优雅,不懂文字的深奥,他们闯进了圆明园,却永远无法真正懂得它的含义,他们的目光,全部落在那些有形的宝贝上面;只有金钱,能够计算出他们的欲望。这群士兵,许多来自穷乡僻壤,对中国皇帝的私家园林的哄抢,给了他们一夜暴富的机会。圆明园成为他们人生的原始股,把无数的匪徒变成了贵族,在遥远的欧罗巴世代相袭,尽管在那里,许多人对自己的发家史只字不提。埃利松说,有一个炮兵,把财宝藏到水桶里,带回法国,这个从前的穷光蛋,后来在歇尔省买下一个巨大的庄园。[25]

与那些珍贵的古董相比,文源阁书架上的《四库全书》百无一用。书架被推倒,书册散落一地,乾隆皇帝曾经小心翻动的纸页,被纷至沓来的皮靴反复踩踏着,留下一道道零乱的鞋印。也有人发现了它的"价值",把纸页撕扯下来,在寒冷的秋夜里点燃取暖……

抢劫一直持续了十几天。埃利松回忆当时的场景时写道:

"炮兵抢到的东西是最多的，因为他们有马匹，有箱子，有车子。他们把弹药箱子的角角落落都塞满了，箱子放不下之后，他们又把炮弹发射一次之后浸泡膛刷子、用来清洗大炮的水桶塞满，最后把大炮的炮膛直到炮口都给塞满了。"[26] 他们心满意足，满载而归。埃利松在描述英国军队时说："英国人的行李队伍，长得令人难以置信。这支漂亮的队伍足足有八公里长。"[27]

新的问题接踵而来，那就是如何把赃物运回祖国。英法联军的军舰，是不允许携带私人物品的，这使一些船商有了千载难逢的商机。天津港口的一位英国船商向抢劫者保证，在一个月内把他们的珍宝运回故乡，但必须预付三分之一的运费。许多士兵答应了，船商于是带着所有人的运费和珍宝一去不返，从此再也没有人知道他的下落。有人听说，他去了美洲，像童话里的王子一样，从此过上了幸福的生活。这是对抢劫者的抢劫，在这场贪欲的竞赛中，他笑到了最后。埃利松说："这个英国流氓悄无声息、没有风险、轻而易举地就得逞了。"[28]

10月18日，约翰·迈克爵士的第一步兵师在大部分骑兵的协助之下，在圆明园的建筑物上摆满柴堆后，点燃了火烧圆明园的第一把火。他们决定让这座"万园之园"彻底毁灭，这样他们就可以告诉全世界，那些珍宝是毁于火灾，而不是一场集体抢劫。不久，各处的火光就迅速汇合起来，变成一股无法阻挡的巨大火焰，仿佛腾空而起的巨大焰火，装饰着他们的胜利。

圆明园内,"数百载之精华,亿万金之积贮,以及宗器、裳衣、书画、珍宝、玩好等物"[29],在大火中变成黑色的粉末,如无数黑色的雨点,遮天蔽日,在急风中啾啾地打着旋儿,迷得人睁不开眼。大火烧了五天五夜,连北京城里的百姓,都能清晰地看见西北郊的火光。当那些黑色的烟尘沉落下来的时候,昔日的琼楼玉宇、人间仙境消失了,只留下远瀛观的那几根拱形石柱,屹立成今天这个样子,成为爱国主义的永久教材。

火烧圆明园之后,昆明湖湖底沉淀了厚厚一层灰烬,湖中的硅藻,从此灭绝。[30]

即将就任湖南巡抚的陈宝箴坐在一家茶楼里,远眺着西北方向冒出来的浓烟,失声痛哭。[31]

戴震已逝去八十多年。悲风里,我们似乎仍能听得见他的仰天长啸。

七、末日之书

全部七部《四库全书》在这藏书七阁中安放完毕还不到八十年,就已经毁了四部,还剩下三部,裸露在变幻无定的岁月中,吉凶难卜。由此我们感受到了纸质文明的脆弱、易毁。无论多么宏伟的纸上建筑,都经不起践踏和摧毁。乾隆以近十亿字的篇幅创造了中国书籍史的一个极端,优雅地书写着自己的文化野心，清代皇家的藏书七阁，实际上就是纸的大本营，或者说，纸的大型仓库。这是纸页对时间的一次示威，但无论纸的势力多么庞大，都会在时间中不堪一击。规模的宏大并不能抵御火焰的野蛮和嚣张，即使那些藏书阁在物质上已经做好了充分的防御准备。

自西汉发明纸张[32]以后，中华文明，很大程度上是由纸来承载的，包括文学、绘画、宗教，甚至民俗，不像西方，用纸历史只有最近的几百年[33]，在更长的时期内，他们寄情于石头、羊皮、金属。在巴黎卢浮宫，面对文艺复兴时期的雕塑，我对欧洲艺术家的创造力深感叹服，他们为冰冷的石头注入了灵魂，使坚硬的石头有了弹性、节律、表情甚至情感。艺术家的才华，在石头的声援下永垂不朽。与此同时，又对中华纸质文明的易碎性深感惋惜。在北京故宫，我看到过东晋顾恺之的绘画(《洛神赋图》)，看到过唐代李白仅存的书法真迹(《上阳台帖》)，我一方面庆幸它们穿越千年时光，另一方面又感叹更多的艺术品被岁月无情地毁灭了——如果中华文明不是更多地依赖纸页，就一定会有更多的艺术品保留下来，我们可能会拥有成百上千个卢浮宫，才能容纳下它的全部。正因为我们的文化过于依赖纸页，所以它与时间的搏斗变得更加艰难。它是那么惧怕雨水、火焰、白蚁，更不用说战争了——那些精美绝伦的纸页，或许可以战胜自然界的蚕食，却很难战胜人为的灾难。乾隆皇帝或许意识到了这一点,所以七座藏书阁中,除了文宗阁,另外六座藏书楼名字的部首里都带三点水,是出于水可救木的心理暗示。但另一方面,它们的名字,又犹如谶语,预埋了它们的悲剧——文宗、文汇、文澜、文源四座藏书阁,全部毁于火烧。文宗阁的名字里没有"水"[34],有人曾就此问过乾隆,乾隆回答说:"镇江金山在江中,不淹就算万幸,何忧无水?"仿佛天意,最先遭到噩运的,正是名字没有"水"的文宗阁。

既然纸质文明如此脆弱,中国人为什么还对它如此迷恋?天者,夜昼;地者,枯荣;人者,灭生。这是农业社会赋予中国人的朴素世界观。中国人从不怀疑,万事万物,无论是一张纸、一个人,还是一个王朝,都有自己的寿限,但他们同样相信,天地万物,都处于一个轮回的系统中,生而死、死而生地循环往复,所有死去的事物,并不是真死,而只是转换了存在方式而已。纸页可以消失,但文化不能。物质载体的消失,并不会导致文化的灭亡,它可以转移场地,可以进入话语、进入戏曲,不断地寻找着新的载体,重新搭建起他们的记忆之宫。犹如我们今天的电脑,硬件的不断淘汰与更新,并不能阻止信息传播的连续性。中国人发现了文化超越时间、超越自然的力量,因此不再惧怕那实体的消失,中国人的木构房屋(不是欧洲的石质建筑)拆了建、建了拆,纸质书册抄了烧、烧了抄,文明的长河却从未断流,所有消失的实体,不过是向未来传递信息的一个跳板而已。

中国人当然也可以寻求一种两全其美的方案——毕竟物质世界里的天长地久并不是一件坏事。但自从纸张发明以来，中国人就放弃了对于石器和青铜的迷恋，一方面追求着文化的永恒，另一方面却选择了速朽的纸页，将我们的文化置于速朽与永恒的双向拉扯中。这一奇特现象的出现，不仅因为纸张易于书写、携带和传播，更因为纸张的易碎性从反面确认了它所承载的文化的珍贵性，从而让人们的目光超越那些具体的载体，投向文化本身的意义，去铸造一套强韧的自我循环程序，这套程序本身，远比一页纸、一栋房子、一座宫殿更重要，犹如一只蜥蜴，肢体残缺之后，还能顽强地生长出来。两千五百年前，孔子就看到了这一点，所以他说：

> 文王既殁，文不在兹乎？天之将丧斯文也，后死者不得与于斯文也；天之未丧斯文，匡人其如予何？[35]

意思是说："文王死了以后，一切文化遗产不都在我这里吗？上天如果想要毁灭这些文化，那我也不会掌握这些文化了；上天若是不想毁灭这些文化，匡人又能把我怎么样呢！"我们的文化只是暂时存放在纸页上，犹如灵魂只是临时寄居于肉身，肉身可以泯灭，但灵魂永在。中国的文化是计整不计零的，在这个整体中,"每个断裂的片断都被接驳起来,形成完整的时间长链。"[36]

火焰与纸页的形而上关系就这样确立了——死亡的意志越是强大,再生的冲动也就越大。归根结底,是因为在那些纸页的背后,挺立着文人的身姿。所有书册,只有依托于一代代文人才能活起来。有他们在,那些死去的文字就能在新的纸页上复活。

这样,面对书册,我们就不再感到忧伤,因为那些藏书阁里,存在的并不只是"千箱万帙"的书册,而是知识,是思想,是千年不易的信仰;书册中的一笔一画,横横竖竖,都是文人们的骨骼。文人的骨头,比时间更硬。

与明代遗民进入"四库馆"的扭扭捏捏相比,这些晚清汉族士人捍卫《四库全书》的决心更加理直气壮。此时,缠绕在这些汉族知识分子心头的身份焦虑已经消除。与其说他们是在捍卫"腐朽没落的清王朝",不如说是在捍卫那只文化蜥蜴。

文宗、文汇二阁消失两年多后,清军占领南京,太平天国领袖洪秀全自杀身亡。一生苦读诗书、力求"内圣外王"的曾国藩,派自己的朋友、目录学家莫友芝前往镇江、扬州,四处查访从文宗阁和文汇阁里散落的书册,莫友芝一无所获,最终伤感地离开。他在给曾国藩的信里无奈地写下八个字:

"听付贼炬,惟有浩叹。"

但江浙三阁的故事并没有到此结束。就在杭州文澜阁被李秀成的部队毁坏的第二年，在杭州城西的西溪避祸的丁申、丁丙兄弟，在逛旧书店时，居然发现了用于包书的纸张竟是钤有玺印的《四库全书》。他们出身书香门第，是江南著名藏书楼八千卷楼的主人，一眼就看出那些包书纸，正是落难的《四库全书》。他们大惊失色，于是在书店里大肆翻找，发现店铺里成堆的包装用纸上，竟然一律盖有乾隆皇帝的玉玺。

他们知道了，文澜阁的藏书并没有彻底消失。他们决心一页一页地把它们找回来，雇人每天沿街收购散失的书页。半年后，他们共得到阁书8689册，占全部文澜阁藏本的四分之一。

对于失踪的四分之三文澜阁藏本，他们决定进行抄补。他们当然知道那个黑洞有多么巨大——那无疑是在他们的天上戳了一个大窟窿，他们要像女娲一样，炼石补天。他们没有丝毫的犹豫，因为他们知道，此时不补，那个黑洞会变得更大，蔓延成伸手不见五指的长夜。在浙江巡抚谭钟麟的支持下，一项伟大的抄书工程开始了。丁氏兄弟从宁波天一阁、卢氏抱经楼、汪氏振绮堂、孙氏寿松堂等江南十数藏书名家处借书，招募一百多人抄写，组织抄书26000余册。在编撰过程中，《四库全书》的编撰官员曾将一些对清政府不利的文字删除，或将部分书籍排除在丛书之外，还有部分典籍漏收，丁氏兄弟借此机会将其收录补齐。经过七年的努力，终于使文澜阁之"琳琅巨籍，几复旧观"[37]。

光绪八年（公元1882年），文澜阁重修完成，丁氏兄弟将补抄后的《四库全书》全部归还文澜阁。

这让我想起一部美国电影——《艾利之书》。影片中，繁华的美利坚已成一片焦土，水源断绝，大气层被破坏，更触目惊心的，却是人类的文明的彻底毁灭。随着灾难场面浩荡展开，我们才知道，这一幕发生在未来，是一部未来之书。如同丹泽尔·华盛顿饰演的其他角色一样，本片主人公艾利依旧是一副孤胆英雄的形象。在一种隐秘的召唤下，盲人艾利孤身穿越废墟般的大陆，向遥远的西海岸走去，连他也不知道，在那里等待他的将是什么。但他身上携带着人类的最后一本书——《圣经》，这本据说"可以帮助人类重建家园"的"启示录"，也成为暴徒们争抢的对象，因为谁拥有它，谁就可以拥有了统治世界的"思想武器"。终于，这部最后的书，在与暴徒的争斗中毁灭了。

影片的结尾出其不意——当艾利最终抵达了西海岸，在加州旧金山湾内的一座名叫Alcatraz的小岛上找到了一个神秘的地下洞窟，发现那里居然是一座浩瀚的地下图书馆，备份了人类的所有典籍（美国版的文澜阁），只有存放《圣经》的位置还空缺着。而那部业已消失的《圣经》，早已被艾利背诵下来。面对图书馆的老馆长，艾利重述了那部书，地下图书馆的印刷机转动起来，那部"创世之书"，就这样像受难的基督一样复活了，装帧精美的《圣经》，重新回到了书架上……

这是一部末日题材的影片。对人类末日的关怀，在美国电影中不胜枚举，而《艾利之书》的不同则在于，它的关注点由物质世界的消亡（比如火星撞地球一类），转向精神世界的毁灭。与前者相比，后者的悲剧意味更浓。于是，在《艾利之书》中，一本书（尤其是纸质之书），成为拯救人类的最后一根稻草，一艘升级版的诺亚方舟。该片编剧之一加里·威塔说："这是一则关于未来的寓言，它企图用比较简单的方式为大家讲述末日之后的人类文明何去何从。"

美国人对未来的预测中，包含了他们对文明湮灭的恐惧和自我拯救的渴望。而对于中国人来说，这样的情节早已在历史中反复发生过。《四库全书》的流传史，几乎囊括了《艾利之书》的所有内容。

八、回到原处

到了20世纪，文澜、文渊、文津、文溯四阁的《四库全书》虽是劫后余生，却依然像乱世中的美女，所经历的命运，步步惊心。尤其在30年代以后，日本军队自东北长驱直入，这个军政合一的海上小国，把强取豪夺的海盗哲学当作自己的最高信仰，只不过与欧洲列强比起来，它更有"地缘优势"，睡在我们卧榻之侧，永远不会搬走，文化上的接近，也使它对中华文化更加"重视"。与英法联军比起来，日本人抢得更加彻底，上述四阁的《四库全书》，早已列入了它的抢劫日程。九一八事变后，日本人立刻迫不及待地将沈阳故宫《文溯阁四库全书》占为己有，由伪满洲国政府封存。北京故宫《文渊阁四库全书》则在华北告急后，随同故宫文物开始了漫长的南迁和西迁旅程，这是一次规模浩荡的大迁徙。1937年8月，淞沪会战打响，秋寒时节，传来了日军登陆金山卫的消息，杭州城，三四日可下，日本的"占领地区图书文献接受委员会"已派人从上海到杭州寻找《文澜阁四库全书》，想把它劫至日本，而国民政府却对这部书的去留含糊其辞、毫无责任感，浙江省图书馆馆长陈训慈在日记中愤然写道："教育厅……置重要图书设备之安全不理，真令人感愤极也。"终于，在日本占领杭州之前的最后时刻，《文澜阁四库全书》被竺可桢、陈训慈等著名知识分子秘密运出杭州。杭州城破之后，陈训慈心有余悸地回忆说："浙西失利，杭垣垂危，余与省图书馆同仁于16日离杭，买舟南下。余先赴建德，同仁送至兰溪者旋亦至建德来集……"此后，他们将这部《四库全书》有惊无险地辗转运到贵阳、重庆保护起来，行程两千多公里，终于保全了黄河以南这唯一的一部《四库全书》。

日本的武运没有像他们希望的那样长久，日本投降后，沈阳

《文溯阁四库全书》回到中国政府手中,后来又藏入甘肃省博物馆,不然今天日本人就会说他们对这套抢来的国宝拥有"不可争辩的主权"。《文澜阁四库全书》在1946年返回杭州,现藏浙江省博物馆。北京《文渊阁四库全书》被运去台湾。避暑山庄《文津阁四库全书》,已于1915年藏入京师图书馆,教育部佥事鲁迅参与了接收工作,历尽颠沛之后,一直保存到今天,成为国家图书馆的镇馆之宝。

北京文渊阁、杭州文澜阁两部《四库全书》在战火中越过关山,就像当年编修《四库全书》一样,构成一部大书的旷世传奇。只有在中国,才有这般浩荡的文化吞吐量和驱动力。外来的压力越强,我们民族的抗压性就更强,这种力量凝聚在一部古书上。《四库全书》的"史部"中搜集了太多的史书,但在这些史书之外,又生成一部新的历史,就是《四库全书》自身的历史。或许这才是《四库全书》的真正可读之处,是史外之史、书外之书。与其说这是一部书的离乱史,不如说是一代代中国文人的信仰史。古书之美,归根结底是精神之美、人之美。

今年春天,我还特意到沈阳文溯阁、避暑山庄文津阁走了一趟。这两座藏书阁,就像北京故宫的文渊阁一样,人迹罕至。风花雪月、草木无言。寥廓的苍穹,勾勒出它们孑然独立的造型。时间在每一刻都刷新着过往的痕迹,多少前尘往事,都在风中消散了。在藏书被搬走之后,它们已经失去了藏书楼的意义,这使它们看上去更像纪念碑,在时间中挽留着将逝的记忆。内廷四阁中的文渊阁、文溯阁、文津阁,它们躲在宫殿的暗处,不像御椅龙床那样引人注目,却比它们有着更加炫目的荣光,这荣光发自一个遥远的年代,穿透了世事的尘烟,一路延续到今天。

这内廷三阁,不仅形制相同,在相同的历史风云里,也相互映照着彼此的命运。我相信传奇未完,它们还会有新的传奇,那就是:有朝一日,《四库全书》能够分别回到它们的原处(哪怕只是一次短暂的合作),所有的书册,都一一找回它们原初的位置。[38]那不是将历史归零,而是一次前所未有的伟大重逢。

2012年2月14日,台北故宫院长周功鑫女士历史性地踏进北京故宫,台湾"中央社"报道说,这是六十余年两岸故宫高层首次正式接触。一年多后,我陪同北京故宫博物院郑欣淼院长在深圳再次会见周院长,这也是我第一次见到举止优雅的周院长。她回忆说,她当时的第一个愿望就是去看文渊阁。因为《文渊阁四库全书》是台北故宫的镇馆之宝,她要看看曾经安放它的那个空间。

文渊阁的门,那一次专门为她而开,暗淡的光线中,旧日的尘土轻轻飞扬。室中的匾额、书架、门扇、楼梯一切如昨,纸墨经岁月沉淀后的芳香依旧沉凝在上面,她一定嗅得到。乾隆的紫檀御座、书案还都放在原处,独守空房。作为《文渊阁四库全书》现世中的看护人,面对一室的空旷,她都想了些什么,我不得而知。

在两岸文化人心中,定然有许多情感是扯不断的。这样的感情,既令人心酸,又令人欣慰。

深圳的那一晚,葡萄美酒,夜色如黛,说到动情处,大家突然间陷入沉默。

有些事情,不言而喻,欲说还休。

我突然间打破沉闷,对两位院长开玩笑说,你们知道2月14日是什么日子吗?

二位院长停顿了片刻,突然间爽声大笑。

(本文选自《故宫的隐秘角落》,人民文学出版社,2020年版)

小说

血朝廷（节选）

放下车帘的时候，太后最后望了一眼她的紫禁城。

第七十九章

镜子里浮现出一张惨白的脸。刚才一颗炮弹落在了乐寿堂的屋顶，巨大的气浪几乎把老佛爷和我顶个跟头。尘雾洋洋洒洒地落了太后一脸、一身。我气急败坏地叫道：

"请太后赶紧避一避吧！"

太后沉吟了片刻，吩咐道：

"把皇上叫来吧。"

等皇上的时候，太后把脸扭向我：

"小李子，再给我梳个头吧。"

枪炮声越来越清晰了，大清帝国的禁卫军正在天安门前做着最后的抵抗，他们的火铳在联军的火炮面前不堪一击，在留下一堆横七竖八的尸体以后，向午门的方向退却。我的手有点抖，一时难以理清老佛爷纷乱的发丝。我听见老佛爷语气镇定地说：

"慌什么，放个唱片吧。"

荣子蹑手蹑脚走到留声机的边上，在几张唱片之间犹疑不定。太后说：

"就舒伯特的《鳟鱼五重奏》吧。"

荣子动作娴熟地把唱片放到留声机上，又把唱针放好，唱片开始转动，嗞嗞啦啦的微弱噪声很快被优美的音乐覆盖了。

太后的表情在音乐里放松下来，她微乜着眼睛，享受着梳头的过程。

外国的军队在四分之三拍的节奏里嘭嘭地放枪，我在乐曲声里，用梳子轻轻地为她梳头，太后长长的头发，像水一样从梳子的缝隙里流过。这一次，我照她的吩咐，先把她的头发散开，用热手巾在头发上熨过一遍，然后拢在一起向后梳通。我用左手握住头发，用牙咬紧发绳，一头用右手缠在发根扎紧辫绳。那条黑绳有一寸多长，以辫根为中心，把头发分成两股，拧成麻花形，长辫子由左向右转，盘在辫根上。但辫根的绳必要露在外面，一根横簪子顺辫根底下过，压住盘好的发辫。整个过程都要一丝不苟，无论是弄疼了太后的头皮，还是一次没有梳好,需要重梳,在这十万火急的关键时刻,都不可饶恕。我屏住气息,几乎一口气把太后的发髻梳完。所有的目光,都聚焦在我的手上,他们也屏住气息,心里七上八下,比我还要紧张。整个紫禁城,除了我,没有第二个人敢为太后梳头。

"去,把德龄带来的'夜巴黎'香膏拿来。"

那时我已经在这座宫殿里待了近四十年,虽然面孔像一只山药蛋一样平淡无奇,但在宫殿中的地位已经举足轻重,对宫殿中的一切更是了如指掌。我匆匆忙忙进了大殿的深处,从洋漆小柜格里左摸右摸,慌乱中,一只精致的饼盒掉了下来,我连忙拾起,在身上蹭了蹭,然后又把那只花梨木嵌螺钿盆架端到老佛爷面前,用热毛巾为她擦了脸。那张像上了戏妆似的白脸终于恢复了它原有的润泽。太后仔细看着镜子里的自己,说:

"小李子,你看我又添了几根白发,替我拔了吧。"

我屏住呼吸,在太后的鬓角拔出了那根白发,在一声剧烈的炮响中,轻轻拔了。然后,我把"夜巴黎"香膏的盖子打开,用银勺剜出一小块,抹在太后的手心里。细润的香膏,透着丹桂般隐隐的芳香,如凝脂般,在太后的手心里莹莹地晃动着,太后轻轻把它揉匀,在脸颊上反复抹着。她动作很缓,似乎在回忆着自己青春的容颜。

所有人都看到了那个他们从来不曾见到过的太后。她梳着汉族老太太的发髻,上面还兜着一个黑色的网,使发髻不会松散;穿的是半新不旧的深蓝色布褂,整大襟式,浅蓝的旧裤子,洗得褪了色,宽松肥大的裤腿收束于黑色的绑腿带里,新白细市布袜子,新黑布蒙帮的鞋,一眼看去,完全是一个再也平常不过的老太婆——这样的打扮,让我感到一阵心酸。唯一可能泄露身份的,就是她的那双大脚,所幸外国大兵或许对此不会在意。太后问娟子:

"照我的吩咐准备好了?"

娟子答道:"一切都照老祖宗的口谕办的!"

太后说:"荣子、娟子跟我走!"

荣子和娟子立刻趴在地上磕头,感激得泪流满面。千钧一发之际,太后带上她们,是莫大的恩典。她们爬到太后的跟前,叫道:

"老祖宗!"

太后愣了片刻,突然说:

"把剪子拿来!"

她的声音不高,但在别人的耳朵里,却像剪子一样具有破坏性。人们惊惧地抬起头来,不知所措。

太后在人们的目光里缓缓坐在椅子上,然后把一只手放到桌角上,长长的指甲套闪烁着金属光泽,在幽暗的殿堂里格外刺目,从窗子里透过来的光像水一样在上面流动着。人们听见

她说:

"剪掉!"

没有人动。

她于是又重复一遍:

"把我的指甲剪掉!"

那是太后蓄养了很多年的指甲,左手无名指和小指的指甲足有两寸长,太后无论写字、看奏折还是擦粉时都小心翼翼,任何动作都不会阻碍指甲的生长,而那两条晶莹剔透的指甲也从来不会对她的动作有丝毫的妨碍,它们在岁月中达成了深深的默契。剪掉它们,等于剪掉了自己的一段岁月。但她别无选择,因为她已不再是那个深宫里的太后,她只是一个躲避灾难的老人,她的一切都必须符合一个难民的要求,除了那双大脚不能改变,其他一切都必须改变。

荣子走过去,所有人都听见了剪刀在指甲上发出的脆响。

顺贞门外停着三辆马车,是内务府从大车店里租来的,蓝色土布做的车围子和车帘子把车厢严严实实遮起来,不能通风。我扶着太后走过去,按照太后的吩咐,皇上、皇后、三格格、四格格、元大奶奶,还有那个正觊觎皇位的大阿哥溥儁,在众人的哭声中,向那三辆车挪过去。他们的衣裳是临时凑起来的,看上去五花八门,太后穿着农村老太婆的粗布衣,而皇上却像一个小财主，穿着绸褂，堪称杂牌军，仅从他们的衣着判断他们的身份是困难的，然而在这座危城中，恐怕也没有人注意这样的细节。简陋的马车，令大清帝国的最高统治者们无所适从，他们坐惯了豪华的大鞍车，纱帷飘荡、铜饰闪亮，每次从宫里去颐和园，太后都坐在这样的车里，即使无风的日子，四周的帷帐也会飘起来，凉爽怡人，太后坐在里面，仿佛观音一样庄严和安详。而眼下，车笼很窄，所谓的座位，只是横搭的一块粗糙的木板，我扶着太后手脚并用地爬进去的时候，听见她轻微地叹了一口气，却什么也没说。

放下车帘的时候，太后最后望了一眼她的紫禁城。上一次洋人打进来，已是快四十年前的事了，那时，她依偎在咸丰皇帝的身边，仓皇奔赴他们的避难地——热河，现在，那只可以依靠的肩膀早已去向不明，而且，谁也不知道此行的终点在哪里，更不知道什么时候才能回来，回来时，这座辉煌的宫殿是否还能够存在？我看见太后的眼圈红了，夏日里的紫禁城，色彩饱满，明媚而性感。太后远远地望着它，目光庄重而忧伤。我低下头，不敢正眼看她，生怕自己的眼泪会夺眶而出。此时，瑜妃和晋妃早已痛哭失声，不知她们是在为太后哭，还在为自己哭。她们是同治皇帝的皇贵妃，如果她们的生命中有过幸福时光，那也只是一个一闪即逝的梦，现在，她们却要为整座宫殿受难。那座盛满了荣耀和传奇的旧宫殿，将再一次堕入渊薮之中，在血光离乱中见识自己的命运。据说我们前脚一走，她们的哭声就戛然而止。那时洋兵已经带着咿里哇啦的怪叫冲进紫禁城，她们连哭的时间都没有了。瑜贵妃命令所有的嫔妃和宫女都躲到顺贞门以内，又让太监用砖石把顺贞门堵死。洋兵在紫禁城里大肆洗劫的时候，她们颤抖着挤在一起，没有发出一点声息，这使许多无辜的女人躲过了那场杀戮，当宫殿再一次沦为杀戮现场，她们用机智和隐忍拯救了自己，于是，当我们在经历了五百多个日夜的逃亡后重回旧宫殿，那座罹难的宫殿，才能在每一个清冷的夜晚，成为我们讲述的话题。

我们穿越了一层又一层的宫门，最后经由神武门出宫，顺景山西墙北行，从地安门的城门洞钻出去的时候，我们被眼前的景象惊呆了。一幅巨大的灾难图景，像一股突然而至的强风，刮得我们睁不开眼。一眼望不到头的街巷里，衣衫褴褛、满脸血污的难民们正拥挤成一团，汇成一条肮脏黏稠的河流，在高大破败的城墙下起伏涌动。与此同时，帝国的最后一群守卫者，已经变成天安门下一堆横七竖八的尸体，美国兵已经用大炮轰开了端门，硝烟散尽之后，所有人讶异的表情突然定格，面前那座磅礴浩瀚的皇家宫殿把他们吓住了，他们不知所措，他们的大脑在一瞬间短路了。冲在最前面的指挥官挥了一个手势，要他的部队停下来，在这座世界上最伟大的宫殿前面，所有的攻击行动都要停止，下一步怎么办，没有人知道，至少要请示上级，甚至，各国司令官要开一个联席会议才能决定——西方人是民主的，于是，他们经过充分的民主协商之后，做出了一个再也简单不过的决定：抢。他们的绅士风度只维持了很短的时间，就还原了海盗本性，无所顾忌地冲向那座不设防的宫殿了。我们正是在这短暂的间隙里逃出宫殿的。黑色的硝烟从背后追赶着我们，令我们惊恐和窒息。没有銮仪卤簿在前面开道，那三辆破旧的马车，一投入人海就没了踪影，仿佛急流中的树叶，被裹挟着向前冲撞，没有人知道车上坐着的是这个帝国的最高领袖，他们用最脏的北京话，不时向我们骂上几句。在那条肮脏和黏稠的河流里，浮现的是一个又一个因恐惧而变形的面孔。他们叫嚷着，南面的鬼子已经冲进天安门了，东面的鬼子也攻破了东直门和朝阳门，京城里的拳民（义和团的成员）都被压缩在北城墙内的狭窄区域里了，他们自命不凡的身体和符咒在鬼子密集的枪弹前已经百无一用，把守南新仓的义和拳把皇家粮仓的白面袋子抬到街上当掩体，很快溃不成军。有人很久没有见到过白面了，冲上去抢，一排子弹扫过来，他们的血喷在白面上，渗进去，眨眼就黑了。于是没有人再去抢面，因为没有时间，他们被子弹追着跑，只有跑在前面，才能用后面的人挡住子弹。但跑在前面的人很快停下来，因为德胜门的门口太小，人们挤不出去，形成了瓶颈。我们的车夹杂在人流里，被推得东倒西歪。突然，我看见城门边站着一个身穿朝服的官员，威风凛凛，我认识他，是军机大臣、刑部尚书赵舒翘。那时他的死讯已经藏在这辆马车里，对他拭目以待，在经历了一系列痛不欲生的煎熬之后，他的脸将被行刑者用喷了烧酒的厚纸一层一层地蒙上，直到他呼吸停止，但当时的他对此还一无所知。当时我不顾一切地大叫："赵大人！"他机敏地发现了我们，一队御林军拨开人流，挤过来，赵舒翘跪在太后的马车前，说：

"微臣赵舒翘誓死保卫太后，请太后先行！"

我们于是"杀出一条血路"，逃向德胜门外那片开阔的郊野。

我听见赵舒翘在我们的身后声嘶力竭地喊道：

"把城门封住！"

那两声沉重的大门于是带着苍凉的叹息合在了一起，把所有的哭叫和呐喊关在了里面。

第八十五章

出了居庸关，就是延庆州的地面儿了。我们过了八达岭，黄昏时分，我们远远地看到一座城，威风凛凛地横在大路的中间。当地人管这个地方叫岔道、岔道口，或岔道城。这里出居庸关大约五六里路，是向北唯一的通道，城墙已破旧不堪，但仍然能够看出它当年的坚固，城内衙门驿站、公馆戏楼样样俱全。据说出了岔道城才有分道，可谓名副其实。这座城池建于明代，在通往塞外的崇山峻岭中，与居庸关、八达岭形成三道屏障，成为一个有纵深的防御体系，皇清二百多年和北边蒙古实行和亲政策，这是朝圣的要道，过往的蒙古王公都要从这里经过。从山间小道通过的时候，两侧的崖壁像一团团黑影压下来，我的心很难明亮起来。呼啸的风中，我似乎听到了战马嘶鸣、兵戈相撞的声音，对王朝兴亡的所有记忆都汹涌而至，心中不禁一颤，赶忙打量一下太后和皇上的马车，马车在前方不远处，依旧安稳地前行，看不出任何危险的迹象。如果他是明朝的皇帝，那么这必将是一条生死难卜的道路，但那个朝代已经过去了，埋伏在前方的刀光剑影已经消失，对于流亡中的清朝皇帝来说，危险却依旧没有解除。我们由东门进城，街上到处都是沙袋堆成的掩体。商铺门前冷冷清清。大雨过后，街心是泥塘，在一片昏黑中闪着油亮的光。七月的晚上，按说正是在街头品茶乘凉的时候，可此时的街上空无一人，到处弥漫着一种不祥的气氛。

我们找到一个院落，原来是个营房，院门很宽大，分前后院，后院北房三间，带廊，东耳房两间，另有东西厢房，是不对称格局的四合院。有角门进西跨院，通向伙房。我服侍主子们各就各位，太后住上房东屋，皇上住西屋，皇后、小主、格格们住东耳房，下人们住东西厢房。床榻很脏，上面铺着残缺不全的席子，还有污黑的被子，散发着难闻的气味。

我被荣子的一声尖叫吓了一跳，赶忙跑过去，在她掀被子的时候，十几只臭虫正四散而逃。我赶忙去打，被太后叫住了，说，扫地不伤蝼蚁命，爱惜飞蛾纱罩灯。她信佛，在宫殿里，她从不允许我们打死蚊子，只要我们把它们赶跑就可以了，没想到在这荒郊野岭，她仍然坚持着自己的原则。

荣子在西院伙房里发现了热水，高兴得叫了起来。我去安顿马车，荣子和娟子打了些水，给老太后洗洗脸，擦擦身，我又找来一只盆，递给荣子，荣子倒满了水，端到太后身前，给她泡脚。升腾的热气中，我看见太后脸上露出舒爽的表情。好久没有洗漱了，对于太后这个有洁癖的女人来说，精神安慰的意义可能更大。屋里靠南窗子底下有铺炕，炕上有条旧炕毡，一个歪歪斜斜的小炕桌，一个枕头，油腻腻的，在黑暗中闪着光。老太后丝毫没有介意，刚泡完脚，就侧着身子歪在炕上。她闭目沉思着，从头到尾没发过脾气，也没有说话，仿佛这里和她的颐和园仁寿殿没有区别。荣子和娟子都屏息伺候，额头上沁着莹莹的汗珠。隔壁皇后、小主、格格们，下车请过安后，静悄悄地回到屋里，屋子里一片死寂，仿佛整个院子空无一人。只有太监和宫女们在不同的房屋间忙碌穿梭，但和宫里一样，丝毫听不到说话走路的声音。

太后忽然醒了，说声："出去看看。"果然，院子里不知什么时候站了一群人。太后和皇上一前一后走出屋子，站在廊子上，打量着他们——端王、庆王、肃王、礼王、那王、载澜、载泽、溥伦、刚毅、英年，等等，那些出入宫殿的尊贵面孔，此时沾满了雨水和泥垢，变得丑陋不堪，在破败的院落里，让人看了由衷地恶心。他们此时投奔太后，并非出于保护太后，而是要沾太后的光，他们知道，只有紧紧跟随着太后，才有希望。

城破之时，大清帝国的士兵们在用身体阻挡着呼啸的子弹，顽强地护佑着他们身后的皇宫和最高统帅部，他们并不知道，他们的皇太后和皇帝已逃之夭夭，其他首领也已各自奔逃——庆亲王奕劻和载漪向西跑，荣禄向北跑，这个帝国里的抵抗者，只剩下他们这些士兵。宫殿截断了他们的去路，他们最终在血红的宫墙下集体倒下。而此时，那些幸存的主战者，又齐集在太后的面前，只是他们此时的任务不是战斗，而是逃亡。在太后和皇帝面前，他们行礼如仪，繁缛的礼节在破败的院落里显得极不相称。等他们跪拜完，太后心情复杂地点点头，说：

"起来吧。逃出来了就好。你们都是朝廷的宝，你们没了，朝廷也就空了。"

太后抬眼看了我一下，我说了句："歇着吧。"院子就又空了。

只有我和崔玉贵在为生计奔忙。我们扎进玉米地，在稀疏的玉米叶子间钻来钻去，叶子上汇聚的雨水不断灌进我的脖子，在我的背上如群蛇般乱窜。我顾不得这些，反复寻找着，真的找到几颗生玉米，居然完好地挂在玉米秆上，没有被灾民们抢走。我们如获至宝，小心翼翼地揣在怀里，跑回院子，递到主子们面前。没有火，她们只能生吃。她们啃玉米的时候，白浆就顺着她们的嘴角流下来。

第二天一早，太后带上这半个朝廷的人马匆匆上了路，对于太后来说，他们是十足的累赘，以至于不久之后，太后终于下了决心，让他们中许多人的脑袋搬了家。王公大臣们的表情疲惫而呆滞。夏天的上午，时间显得特别漫长。天空总是阴沉的，没有风，没有日光，只有浓的云，压在头上，我们无法透过天光判断时间。时间消失了，只有我们的两条腿，像钟摆般，永不停止地走下去。时间一久，我们几乎已经忘记自己要从哪里来，要到哪里去。我们闷得喘不过气来，仿佛有一团棉花堵在喉咙口。入了南口以后，更如同钻进了葫芦里，闷得人们把嘴噘成圆圈，像干沟里的鱼一样向着天，一吸一合地喘息。娟子是个急脾气的姑娘，简直要发疯了。她越急躁，身上的痱子越扎，憋得她满脸通红，头上津津地流下汗水。两天没有脱过的衣服，经汗水一沤，像膏药似的贴在身上。她带着哭腔说，她的痱子已经由颗粒变成一片一片的饼子了，痱子尖上，已经隐隐长出白泡，像一条条的蚜虫探出头来，那是化脓了，脓水黏在衣服上，把衣服染红，染绿，又染白，她出发时穿的那件粗布裙子已经粘满了五颜六色的斑点，把粗布与皮肤黏在一起，无法把衣服脱下来了。我听见娟子含着眼泪对荣子说：

"早晨我给老太后洗脸时，看到老人家的发髻底下、脖子周围，也有一片片的小红粒儿，我问老太后，难过不？老太后眼看着旁处没理我！老太后是有什么条件说什么话的，条件不到向来不说话，现在说难过有什么用？"

她喃喃地念叨着，不由得流出泪来。

突然间，前边的驼铃不响了，抬头望去，老太后的轿停下了。我们赶紧下车跑到老太后的轿前，驮轿高，我们站着只能扬脸说话，这在宫里是不许可的。太后低声对我说要解溲。我不禁一怔，在这荒郊野外，前后没有村庄，怎么伺候太后呢？太后果断地说：

"就在野地里庄稼密的地方，人围起来！"

我赶快让下人们围成人墙，太后、皇后、小主、格格们前赴后继，没有便纸，只好采几片野麻叶代替。

两边的山势开阔了许多，显得空空荡荡，路旁的青纱帐和野草侵蚀着道路。老太后的驮轿时时飘浮在青纱帐的上面，断断续续地只听到沉闷的铃声。铅黑的云像井盖一样沉沉地压在头顶，压得我们几乎窒息。忽然，天空响起一声闷雷，沉沉地轧过了头顶，黄豆大的雨点接踵而至，地上立刻泛起一阵烟。这样的险路上，大雨不期而至，一种不祥的预感袭上心头。我们眼盯着前面的驮轿，雨点很急，我们不顾一切，呼喊着跑到老太后的轿前，车夫用仅有的两块雨布，把轿顶子蒙上，其他的地方也就顾不得了。荣子和娟子在太后的车里，用脊背紧挤住轿帘子，使它不至于在风中翻飞起来，让雨水灌进车内。太后始终像佛一样坐在中间，表情安和平静，始终没有说过一句话，似乎眼下的一切都与她无关。娟子虽是奴仆，也从来没有吃过这样的苦，她委屈地抹了一把泪，泪水混杂着雨水顺着她的面颊倾泻而下。

马车就在这时突然停住了。一群人突然从青纱帐里窜出来，横在了前面，又立刻站成一个圆圈，把我们围起来。我一惊，心想，我的预感应验了。他们衣衫褴褛，腿上肥肥大大的裤子已经变成一堆松散的布条儿，脚穿草鞋，头裹破布，浑身像叫花子一样发出恶臭，手里却握着火铳——显然，这是一群溃散的官兵。有人用脏手一个一个地挑开车帘，于是，皇后、格格们高贵艳丽的面孔一个个显露出来。官兵的眼里突然冒出了火，心里一定在想，今天莫非中了头彩，不然怎会在这荒蛮的山道上，遇到这么多的美人儿？他们的手迫不及待地向女人们伸去，就在这时，一个声音喊道：

"住手！"

我打了个哆嗦，看到灰色的人群中，慢慢挪动着一个身影，他问：

"你们谁是主事的？"

我犹豫了一下，上前，说：

"我是……"又补充说，"我是管家。"

"你们是什么人？"

"我们是京城里的小户人家，洋兵攻进了城，我们逃难出来的。"

那人冰冷的目光在每个人的脸上游移着，在太后脸上停留了片刻，又向别人扫过去，说：

"小户人家？我看你们来头不小嘛，有老太婆，有老爷，有太太，有掌柜，有伙计，还有好几个姨太太，老子在前线送死，你们倒过得有滋有味的。今天算你们倒霉，撞上了我鬼三儿。"

他从腰里抽出一把弯刀，驾在我的脖子上，刀刃已经陷进我脖子的肉里，我听见他说：

"你去，把你们车里吃的、穿的、用的，还有你们带出来的金银细软，全都放到我脚下！"

我心里暗暗叫苦，太后狠心，出宫的时候，她一件珍宝都没有带，我们都佩服她舍弃珍宝的狠心，她的包袱里，只包了一点散碎银子，作路上盘缠。事后证明，连这些散碎银子也是多余的，因为在前往居庸关的古道上，兵匪横行，能抢的东西早已抢光，她的国民，穷得只剩下一条命了，所以她什么也买不到。但是现在，任何证明她身份的物件都没有。她不会因暴露身份而死，却因不能证明身份而遇险。

太后在车里沉默了片刻，甩出一个包袱，说：

"我们也饿了几天了，这个，你们拿去。"

那人把头一甩，用刀尖慢慢挑开包袱，露出里面白花花的碎银。

他鼻子里喷出几股冷气，说：

"打发叫花子呐！"

几位王公大臣面面相觑，从怀里摸出几袋银子，递给官兵。

那人脖子歪了歪，说：

"有钱人逃难，就带这么点钱？你们的家产呢？给我搜！"

于是，那些来路各异的手争先恐后地伸进车里，在女人们身上放肆地摸来摸去。车里突然爆出一阵尖叫。

"不得无礼！"

太后突然声嘶力竭地喊道，那些非分的手本能地缩了一下，停住了。

太后说：

"你们是朝廷的军队，国难之际，不去冲锋陷阵，护国安民，倒在这里做土匪，祸国殃民，光天化日，你们还讲不讲礼法！"

领头儿的嘿嘿一笑，松开我，慢慢踱到太后面前，把他肮脏的脸凑上去，端详来，又端详去，嘴巴耷来耷去，最终噘出一口唾沫，啪的一声吐在太后的脸上，骂道：

"你这老王八蛋,还敢跟我讲礼!一看你就不是个好东西,天生的骚货!今天老子不把你宰了,老子就是婊子养的!"

说完,他把那把刀子举到了空中,刀刃沿着一条锃亮的弧线快速地向太后的脖子滑翔而来。

我突然大喊:

"她是当今圣母皇太后!"

那把刀犹豫了一下,自言自语:

"皇太后?那就更该死!如果不是你,我们岂能落到这步田地!"

那把刀重重地落下来。

就在刀刃距离太后的脖颈还不到三寸的时候,一个身影已经从车子里窜出,与地面平行着,飞了出去,饿虎扑食般,把举刀的人扑出好远。刀飞出去了,扎在一块石头上,把石头分成了两半。那个人是皇上。他在千钧一发之际发出了一个信号,那就是拼了。王公大臣们见势冲上去,与兵匪扭打作一团。

散兵们一拥而上,把马车砸了,把皇后、格格们揪出来,摁在地上就要扒衣服。我听见四格格被强暴时凄惨的叫声,要冲过去救她,但正被迎头痛击,根本腾不出手。我的黄牙被打掉了两颗,像两颗玉米粒,悬在唇边;鼻子也出了血,像一朵盛开的鲜花,遮住了半张脸。我用自己的头颅和腹部迎接着比雨点还密集的击打,马上就要昏厥过去。就在这个时候,我听见女人的嘶叫，大清国的金枝玉叶们即将被这些肮脏的兵匪们蹂躏，他们腥臭的手已经在女人们秘不示人的肌肤上摸来摸去，与此同时，"太后"这个词突然闯入我的脑海，她已经半天没有声音了，我大惊，突然猛醒，不知一股什么力量让我爬起来，摆脱那些包围我的拳头，大吼一声，向马车的方向冲过去。隔着迷蒙的雨雾，我发现太后已被推倒在路边的荒沟里，额角淌着血，三格格的四肢已经被几只瘦骨嶙峋的胳膊牢牢摁住，有一只手在撕她的脖领，只因此时的雨太大，粗布的衣裳牢牢地黏在身上，大大降低了那只手的工作效率。我一下把那个人扑倒在地，然后跟跟跄跄地向太后倒下的地方跑。奔跑中，我看见人群中有一个清兵举枪正向太后的方向瞄准，我大呼："太后！"可是人声雨声混杂在一起，声势浩大，太后根本听不见我的声音。我要与子弹比赛，但我知道自己不是子弹的对手。就在我离太后还有三米远的地方，"砰"的一声，枪响了。

我循声望去，发现那名射击手像一团棉花一样瘫软在地上，一线红白相间的液体从脑后蹿出，喷在地上，又在雨水中洇开。所有的人都怔了一下，这时，"砰砰砰"连续三声枪响，有三个身体各自抽搐了一下，就像死猪一样，重重地摔倒在地上，溅起三股散乱的水花。我赶忙把太后扶起来。这时，我们同时发现，雨幕的后面，有一层淡淡的人影，手里都举着枪。人影中有个声音在喊："把枪放下！"其实那群兵匪们贪婪的手早已丢弃了枪,奔向皇后、格格们年轻的身体,他们只对女人还保持着战斗力,在那群包围他们的对手面前,他们早已丧失了全部的战斗力,所以,眨眼之间,他们就全部成了俘虏。他们的手被反绑在身后的时候,我看见他们裤裆里的硬物还傲然独立,一副蓄势待发的样子。那个喊话的人歪歪斜斜地跑来,影子像显影液里的照片,连同石青色云缎官袍上织绣的两条四爪行蟒纹一点一点地清晰起来,快到跟前时,我看见那人身材瘦小,朝廷七品官服在他的身上有点不合身,在猛烈的风雨中,像一面孤独的蓝旗在迎风飘扬。他扑通一声跪倒在太后面前,痛哭流涕地说:

"微臣怀来县知县吴永,接驾来迟,让太后、皇上受苦,臣罪该万死!"

说完,在泥泞的地上,狠狠地磕了三个响头,溅起一片污泥浊水。

太后突然间哭了起来。

离开紫禁城时她没有哭,一路艰辛她没有哭,现在,面对这庞大帝国中一个小小的七品知县,她哭了。大清帝国的圣母皇太后,在一个名叫榆林堡的小地方,坐在一片烂泥里,哭得无所顾忌,像一个受了委屈的孩子。似乎被太后的哭声所感染,在场所有人都哭了,在哗哗的雨中,哭成一片。

我从来没有见过这样的景象,不知这一幕该怎样结束,然而，更令我吃惊的事情出现了——太后突然间跪倒在地，把头狠狠地砸向身前的水坑，抽泣着说：

"列祖列宗啊，我那拉氏给你们磕头了！我那拉氏无能，有辱你们的圣名啊！当年太祖统一建州诸部、吞并海西女真、收服东部蒙古；太宗统一乌苏里江、黑龙江流域和海东库页岛上诸部族，击并蒙古察哈尔部，迤西土默特、鄂尔多斯等部相继降附，漠南蒙古十六部翻入版图；后又横扫中原，又将厄鲁特蒙古、喀尔喀蒙古、套西、青海蒙古与西藏、回部等地，全部收入版图；康熙大帝三次亲征，战准噶尔部而胜之，将阿尔泰山以东尽入大清版图，历康、雍、乾三朝，拓地万里，创建了华夏历史上最大国土的一统天下。我朝二百数十年，深仁厚泽，同远人来中国者，列祖列宗，罔不待以怀柔。然西方列强，恃我国仁厚，一意拊循，益肆嚣张，欺凌我国家，侵犯我土地，蹂躏我人民，勒索我财物，朝廷稍加迁就，彼等负其凶横，自道光二十年起，我国就没太平过，日甚一日，无所不至，小则欺压平民，大则侮谩神圣。我身为太后，临御近四十年，待百姓如子孙，不忍看祖先基业被列强鲸吞蚕食，率国民奋起拒之，于庚子之年，向英吉利宣战，向法兰西宣战，向德意志宣战，向荷兰宣战，向美利坚宣战，向日本宣战，向意大利宣战，向奥地利宣战，向世界所有意欲征服中国的列强宣战！无论我国忠信胄，礼义干橹，人人敢死，既土地广有二十余省，人民多至四百兆，何难靡彼凶焰，张国之威！不想以一弱国而抵十数强国，竟如以卵击石，如今我们的国都正被列强践踏，我们的人民正被敌人屠戮，我无力保民，也无力护己。列祖列宗啊，你们辛苦打下的江山，就要丢在我那拉氏的手里了。我如今跪在你们面前，恳请你们饶恕，也恳求你们明示，我到底该怎么办，我到底该怎么办啊……"

只有皇上没有哭。他坐在泥水里，神情呆滞地望着她，既没有感到诧异，也没有丝毫的悲伤。我的目光从他的脸上匆匆扫过去时，他的目光刚好从太后的脸上迅速扫过。就在这一瞬间，我发现他冷漠的目光中，夹杂着几许怨毒和凶狠，那是刀子一样的目光，锋利得可以杀人，但那目光一闪即逝，很快就恢复了麻木的状态，满身是泥，像被大雨淋湿的泥胎塑像。

雨越下越大，云中的闪电带着铜音嗡嗡地抖动，她的长篇忏悔，在雨声和雷声中被分解成无数个断断续续的碎片。

后来我想，太后回銮后大力推行新政，也许就缘于那一刻的幡然悔悟。她派大臣出国考察宪政，依照英日的制度，制定宪法，设立议会，比当年的康梁下手更狠。回想起那天发生的一切，只有一点令我百思不解：既然皇帝要杀太后，那么在太后危在旦夕的时刻，皇上为什么要救她？或许，杀太后只是康党的鼓吹而非皇上的本意；或许，皇上要以自己的方法除掉太后，却不愿皇家的尊严以那样的方式受到践踏……

雨声渐渐停了,人们的哭声也渐渐止住,只有四格格,衣服凌乱地裹着,靠在一块石头上,低声抽泣,一片寂静中,那声音仿佛从荒原中掠过的一只麋鹿一般惹人注目。太后的面孔沉静下来,面向四格格,严肃地说:

"你辱没了皇家的尊严,你得死。"

又对吴永说:

"把她拖远点,别叫我看到她的血。"

凌乱不堪的四格格就这样被拖走,变成一股号叫,越来越远,后来,所有人都听见砰的一声枪响,四周突然变得无比安静。

太后说:

"走吧!"

吴永就带领着我们,向怀来县城进发。每个人的心里面都沉甸甸的,如鲠在喉,咽不下去,吐不出来。所以,剩下的路程,每个人都默不作声。旅途沉闷得令我几乎窒息。突然间,我听见太后在马车里轻轻地吟诵:

> 皇天之不纯命兮,
> 何百姓之震愆!
> 民离散而相失兮,
> 方仲春而东迁。

> 去故乡而就远兮，
> 遵江夏以流亡。
> 出国门而轸怀兮，
> 甲之鼍吾以行。
> ……

我不知她念的是什么经，后来皇后告诉我，那不是经，是屈原的《哀郢》，意思是天命无常，楚国的郢都被攻陷，百姓流离失散，我逃出城门，内心无比痛苦。她说，故楚破国之日，纪南一带的天空中飞来悲雀无数，遮云蔽日，凄啼斗杀，仿佛一场天谴，或者提前敲响的丧钟。

第八十六章

那天，一直郁郁不得志的怀来县县令吴永正在自己破旧的衙门里借酒浇愁，突然收到一封紧急公文，他醉眼迷离地展开那团烂纸，发现里面的字迹已经模糊，那些零零散散的词句更像某种暗语。仔细辨认，他才读懂公文的内容：

皇太后　　　满汉全席一桌
皇上

庆王　　　各一品锅

礼王

端王

肃王

那王

澜公爷

泽公爷

定公爷

肃贝子　　各一品锅

伦贝子

振大爷

军机大臣　　各一品锅

刚中堂

赵大人

英大人

……

随驾官员、军兵不知多少，应多备食物粮草

吴永手里抓着那张烂纸端详了半天，师爷说，这份公文必定是假的，太后、皇上怎么可能到我们这个鸟不拉屎的地方来？兵荒马乱的，一定有人趁火打劫，想捞上一把。吴永也起眼睛

想了想,嘴里却蹦出两个字:

"接驾!"

吴永在做出这项决定的时候,几乎没有任何可资参考的信息,他甚至不知道国都已被外国军队占领,大清国的最高统治者已经去向不明。唯一的信息,是他知道义和拳已经把天下搅得天翻地覆。吴永从一开始就对义和拳持坚决的反对态度,在他眼里,那些所谓的法术着实荒唐透顶,他在县衙前张贴布告说:

> 怀来境内,无论何人、何地,均不得设有神团、坛宇及传习布煽等事,违者以左道惑众论,轻则笞责,重责正法。

没过多久,怀来的监狱就人满为患了。

这么多的人犯,在监狱里挤在一起,亲密无间,晚上睡觉的时候,所有的人必须侧着睡,如果平躺,就会有人睡在别人的身上。由于身体紧紧贴在一起,就会产生另一种作用,有的人胯间之物会在夜晚悄然勃起,嵌入另一个人身体的凹缝中,严丝合缝,接下来就是一阵拳脚,进而转变为一片混战。吴永管不了这些,反正他们都被关在牢房里,闹不出去,如果打死人,只要打开牢门,把尸体拖出去就可以了。大小便都在牢内,有一恭桶，常常要等粪便堆满，狱卒才捂着鼻子，把他们拎出去。据说有人扛不住了，诈死，拖出去时被吴永发现了，打了五十大板，又扔回牢房。

然而，在乱云飞渡的非常时期，谁也摸不清政治的风向。吴永收到朝廷的谕旨，要求各级政府"奖励团民"时，站在那里半天回不过神来。他不能抗旨，于是下令开狱放人。拳民们从漆黑的牢狱里汹涌而出，把县衙围个水泄不通，以关门打狗的方式，把吴永痛打一顿，然后捆绑起来，拉到神坛前，画符念咒，准备砍头。千钧一发之际，乡里的族长赶来，百般劝解，又以家产贿赂，才救了吴永一命，此后吴永闭门不出，门口每天站着几名持枪的士兵。而他则整日以酒浇愁，不知等待自己的，将是怎样的命运。

吴永就是在这样的处境下，接到了延庆州的公文。他的脑子里立刻产生了一个直觉的反应：义和拳一定是闹到了不可收拾的地步，朝廷一定出大事了。从时间节点上判断，这非常符合逻辑。而且，把真当作假，比起把假当作真，后果更加不堪设想，于是，他做出了一项孤注一掷的决定：

"城内所有绅士官民都要全力做好接驾的准备。有敢阻遏者，格杀勿论！"

当我从吴永口中听到他的遭遇时，心中暗暗苦笑，因为这封公文的发出，同样经历了一番波折。那天我和崔玉贵把生玉米交给荣子，请她们伺候着主子们吃下，我们就沿着缝隙粗大、凸凹不平的青石官道，前往延庆州府了。暮色中，我们远远地看见城墙的剪影，在苍茫的荒野上浮现出来，高大突兀，走近，发现四面城门都关着，把守城门的，还是义和拳的拳民。我们说有事要进城，拳民不肯，大刀架在我们脖子上，我浑身一激灵，赶忙往后退了两步。崔玉贵灵机一动，说我们也是拳民，是东路催粮的人，把门的人反反复复看看我们，头一甩，说：进去吧！因为义和拳断粮了，他们的眼睛都饿绿了，多次派人出城催粮。我们摸到官衙，就往里面闯，被衙役拖出来，扔到街上。我的屁股摔得生疼，一面揉着屁股，一面想，我李连英是紫禁城的太监总管，虽为刑余之人，毕竟手下统领着几千名太监，就连朝中的军机大臣，像李鸿章、翁同龢、刚毅之流，也没人敢和我李连英过不去，现在，我竟然变成一堆肮脏的垃圾，被他们扔到臭气熏天的街上，这事绝不能善罢甘休。我和崔玉贵于是躲在巷口，耐心等待。终于，机会出现了。天渐渐黑下来的时候，延庆知州秦奎良乘着轿子出了州衙，我埋伏在暗处，悄悄地盯着那抬轿子，心想，这是我们唯一的机会，绝对不能错过。想到这里，我的心嗵嗵直跳，等轿子从我面前经过时，我便冲上前抱住了抬轿的衙役的腿。突如其来的力量，使轿子差点倾翻过去，秦奎良的脑门磕在轿帮上，撞出一个青色的大

包。他大叫一声:

"何人……"

他话音未落,我就冲上前去,一把把他拽出来,我俩像摔跤一样,一起重重地摔在地上,他被我压在身下,闷闷的声音从地面上传来:

"何人如此大胆!"

我答:"是我,李连英!"

听了我的名字,他心头定然一惊。李连英这个名字,如今的大清国谁人不知?我松了手,我们的屁股便着了地,七扭八歪的身体变成了坐姿。他打量着我,心里一定在盘算着这句话的可信度——是一个荒唐的玩笑,还是意外的奇遇?他虽然什么都没有说,但他困惑的表情已经把他的内心活动表露无遗。他想了许久,还是没有答案,只好问:

"你可有凭信?"

我说:"宫中每年冬天取暖用的木炭,都是延庆州进贡的。所以,每年都有几十万斤木炭从这里运到西四,那里管收炭的太监,名叫李六指,您说对吗?"

他疑惑的表情突然放松了许多,却还是不敢完全相信,说:

"我怎么知道你不是道听途说?"

我急了,急得满脸是汗,猝不及防地,做出了一个不合常理的举动——我忽地起身,把裤带解开,把那条破旧的粗布裤子退到膝盖的位置上,露出我此生最大的耻辱。这一举动不仅出乎知州的意料,甚至出乎我自己的意料,连我自己也不会想到我会如此决绝,如此不顾脸面——一个太监,虽贵为总管,终究是奴才,还有什么脸面可言?从我的下腹到两腿之间,干干净净,什么也没有,只有一片表面光洁、却又像树叶一样皱皱巴巴的皮肤,那是命运给一个十岁少年留下的耻辱印记。我突然想起"快刀刘"抓过我的小辣椒时,两腿间麻酥酥的感觉,几十年之后,他掺杂着浓重酒气的话在我耳边再度响起:

"十岁,大了点儿,可要多受点罪。"

不知怎的,我鼻子一酸,两行辛酸的泪滚落下来。

秦奎良忽地就跪下来,四爪着地,赶紧给我叩头,说:

"下官有眼不识泰山,不知李公公来此,望李公公开恩恕罪!"

我把裤子提上来,系好裤带,又把他搀起来,说:

"兵荒马乱,谁照应得了谁啊,我不怪你,只要大人不怪罪我的唐突便好。不过,太后如今就在岔道城,正忍饥受苦,你该去救驾才是。"

秦奎良的表情突然凝住了,我知道,他的大脑正处于停滞状态。太后突然到达,这对于延庆来说,是多么大的荣光,一个延庆知州,恐怕这辈子也难于进宫和老佛爷见面,然而,不期而至的大驾,却给他出了一个天大的难题。半晌,才说:

"这里早已成了义和拳的地盘,州衙早就瘫痪了,诸事要和拳民商量,城内断粮已久,百姓死的死,逃的逃,树皮草根都快吃光了。只是寒舍里还有几只黑窝窝头,请公公进呈太后。实在寒酸,不知太后是否嫌弃?"

我心中一阵发麻,嘴上却说:

"好!好!怎么也不能让太后她老人家挨饿。"

他带着我们回到州衙,让衙役到后厨拿了窝窝头,找了一个干净的帕子,包好,交给我,然后想了想,又回到堂上,写了一封书信,铃了印,说:

"太后下一站去怀来,这是给怀来县的公文,我这就派人送去,那里受义和拳之扰轻些,或许可以想些办法,至少,公公可以有个凭信。我的权力,也只有这些了。"

我道了谢,和崔玉贵走出州府的时候,雨又大了,似乎要冲尽人世间所有的尘垢。我们顺着街道上的石板走着,凸凹不平的石板,在我的脚下晃动着,我踩上去时,另一侧就会涌出一股泥水,让人没有安生的感觉。我把那包窝窝头揣在怀里,两手抱着,比在宫里呈递御膳还要小心。如果忽略那张去向不明的公文,这几只其貌不扬的窝窝头,就是我此行的全部收获,而且,它们可能随时要了我的命。对于饥饿的拳民而言,这些食物完全可以构成他们杀人的理由。义和团置对手于死地的方法灵活多样,不拘一格——剁、舂、烧、磨、活埋、炮烹、肢解、腰斩等，一应俱全。京城早有这样的传言："其杀人之法，一刀毙命者甚少，多用乱刀齐下，将尸剁碎，其杀戮之惨，较之凌迟处死为尤甚。"

我们摸着黑回到太后住的院子里，悄悄进了太后的房间，以为太后已经睡熟，不想黑暗中传来太后的声音：

"回来啦？"

我赶忙上前，从怀里掏出窝窝头，找了一块帕子擦干，递到太后面前。

太后接过窝窝头，掰下一块，放到我手心里，说：

"你们也吃吧，都饿了。剩下的，给皇上、皇后送去。"

接到延庆州公文，吴永的身体里仿佛突然打了鸡血，把手里酒杯往桌上狠狠地一摔，走到院子里，呼来衙役，带着七分醉意，喊道：

"赶紧安排人，把县城所有的城门都给老子扒开！"

怀来县城有东西南北四个门，除了西门以外，其他各门早已被义和拳用砖石泥土堵得严严实实，太后和皇上自东而来，绝不能让他们绕道西门进城。吴永打了一个响亮的酒嗝儿，感到自己的血一阵阵地往头上涌，呼叫的时候，突然间底气十足，仿佛唱戏一般，浑身上下都已经贯通。他突然想到，此时怀来县所有的城门都被义和拳把守，眼睛突然睁大，命令县衙里三十名衙役带上洋枪，全部集合，他在站成一队的衙役面前走了几步，说：

"子弹上膛，压得满满的，如果有人对抗，就给老子开枪！"

衙役们出发以后，吴永一个人在院子里逡巡，试图让自己兴奋的大脑尽快冷静下来。这是一个千载难逢的机会，他必须安排周密，有条不紊。此时，他心里开始盘算太后的路程：岔道城距怀来县五十里，他们如果明早出发，第一个可以歇脚的地方是榆林堡，那是一个大驿站。那样，他明天清晨就要出发，必须赶在太后之前到达榆林堡。其次，太后到榆林堡后，必须有饭吃，吃饭就要准备，虽然在此非常时期，满汉全席不切实际，但总要有肉吃吧。于是，吴永叫来厨师，要他马上准备好肉菜米面，赶到榆林堡做饭。厨师出城的时候，发现城门口和城墙外已经被义和拳和大批的饥民围住了，密不透风，便在腰上拴了根绳子，把一筐食物系在后背上，绳缒出城。就在吴永反复思量，所有的安排是否还有漏洞的时候，厨师满脸是血，跌跌撞撞跑来。吴永一怔，看了一下天色，说：

"你怎么还没走？"

厨师哭丧着脸说：

"小的刚出城，身上的食物就被饥民抢光了，他们抢我背后的那只筐，差点把我撕碎了。我一摸脑袋还在，就赶紧跑回来了。"

吴永略微思忖了一下,说:

"那就不要去了,就在县衙,准备埋锅造饭!"

厨师不知从哪里找来一头猪,杀了,放在一口大锅里煮。狭小的县衙此时成了一个厨房,一顿美餐正在那口白沫翻滚的大锅里脱颖而出。如果太后此时目睹后厨的景象,她或许会恶心得吃不下去——那里聚集着一堆一堆的烂菜叶,那是吴永积累起来以应万一的,所以当青绿的菜叶呈现出腐烂的迹象,他仍然节省着,没有食用它们,他没有想到它们会为太后派上用场;猪血灌满了一只生了锈的铁锅,上面漂着油沫,传出一股非腥非臭的气味;猪的各种内部组织如心、肺、肚、肠,被厨师一样一样用铁钩子挂在架子上,然后他就坐在一只沾满油污的板凳上,拎出一只血淋淋的肠子,泡在一只大铜盆里,一点点挤出里面的粪便,还没有把它们一样一样涮干净,就匆忙扔到沸腾的锅里,咕嘟咕嘟煮起来。血红的猪肉似乎对这种处境深怀不满,在大锅里不断翻滚、跳跃,吴永后来说,当猪肉由血红转变为酱肉色时,吴永悬在半空的心才落了地。

后来把一块一块的猪肉放进嘴里的时候,我想起颐和园天上干净的云、云下面荡漾的湖波、那些精美的食品和被擦得锃亮的器皿,太后端着甜碗子——御厨用甜瓜果藕、百合莲子、杏仁豆腐、桂圆洋粉、葡萄干、鲜胡桃、怀山药、枣泥糕等精心制造的消暑小吃,用小银勺一点一点往嘴里送。银勺如天空一样干净澄澈,在阳光下熠熠生光。颐和园,一个无比圣洁的国度,此时已远在天边。

没有豪华典雅的满汉全席,那口漆黑的大锅正酝酿着饥荒时代的美餐。四溢的肉香,在贫瘠的夜晚显得那么尖锐,势如破竹。它在成为某些人的享受的同时必将成为对另一些人的虐待。对于饥饿的人来说,没有什么比食物的芳香更加残酷,在胃的率领下,身体的其他部分都将离经叛道,因而,饥饿的怀来城,没有什么比县衙里的肉香更能招致危险。吴永让十名衙役持枪保卫那锅猪肉,寸步不离,另二十名衙役明天一早和他出发接驾。

果然不出吴永所料,深夜里,许多饥民在肉香的号召下,纷纷聚集到衙门口。他们身上的衣服已经像垃圾一样破烂不堪,层层堆积的汗酸和呕吐物的臭气混合在一起,日复一日地发酵成一种新的臭气,他们仿佛一片片的乌云,他们到达哪里,肮脏就到达哪里,所以县衙的衙役们,即使在黑夜里也能感知他们的到来,这首先是根据嗅觉,其次是因为它们是一种黏稠的黑,比黑夜更黑。他们聚集在衙门口,开始用乞求的目光望着衙役,有气无力地恳求放他们进去。后来,在肉香的催化下,他们渐渐失去了耐心,开始用力地拍打县衙的大门,最后,那一片黑色垃圾开始不顾一切地往里冲。这时,枪响了,枪又响了,紧接着就像炒豆一样密集起来，只有枪弹能够阻挡他们。枪声响起的时候，吴永正站在厅堂里，点燃一束香，插在祖上的牌位前面的香炉里，然后匍匐在地上，有条不紊地磕了头。如丝如缕的香气令他迷醉，使他的心变得沉着和静穆。他脑子里映出一片干净的田野，四周河水淙淙，干净明澈，田野上盛开着洁白的百合花，飘荡着花朵、稻草和雨水的清香。他说，蒙祖上阴德，才使他这个郁郁不得志的吴氏后裔，得以在怀来的地界上见到老佛爷。说到这里，他哭了，一丝腥咸的泪水流进他的嘴角。他慢条斯理地爬起来，用袍袖擦了擦眼角，又轻轻拍了拍身上的灰尘，然后走到庭院里，听到枪声越来越密集，随之而来的是一声声绝望的惨叫。然而，他脑子里想的，全是即将抵达的太后，而不是枪声和哭爹喊娘的叫声。没等太后从他的大脑中淡去，一切已经沉寂下来，只有烧肉的香气，孤寂地在院落里飘荡。

吴永一整夜没有合眼。他暖了一壶酒，嘴里哼着京戏，一口一口慢慢呷着等待天亮，他的坐姿和表情都是心平气和的。天一亮，他就跨上一匹肮脏的小马，带着二十名持枪衙役，接驾去了。出县衙的时候，他才看到满大街的尸体，横七竖八地倒着，以各种不同的表情打量着他们。那些枯瘦的身体，被后半夜的雨泡得膨胀起来，皮肤发出绸缎一样的亮光。他们小心翼翼地选择着尸体之间的空隙，缓慢前行。那时的他没有想到，等待他的，将是一场战斗，他们的敌人，却是与他们一样的官兵。

第八十七章

太后终于停止了哭泣。跪在泥坑里的吴永此时离她很近，但隔着雨雾他看不清太后的面孔，太后的脸如同在宫殿里一样躲在雨雾的后面，若隐若现，只有太后的声音是清晰的。太后问：

"你是满人还是汉人？"

吴永赶忙回答：

"回禀太后，小臣是汉人。"

太后又问：

"山河破碎，地方上的大臣都快跑光了，你如何能来接驾？"

吴永表情庄重地说：

"因为我相信。"

"你相信什么？"

"我相信太后，相信皇上，相信朝廷；我相信我们大清国千秋万代，永不会亡！"

太后紧抿着嘴唇，若有所思，突然，四十多年前说过的一句话，居然脱口而出：

"游戏败了,还可以重来;天下败了,就再无挽回之日了!"

偏居怀来、看不到任何晋升希望的吴知县,在太后的哭声中被载入了帝国的史册。后来的事实证明太后并没有食言,当太后逃亡队伍中的王公大臣——载漪、载澜、载勋、英年、赵舒翘等,被洋人作为战犯写进《辛丑条约》,被一一赐死或流配,吴永却一天比一天官运亨通。很多年后,我才知道,吴永原来是曾国藩的侄女女婿,曾国藩在世的时候,从来没有暗示其他官员关照过他,他自己也从来没有说破这一点。

但是现在,一片凄风苦雨中,政治显得太过遥远和奢侈,太后犹豫了一下,有点难为情地说:

"有……有吃的吗?"

或许那锅猪肉给了吴永底气,他豪迈地回答:

"有!微臣在县衙略备酒肉,恭迎太后、皇上!"

我看了一眼太后,说:

"太后车马劳顿,已经很久没有好好用膳了,现在有没有带吃的来?"

吴永回答:

"微臣想到了,随身带了些米,可以先为太后、皇上煮些粥喝。"

太后急切地说:

"粥很好!粥很好!"

吴永起身上马,马车在他的身后又动了起来,在风雨中像一只只飘摇的船,在两队官兵的护卫下进了榆林堡。此时雨已经变小,到后来变成若有若无的雨丝,雨后的路面十分潮湿,被激烈的雨水抽打过的路面粗粝而滑腻,低凹处凝着一层细软的油泥,马蹄落在上面时而打滑。榆林堡就顺着这条路浮现出来。这是一个很小的城堡,只有一条正街,路北有三家骡马店,这是给差夫驿卒预备的,可见从前差役往来频繁,只是现在已经空寂无人,所有的门都紧闭着,街上有很多乱兵,从我们的车前车后蹿过,他们与当今皇太后和皇上只有咫尺之遥,但他们对此一无所知。骡马粪的气味被雨后的地气蒸腾起来,呛得我们几乎无法呼吸。我看见吴永骑着马在榆林堡西头一家大的栈房前停下来,我服侍着太后下了马车,其他人也都下了马车,站在院子里。这是北房三大间,一明两暗,有很高的台阶。我先进屋观察了一圈,屋子中间有茶几、椅子、铺垫,堂屋东西两壁是木头隔扇,门口是竹帘子,墙上挂着字画,显然,这是一个没遭劫的屋子。

米粥的香气从后厨飘逸而出,在院子里徘徊。我们嗅到一股久违的味道,胃变得迫不及待。我匆匆给太后擦了把脸,厨役就把米粥端上来了,碗筷显然是吴永事先准备好的,可见他办事的精细。每人除了一碗粥,没有任何别的食品,唯独先送的两碗里有些细丝咸菜。太后就这样坐在炕上,埋起头吃粥。

我抬头看她，发现那只粗糙的瓷碗遮住了她的大半张脸，而她脖子上的吞咽动作，却节奏鲜明地暴露在我的面前。这个穿粗布褂的老太婆，与破旧的房子那么匹配，园子里的仙境岁月，已恍如隔世。吃完粥，太后把空碗递给我，轻轻问：

"荣子有水烟吗？"

荣子答道："水烟、火镰全带上了，就是没烟袋。"

我赶忙去找，一跨出院，看到吴永，依然恭敬地候在那里，被雨淋透的蓝缎官服紧紧地裹在他瘦小的身上。我说，能不能去给太后找一个烟袋来。吴永立即转身走了，没过多久，烟袋送来了。我对吴永说：

"吴大人立功了，请吴大人亲自给太后送去吧。"

吴永答：

"能孝敬太后她老人家，是我辈的福分。"

吴永于是跟在我的身后，把那只烟袋亲自递到太后手里。太后问：

"此次西狩甚为仓促，皇帝、皇后、格格们都是单身出来，没有替换的衣服，你能不能给找些衣裳替换一下？"

县官跪下，回禀说：

"贱内已经亡故，只有臣母尚有几身遗物，还在臣的身边，皇太后不嫌粗糙，臣竭力供奉，等到县衙，便可取出奉上。只是，这些衣物过于粗陋，有辱太后、皇上圣体，恳请太后治臣死罪!"

太后有些动容,似乎一瞬间被他感动了,爱惜地打量着这位年轻的官员。半晌,又低声对他说:

"能找几个鸡蛋来,才好!"

县官答道:

"臣竭力去找。"

说完,扭身出去了,过了一会儿,县官亲自用粗盘托着五个鸡蛋并有一撮盐敬献给老太后,说各家住户,人都跑空了,只能挨户去翻,在一只空鸡窝里,找出五个鸡蛋,煮好后呈给太后。又说,微臣知道老太后一路劳乏,特备轿子一顶,轿夫都是抬轿多年,往来当差惯了的,请老太后放心。趁他说话的时候,我洗手,给老太后剥好鸡蛋。太后没有发出任何声息,就把三个鸡蛋吃下去了,剩下两个鸡蛋,她让我拿给皇上,不必给别人。然后,太后就歪在床上,又吸几管水烟,迷离的烟雾遮住了她的脸。

我们在这里没有久留,又上了马车,随吴永前行。此时的怀来县,已经面貌一新,义和团已经被用枪打散,所有的城门洞开,东门外还用黄土垫道,一切都是在一夜间完成的。街上空空荡荡,那些东倒西歪的尸体已经踪影全无,整座县城像一个初生的婴儿一样干净和纯洁,这令太后非常满意,只是县城里安静得一丝人气也没有,只有成群的乌鸦,在阴晦的天空中盘旋，呱呱地叫着，让人心烦意乱。太后、皇上的马车直接停到官衙门里内宅门口。吴永把整个官廨腾出来，作为临时驻跸的行在，显得异常尊敬也显得格外亲切，又容易保护他们的安全。正房三大间，大概是县官的卧室，太后就在这里安歇。这里陈设不多，却很雅洁，尤其西面一铺床，湖色软缎子夹被，新枕席配上罗纹帐子，垂着山水画卷的走水，两个青绦子帐带，颇不俗气。中堂的北面，一个条山的架几，一张八仙桌子，两把太师椅，鲜红的椅垫，布局很匀称。正房东边有两间矮房，是耳房，和正房隔山相通，便于下人们伺候。皇上住外院的签押房，是县太爷办公会客的地方。跨院西花厅三间，皇后、小主、格格们住在里面，大阿哥溥儁、溥伦和皇上望衡对宇而居。我和其他太监住在正房的耳房里，伺候太后方便。县官的女眷都避在西北角的平房里。

安顿之后，吴永立即传膳。太后看到他官服破了，鞋已经露出了脚趾，心疼地说：

"量力为之，毋过劳苦。"

吴永略微一笑，退下了。

当熟猪肉摆进洁净的餐具，那口血沫翻滚的大铁锅内污秽不堪的景象便消失无踪了。猪头、猪身、猪腰、猪肠，已经看不出原来的形状，在厨师精巧的刀工下，变成一个个整齐的碎片，在各种蔬菜的映衬下，鲜艳生动。厅堂里总共摆了三桌，太后一桌，皇上一桌，皇后和格格们一桌。太监宫女，只能在伺候完主子以后吃点剩饭，但那些残茶剩饭，如今也美不可言。逃出宫殿以后，这是我们第一次开荤，所以，这一天对所有人来说都是一个值得纪念的日子。没有人说话，人们都专注于吃饭，寂静中只能听到碗子与盘子轻轻磕碰的声音，每个人都吃得满脸流油。我突然间看见那不是一群人在吃饭，是一群猪，拱着食槽纷纷抢食，嘴里发出噼噼啪啪的声响。我吓了一跳，突然有种想吐的感觉。我定了定神，发现那群人又复原了，还是大清国的皇族，不分长幼，在满桌的鸡鸭鱼肉面前一往无前。

膳罢，吴永送来了四个包袱。我命几个小太监把这些包袱拿到太后面前，打开一看，有蓝薄呢子整大襟袄一件，深灰色罗纹裤子一条，没领软绸汗衫一件，半截白绸中衣一条——这是给太后的；打开另一包，是江绸大袖马褂一件，蓝绉长袍一件，另备随身内衣一套——是给皇上的；第三包是皇后、小主、格格们的，因为都是旗人，打点的都是男人的长袍丝裤；当打开最后一包时，女人们发出一声齐齐的惊叹，全新的袜子，都是细白市布做的，大约十多双，她们在逃亡中几次遇雨，脚在湿袜子里沤着，苦不堪言，所以，没有什么比这些洁净的袜子更令人惊叹。吴永从某种意义上拯救了太后，不仅因为他牺牲了一头猪的生命巩固和延续了太后的生命，而且因为他坚决地捍卫了太后对于清洁的信仰，那些衣物和袜子都是至为珍贵的，不是因为它们豪华，而是因为它们干净，在仓皇的道路上，干净比豪华更加重要，所有在风雨和泥泞中奔波的人都会认同这一点。在宫殿里，只有我能让太后满意，在宫殿之外，我无能为力，而吴永，则及时地填补了这个空白。连我自己，都要从吴永这里得到好处——我在路上足踝骨被有毒的牛蝇叮了，渐渐肿起来，雨水一泡，流出了白色的脓水，走路一跛一点，老太后就把毡靴子赏给我。太后看着眼前的衣物，微微点头，说：

"这个人有分寸，很细心，是朝廷可以倚仗的人才。"

这时，小太监又抱来两个梳妆盒子，里面装满了梳篦脂粉。太后微微颤抖着，打开一个梳妆盒，说：

"三天没照镜子，不知成什么样子了。"

镜子里映出的是一张苍白、疲软和萎缩的脸，仿佛花的碎屑一般，逃亡已经把她修改成另外一个人，她不再是那个有着严重洁癖的皇太后，而是一个能够吃脏馒头、伴着棺材入眠的农村老太婆。由于沿途没有干净的水，尽管我每天仍然给她梳头，但她的头发已然干枯和蓬乱，发梢飞着，很难梳理齐整，更重要的是，过度的疲劳使她的眼神变得有点游散和呆滞，很难聚拢起来。我原想为她梳洗打扮之后再让她照镜子，但她迫不及待，镜子里呈现的那张脸，一定让她感到陌生。

荣子和娟子赶紧打水，为太后洗头洗脸擦身。我给老太后细心地梳头，湿漉漉的头发像干净的河水从我的指缝间流过。

我把过去的盘羊式改成了两把头，然后，又给她上了妆，此时，从镜子里浮现出来的面容已经改进了许多，她又恢复了从前的高雅华贵，只有一份倦容无法掩盖。太后轻轻叹了口气，想说什么，又咽回去了。

太后从这一天开始，脱去了那身粗布蓝褂，恢复了旗装。那个困苦不堪的老太婆，又恢复成我们记忆中的皇太后。

这时，人们听到一阵嘚嘚的马蹄声，自远而近，越来越清晰。狐疑中，一个人已经冲到太后身前，跪倒磕头。太后像所有的人一样，疑惑地看着他，他抬头的瞬间，太后忽然大声叫出他的名字：

"王文韶！"

这人就是军机大臣王文韶。他给太后带来了一个好消息：军机的一切信印，他都带出来了。说着，他把一个包袱高高举过头顶。无法想象，那个平常无奇的布包，囊括着朝廷的最高权力。控制朝廷的权力，就这样重新回到了太后的手中，她无论身在何处，都能行使她的权力了。所有人都瞬间凝在那里，目光聚焦到那个粗布包袱上，太后的手停顿了片刻，把包袱捧在怀里，轻轻颤抖着，把它解开，那些玉石印玺在灯光下发出润泽的光芒，照亮了她的眼睛。她立即传谕，声音激动得有些发抖：

"明日一早，所有军机上朝议事！"

第二天吃完早饭,太后出现在堂屋东面的太师椅上,梳着两把头,正襟危坐神态端庄;皇上穿青色马褂,浅蓝的绸衫,雪白的袜子,坐在西面,郑重体面。地上铺好拜毡后,所有军机大臣上前,行礼如仪。官衙成为一座临时的宫殿。我退下,在下房侍候,不知他们说了什么,只知道王文韶又骑上那匹快马,连夜回京。那时的京城,早已是洋人的天下,一种预感涌上我的心头——太后对于流亡生活的忍耐已经到了极限,朝廷已经准备议和了。

第九十四章

当初给李鸿章的懿旨发出后,所有人都伸长脖子,等待着李的回应。帝国内许多焦灼的目光,都投向那个偏居岭南的白发老人身上。

但是岭南太遥远了,所有的目光都半路夭折了。没有李鸿章的任何消息。

李鸿章只能以只言片语的形式,在太后与荣禄、王文韶、赵舒翘、载漪等人的议论中存在。这些只言片语慢慢在我的心中黏合起来,形成了一个关于李鸿章的模糊不清的轮廓。

据说李鸿章在收到荣禄草拟的要求"即刻北上,协助总理衙门与洋人交涉"的电报时,正在庭院里散步。那时广州刚刚下过一场雨，院落里的芭蕉绿得诱人，空气里散发着醉人的味道。李鸿章读罢电文，张开鼻翼，贪婪地吸着空气，然后把手中的电报纸捏成一团，扔到墙角里，自嘲地说：

"朝廷的电报发错了吧，太后是不是忘了，老夫是有罪之臣，如今的朝廷，是荣禄的天下！"

李鸿章在岭南闲云野鹤的生活被来自太行山麓的一封封加急电报打断了。帝国中那个缺席的大臣，几乎每天都在军机大臣们的庭辩中出现。载漪是各国事务衙门的总理，但他的办事能力远远无法与李鸿章相比，更重要的是，在这个沦落的帝国内部，唯有李鸿章压得住场，能在洋人面前保持体面和威严。

十三道金牌接踵而至：

"凛遵前旨，迅速来京，毋稍刻延。"

"前迭经谕令李鸿章迅速来京，尚未报启程。如海道难行，即由陆路兼程北上，并将启程日期先行电奏。"

……

"命直隶总督由李鸿章调补，兼充北洋大臣。"

"北洋大臣"，这个词像一粒火星，把李鸿章烫了一下，他一定想起了什么。我猜，他一定想起了一片海，想起了海面上列队而行的一支雄壮的舰队。突然，他哭了，老泪纵横，还发出呜呜的声音。

侍女小红拿来手帕，为李鸿章拭泪。小红说：

"爷爷身体虚弱，请一定保重身子。"

李鸿章扭头，逼视着小红，问道：

"红儿，你说我是卖国贼吗？"

小红望着李鸿章，目光清澈：

"爷爷日夜为国操劳，哪里是卖国贼，分明是大大的忠臣！"

李鸿章胡子一抖，苦笑了一下，说：

"红儿真是稀罕，全天下恐怕只有你一个人说我不是卖国贼。当年甲午战败，老夫在日本春帆楼签下《马关条约》，老夫写的不是一般的名字，而是千古骂名啊。赔偿日本两亿两白银，割让台湾和澎湖列岛，那还是老夫在日本挨了一个枪子儿换来的。不然，大清国就要赔出三亿两白银。那粒子弹不偏不倚，打到老夫脸上，卡在老夫左眼下的骨头缝儿里，没有一个医生敢在这个位置下手术刀。老夫给朝廷的电报只有六个字：'伤处疼，弹难出。'老夫脸上缠着绷带签下条约。一个枪伤，值一亿两，如能免除赔款之苦，老夫就是浑身被打成筛子也在所不辞。可是老夫手腕一抖，两亿两白花花的银子，转眼就不见了踪影。全国上下，皆曰杀李鸿章。所有的杀李奏折中，唯有湖南巡抚陈宝箴的奏折与众不同，其他皆因我浩浩大清国败于一个弹丸小国而杀李，陈宝箴则因我李鸿章明知黄海一战不能取胜，却不能坚持避战，在皇上的压力和主战派的鼓噪下，贸然开战，是因老夫不能坚持己见而杀李——正是因为老夫不能固守己见,顶住压力,方酿成此祸。总之,从日本人那里归来,老夫突然发现自己已成全民公敌,面对满朝文武,老夫已经没有活路。老夫不战,逼迫老夫开战的是他们,开战不赢,要老夫的脑袋谢罪的也是他们。我大清国皇恩浩荡,满朝却尽是酒囊饭袋,说起贪污受贿,个个是行家里手,说起为国尽力,他们一不能拉弓,二不会放箭,除了纸上谈兵,对江山社稷,没有丁点裨益。而自咸丰三年,老夫的家乡安徽被长毛军攻陷,安徽巡抚江忠源战死,老夫便放下笔杆子,拿起枪杆子,加上家父和舍弟,吾家父子三人一起为朝廷打仗,老夫追随先师曾国藩,戎马关山,不知死了多少回。同治元年,老夫率领刚刚组建的三千淮军在上海虹桥与十万长毛军作战,当我军阵地就要支撑不住的时候,突然一杆大旗出现在最前面的阵地上,红儿,你道是谁?"

小红一脸茫然地摇了摇头。

李鸿章接着说:

"不是别人,正是我李鸿章。那年我正值不惑之年,血气方刚,举着大旗,亲自率领三个营向敌军的正面阵地上冲,居然冲乱了长毛的阵地,在老夫身后,我军大炮齐发,一场暴雨,也倾盆而至,长毛军顽固的心理防线开始动摇,终于在大雨中开始后撤,混乱中自相践踏,死者万众,浦东一带尸堆如山。我们这些脚穿草鞋、头裹破布、满嘴安徽土话、被人瞧不起的

'大裤脚蛮子兵'，居然以三千敌十万而胜，一举扭转了帝国大军在东南战场上屡战屡败的被动局面。好汉不提当年勇，但老夫毕竟是从成千上万的尸体中爬出来的，现在却轮到他们说话，声称唯有杀李才能雪他们心头奇耻大辱。老夫不服，回来面见太后，把一件血衣呈递到太后手上，然后就一言不发，跪在那里，等候太后发落。那是老夫在日本中弹时血溅的朝袍，太后的手紧紧抓着朝袍，凝视良久，突然间，她放声大哭，眼泪珠子似的，噼噼啪啪地落到朝袍上，一边抽泣，一边说，李鸿章是忠臣，不能杀，得活下去，他活着，朝廷就有希望，但北洋覆没，必须给朝廷一个交代，于是留了老夫的命，降了老夫的官，褫夺了太后御赐的黄马褂。你没有听见义和团进京时喊着要'杀一龙二虎三百羊'吗？'一龙'是指皇上，他反对义和团杀洋人，说这是以卵击石，必遭大祸，义和团恨他，认为他是洋人的走狗；'三百羊'是指一切办理洋务的国人；那'二虎'呢，一个是庆亲王、总理各国事务衙门的奕劻，另一个，就是我李鸿章了。"

我相信李鸿章一定对他的侍女说过这样的话，只为那个年轻的侍女，几乎是唯一一个可以让他说出心里话的人。李鸿章把血衣呈递给太后的时候，我就站在太后的身边。

小红扶着李鸿章坐下，诧异地看着他，他已经很久没说这么多的话了。

李鸿章手里捏着朝廷的电报，晃了晃，说：

"你看见了吧，现在朝廷缺卖国贼了，又想起我李鸿章了。看来我李鸿章真是一个天生的卖国贼啊！"

说完，李鸿章一阵大笑，紧接着咳嗽不止，身体随着咳嗽不住地颤抖。小红赶紧为他拍打后背。他把那只手帕捂到嘴上，拿开时，上面溅上了一团血迹，像一朵鲜艳的梅花。

李鸿章花了半天时间才把气喘匀，断断续续地说：

"他们没饭吃了，要我李鸿章把饭喂到他们嘴里去，不然，他们都得饿死。"

小红端来一盏茶，就在这时，又一封电报到了，李鸿章嚅动着嘴唇，轻轻念着电文：

现在事机日紧，各国使臣亦尚在京，迭次电谕李鸿章兼程来京，迄今并无启程确期电奏。该大臣受恩深重，尤非诸大臣可比，岂能坐视大局艰危于不顾耶？著接奉此旨后，无论水陆，即刻启程，并将启程日期速行电奏。

李鸿章读罢，从桌案上摸到一支笔，饱蘸浓墨，写了八个字。写字的时候，他的手腕微微抖着，他几度试图让手腕静止下来，但每次都事与愿违。写完后，他静静地打量几番，摇摇头，说笔力大不如从前了。然后把它交到下人手中，说：

"照此回电!"

那八个字是:

鞠躬尽瘁,死而后已。

他在小红耳边,小声把这八个字翻译成自己的话:
"满朝文武,也只有我李鸿章能当这个卖国贼了。"
沉吟半晌,又自言自语:
"一万年来谁著史,三千里外欲封侯。我李鸿章,道光二十七年进士,四十二岁任江苏巡抚,封肃毅侯、一等伯爵,戴双眼花翎,可谓雄心勃勃,如今却已两鬓皆白,垂垂老矣,怕是连卖国,都卖不动了。"

庚子年六月,那个满朝注目的老人终于走到了广州的"天字"码头上。那天刚好下了雨,广州闷热的天气里透入了几丝清凉。他高而瘦,双颊深陷,眼袋垂挂着,里面仿佛装着两个核桃,白胡须的末端倔强地向上耸着;青缎的官袍在风中抖动着,发出哗啦啦的声响,很有气势。士兵分列两旁,手持洋枪,神态庄严地向着这个颤巍巍的老头行注目礼,那是一个不平凡的老头,即使换上一身平常的装束,他也不会是市井里的那种老头,在夏日里坐在石阶上昏昏欲睡,帝国几十年的历史浓缩在他枯瘦的身体上，使这个貌似平常的老者拥有了一种不凡的气势，即使在人群里，也一眼能看出他的不同。他的表情，在雍容与凡俗之间划出了一条永远无法逾越的鸿沟。这个世界上没有一个人能够扮演李鸿章，他们可以穿上中堂的衣服，模仿中堂的神态，但一举手，一投足，就和李中堂差出了十万八千里。

船终于开了，细雨霏霏中，向着多事的北方行进。我在聆听大臣们召对时知道，那时的南方，在李鸿章、张之洞等人的号召下，签订了《东南互保章程》，即使在义和拳"扶清灭洋"最惨烈的时候，作为洋务运动大本营的南方半壁也没有与洋人分庭抗礼，在庚子事变之后居然安然无恙。帝国已经不知不觉地分成了南北两个阵营，南方开放活跃而北方保守沉闷，而后来孙文乱党在南方的成功，想必也与这一政治环境密切相关。这是后话，根据朝廷的线报，那时的李鸿章，被幕僚刘学询搀扶着走过跳板，然后让刘学询找来一只藤椅，放在甲板上。开船后，他长久地坐在那里，一言不发，只是呆望着翻卷起伏的海面，那时他的表情无论怎样平静，内心一定是波涛汹涌。他或许在想，自己已经时日无多，这是他一生中最后一次眺望大清的江山了，所以每一排海浪、每一片岩岬，对他来说都有着特别的意义。若有若无的细雨濡湿了他的官袍，侍卫请他回舱休息，他不与理会，这个曾经的直隶总督，帝国最重要的封疆大吏,透过迷蒙的雨雾,已经看不清帝国的北方,不知道那一片混沌的景物中,暗藏着自己和整个帝国怎样的命运。

(本文选自《血朝廷》,
人民文学出版社,2020年版)

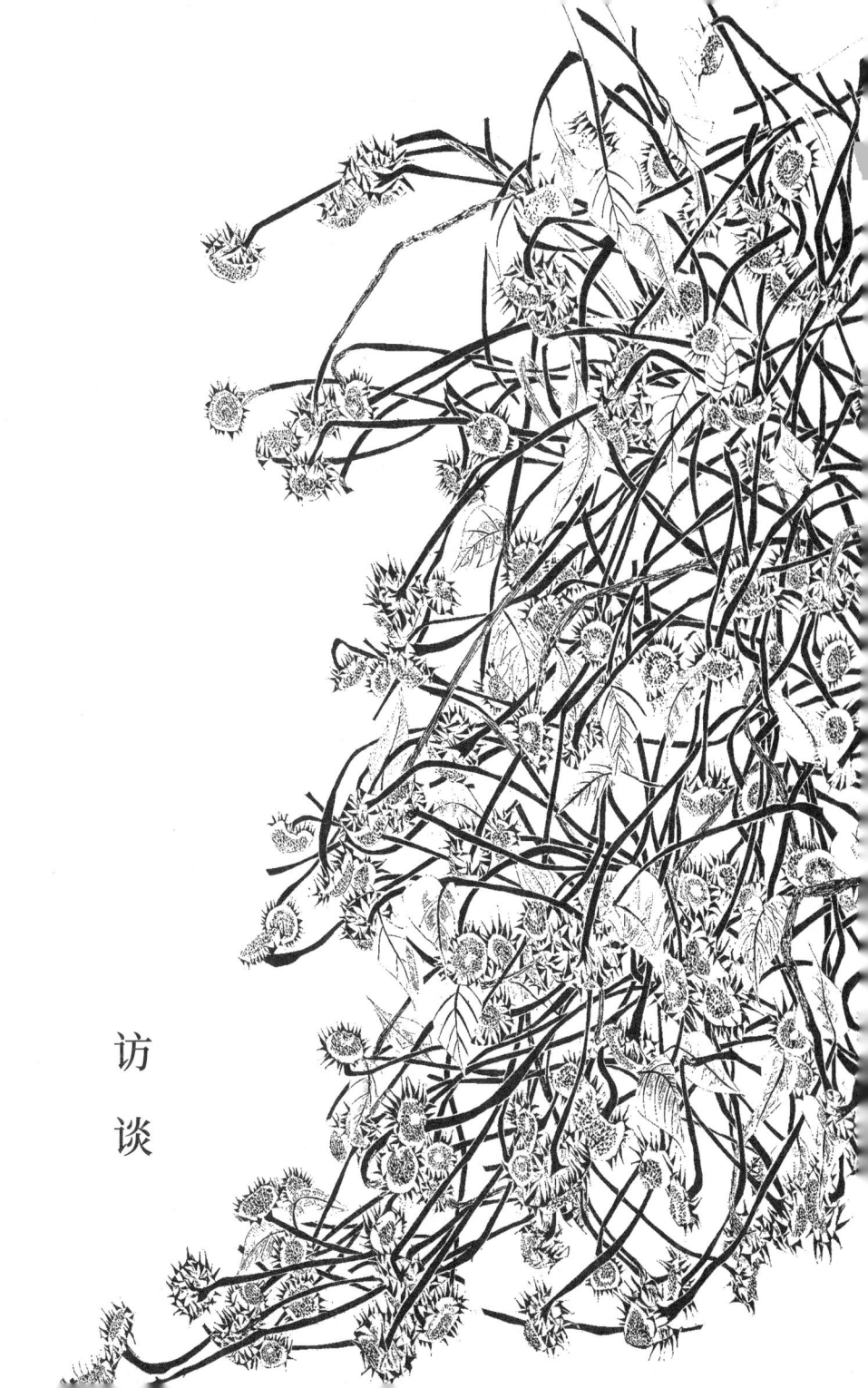

访谈

写一座凝聚了五千年文明之美的"城"

——答《文艺报》记者问

打捞历史，完成一个文化学者以当代视角对古老文明进行的独特解码与重述。

"这是一座凝聚了中华五千年文明的城池。"2020年，由明永乐帝朱棣宣布始建于公元1406年、建成于公元1420年的"紫禁城"六百岁了，与此同时，故宫博物院也迎来了成立九十五周年纪念。故宫六百年历史载入了新的一页，而这一页对多年来以故宫为主题进行书写、研究和传播的作家、学者、纪录片编导、故宫文化传播研究所所长祝勇来说，也终将难忘。这一年，祝勇出版了两部新作，一本《在故宫书写整个世界》总结了作家二十余年来以故宫为"精神原乡"的写作，另一本《故宫六百年》则以空间布局为序，通过对紫禁城几百年营造史与发展史的追溯，贯穿起五千年中华历史长河中的民族文明史与心灵史。从《故宫的风花雪月》中的器物文明到《故宫六百年》的全面书写，近十年来，祝勇用长达几百万字的主题书写构建起了一个纵横交错的时空之网与意义之网，试图以此来打捞历史，完成一个文化学者以当代视角对古老文明进行的独特解码与重述。

"它是中华文明无价的历史见证"

记者：今年，您故宫主题写作的"集大成"之作《故宫六百年》出版，全书首次将故宫作为一个整体，以其建筑布局为序，在时间长河的讲述中串联起了中华五千年文明史，这次跨度近五年的写作又是以您二十多年来对故宫文化的研究与书写为基础的。故宫建筑及其包蕴的文化思想中最触动您的是哪方面？

祝勇：故宫建筑本身是对中华文明的一种承载，其中体现的中华文化的多元融合是故宫建筑群的最大特点。紫禁城的空间布局形式中承载着一种"天人合一"的秩序关系。东西南北中，五行搭配五色，中国的美学、哲学都包含在其中。比如五行的象征，金水河属金，从西边而来，象征西方的昆仑山脉；东边属木，代表生长的力量，所以在太阳升起的地方布局了文华殿等象征王朝未来的建筑；而太和殿属土居中，象征着王朝的命脉。北京是天下之"中"，紫禁城是北京之"中"，这个

"中"的概念又体现了我们民族对于秩序的寻求和理解。同时故宫又不是按照某种单一文化礼制建造起来的。它以儒家思想为主，但同时又有阴阳、八卦等其他思想成分及文化元素在内，甚至一些西洋文化在故宫建筑中也有体现。这些多元文化在故宫里没有杂乱无章、各自为政，或是互相排斥、互相矛盾，而是有机融合，形成了一种和谐的有韵律感的美，形成了总体上和谐的一个"和声"。而太和殿、中和殿、保和殿三大殿中的"和"字，又是孔子所说的和而不同之"和"的一个很好提炼，"和"是中华文化的一大特点，故宫就很好地体现出了这一点。今天越来越多的人去关注故宫，更多还因为故宫本身的独特性，故宫现存文物总量186万件/套，这些文物贯穿了从新石器时代到今天的中华文明史，这些文物代表着我们文明当中曾经最辉煌灿烂的部分，这是故宫独一无二的价值，而这其中，紫禁城又是故宫所有文物中最重要的一个，作为人类星球上规模最大的古代木结构建筑群，也是规模最大的古代皇宫建筑群，从建筑到文物，故宫都是中华文明无价的见证。

记者：您曾说，"是中国人价值观的伟大成就了这座城的伟大"。在《故宫六百年》里，您着力书写了隐忍、宽容、牺牲、仁爱等中华文明中的正面光辉是如何永恒照耀着这座古老宫殿的。这种"温暖的写作"与世纪之初您以《旧宫殿》为代表的一些写作形成了某种对照,这种书写上的转向是如何发生的?

祝勇:在刚开始介入故宫主题的写作时,我曾对紫禁城中发生过的某些历史片段或历史的某些方面进行过批判式的书写,但在多年的写作中,我也同样坚定着另一点,那就是认识我们的文明或者文化需要从整体上去观照、判断。紫禁城的建立在"美"的原则上还体现着道德原则与道德诉求,但在六百年的历史进程与各种风云际会中,这些诉求能否完全实现却受着各种现实因素的影响。所以在这本新作中我想去写一写紫禁城中的人性光环与温暖。比如我写了明清两代帝王的孝道,像是康熙对并非生母的孝惠章皇太后一生的孝顺等。中华民族的儒家文明中一直就承载了很多正面的东西,孝道就是其中之一,清朝作为北方草原游牧民族入关后建立的王朝,能完全接受儒家文明的价值观,并体现在皇帝身上,就说明了文明的力量。再比如我写了明孝宗朱祐樘的一生传奇,他的"弘治中兴"是其登基后留在史册上很亮丽的一面,但在其政治生涯的背后,他最初的生命却是靠着宫殿里一群籍籍无名的宫女、太监等小人物的冒死护佑才得以留存的,那些看不见的手与发自生命中本能的"善"的默契让我在很长一段时间里都感到十分感慨。我还写到了故宫里一代代文人对中华文化始终不灭的信念。在书中第九章《一座书城》里,我写了咸丰四年(1854年)杭州私人藏书家丁申、丁丙兄弟于城内旧书店发现了曾被太平天国炮火所毁的杭州文澜阁所藏版《四库全书》残页，由此在民间发起的长达七年的《四库全书》搜寻补录工作，并于光绪八年（1882年）文澜阁重修完成后，将补抄整理后"几复旧观"的《四库全书》全部归还的前尘旧事。从中显露出了中华文化那种令人震撼的力量，这样的群体行为无人要求，完全出自一种自觉自发的使命感，中华民族历经磨难，但文化传承的信念却从未中断、磨灭过，这就是我们的文明能生生不息传到今天的原因。

"写作是深度体验文化的一个过程"

记者：您曾将自己从20世纪90年代开始的写作生涯分作三段，其中以故宫为主题的起于新千年伊始。2002年您辞去公职并开始了一段"游学"生活，这段经历对您之后的写作产生了怎样的影响？

祝勇：今年由人民文学出版社出版的"祝勇故宫系列"著作已有九本，这些作品囊括了我这些年故宫主题写作的主要部分。其中既有讲文物的《故宫的古物之美》（共三本），也有讲涉建筑及其背后历史的《故宫的隐秘角落》，还有《故宫六百年》这样比较综合的作品。从创作历程看，向故宫逐渐聚焦的写作主要发生在新千年的第一个十年，这十年我遍及全国各地的游走不断激发着我对传统文化的兴趣，并自然地形成一个汇聚，将我的目光引向故宫。回忆那段行走的经历，最真切的一个感受就是，我看到了传统文化在中华大地上留下的鲜活印记。我看到了最传统的造纸法、最古老的花布印染工艺等，这些技艺至今仍在当代生活中发挥着作用，这让我充分感受到了传统文明之美并激发了我极大的创作热情，同时我也感到，传统文化的面向实在太广阔了，需要找到一个可深入持久去挖掘的聚焦点，后来在千丝万缕的联系中我重新发现了故宫，发现了故宫里汇集的传统文明的精华。这样的经历让我后来从红墙外再回归到红墙里进行研究与叙述时，就始终保持了一个开阔的视野。再后来我写《远路去中国》，从世界的视角来对故宫文化进行体验与阐释，这种展开就更加立体、深入与广阔了，我认为这是一个很好的体认过程。面对故宫这样的庞然大物，该用什么方式把它写出来、表达出来？写作本身就是一个漫长的摸索学习及不断地加深认识的过程，是一个深度体验文化、产生变化的过程。

　　记者：作家宁肯曾说，您的写作将他心目中"知识层面的、常识中固化的故宫"变成了与个体相关的、可以感同身受的动态的故宫，这样的写作特色是如何形成的？从2013年出版的《故宫的风花雪月》开始，仿佛从中可以看出您在文化书写方面的宏大企图。

　　祝勇：我的《故宫的古物之美》中以收录的十八篇散文讲

述了十八件不同门类故宫文物的前世今生。在这些文物的背后，我想写的是整个文化这条河流大的流动，在我眼中，这十八件文物并不是海面上孤立的一座座孤岛，它们背后依托的是一个宏大的历史框架。海平面以下，岛屿的下半部跟整个大陆相连，我不想把它们从宏大历史中剥离出来，变成彼此没有联系的讲述，我想搞清楚他们各自的位置与彼此的关联，创造一个大文化的视角去解读故宫文物，这个视角可能基于中华文化，甚至要超越中华文化，从世界人类文化的视角，把文物当作一个文化现象去写，超脱绘画、书法这些具体的艺术形式与艺术史本身的研究范畴，在人类文明、文化的层面上去重新观照这些历史古物。

　　写作不能去重复别人。写故宫文物，从文化背景上来看，我是从艺术学、从外部进入故宫的，所以我的解读方法和角度一定也与"专业"写作有所不同。对艺术而言，"审美"和历史学、哲学都是可以打通的。比如我笔下的《清明上河图》《韩熙载夜宴图》，这些作品有很多前人研究过，但我选择在一个无限展开的空间里讲述它们，以更好地发挥我的特点。比如《韩熙载夜宴图》中我就提出了"最后的晚餐"主题，比如我写《十二美人图》，从它们跟雍正皇帝之间的关系入手，在解读中纳入了拉康的镜像理论，把"美人图"看作是雍正内心的自我指认。它们是一面镜子，借助这样的"媒介"，雍正得以确认自我，并通过这样的映照反映出其内心另一个理想的自我，这种解读偏离了纯粹的文物鉴定角度，以及艺术创作、艺术史的视角，通过跨界融合，我想把这些艺术品从一个狭窄的领域里"拉"出来，在我的知识结构中对文物进行新的阐释。这些阐释是基于真实史料的非虚构写作，每段故事情节甚至细节都有依据，但我不愿意机械地去复述历史，而是要带着当代人的思想和视角去打捞历史中的人物，这种写法本身又是文学的方式。历史学注重真实，文学关注的则是事实背后的人。作家只有抵达了这个"人"，其叙事和言说才能够真正完成。

"创造过这样辉煌灿烂文明的民族，是不可能轻易被打败的"

记者：在《故宫六百年》的最后一章，您饱含深情地写到了老一辈"故宫学人"的风采及抗战时期故宫文物南迁的伟大壮举与艰辛。可以说，故宫博物院从成立之初就是建基在对文物的研究与保护之上的。

祝勇："故宫文物南迁"对今天很多普通人来说已比较陌生了。但对故宫博物院甚至对我们国家的民族文明史来说，这都是历史上曾发生过的一件非常重要的大事。它指的是从1933年2月开始，为躲避日寇铁蹄，北平故宫博物院决议把部分主要文物迁出北平的一系列文物保护行动。这些文物后来辗转迁徙途经了大半个中国，搬运转移文物共一万九千多箱，当中还包括当时颐和园、国子监等其他文物单位的部分文物，整个文物迁徙规模的浩大，在整个人类文明史上都是史无前例的。在那样一个战乱的条件下，其中的艰辛也是难以想象。那时"故宫人"有一句话，"人在文物在"，所以才有了后来这些文物从北京走到南京，走到四川乐山、峨眉再到贵州等地，经历战乱却没有丢失、基本没有损坏的奇迹，这不仅是故宫的奇迹，也是我们民族乃至人类文明史上的一个奇迹。

去年故宫博物院申报国家重大课题的项目《故宫文物南迁史料整理与史迹保护研究》已获得通过，因此今年我最重要的一个任务就是作为总导演推进这部纪录片的拍摄完成。此前，我们已做过很多资料挖掘与整理工作，这些资料从故宫现存的很多档案乃至地方档案馆的相关内容中一点点挖掘出来，内容十分浩瀚。整个南迁过程长达十八年左右，空间范围波及大半个中国，甚至还涉及一些国外地区，因为在南迁过程中，我们一边"迁徙"，一边还在沿途的贵阳、重庆、成都、上海这些大城市办展览，通过展览宣传中华优秀传统文化，增强国人对抗战必能取得胜利的民族自信。这里边还涉及当时如何认识故宫文物价值的问题。溥仪退位后，国人对故宫文物的认识一度还存在一些争议，也有人认为故宫文物是封建帝制的象征，承载的是负面的价值。但是1925年故宫博物院建院后,那一代最初的故宫人一直就坚信,故宫里所有的文物承载的都是中华五千年的辉煌文明,因为创造这些文明的是中国文化,所以它们属于全体中国人民。也正是在这样的信念支持下,这些展览陆续举办,并且每次都能引起巨大轰动,其中一部分展品还被送往国外,通过对外展出提升中国的国际地位和国际形象,为中国争取抗战胜利赢得国际社会的舆论支持。通过这些方式,那一辈"故宫人"想让包括中国人在内的世界人民都看到,我们中华民族是一个多么优秀的民族,中华文明历经无数劫难依然走到了今天,文明没有消失、泯灭,没有断流,依然能创造出如此辉煌灿烂的文化,所以这样一个民族是不可能轻易被打败和征服的。

记者:今年初,您所在的故宫博物院影视所更名为故宫文化传播研究所,改名后您作为所长有何思考?

祝勇:故宫博物院现在提出了未来要向平安故宫、学术故宫、活力故宫、数字故宫四个方向努力建设的目标。在我看来,今天的故宫的确越来越有活力了,而这个活力的基础还是学术。在今天,故宫文化的传播更需要有一个正确的导向以及学术上的严谨。网络时代哪怕有一帧、一个字的错误,也可能会被截屏在网络上传播,所以我们必须得有责任感,必须传达正确的信息。在此基础上我们可以用一些年轻人更喜欢的方式，同当下的传媒变化相适应。比如前年《上新了·故宫》第一季，我们跟电视台共同合作，首次将文化综艺节目引入故宫，这在全国博物馆系统中都属前卫探索。又如今年疫情期间我参加的"613"故宫"云观展"线上直播，后来播放量据官方统计达到了两个多亿。当然这只是整个故宫文化传播中的一小部分。包括9月以来正在故宫举办的《丹宸永固——紫禁城建成六百年展》和《千古风流人物——故宫博物院藏苏轼主题书画特展》，都在通过各种方式吸引着国内外的极大关注。现在，对故宫感兴趣的人从原来中老年人、旅行团居多正转向年轻人越来越多，这是一个特别好的现象。但年轻人有时对传统文化了解不深，常停留在表面，所以在文化传播方面我们就应去寻找更合适的方式引导他们深入了解传统文化的内涵，使其知其然也知其所以然。像我们现在正做的"南迁"纪录片也在贯彻这样的想法。我们还在不断尝试，希望能逐渐找到一种新的更适宜的模式去表现这样一段宏大的历史。

这些年故宫博物院还办了很多大事，其中有很多都是不为外人所知的基础工作，比如自2001年申奥成功次年启动直至今年才完成的"百年大修"，还有2004年开始的长达七年的文物清理工作等。当年郑欣淼院长下定决心带领全院进行半个多世纪以来的首次彻底的故宫文物清点工作，其实就是一个非常大胆有魄力的决定。这其中牵涉的很多工作都非常复杂，比如连最简单的除尘和搬运工作，都因关涉到文物的保护而变得非常麻烦，很多重体力的劳动也不能交给别人，只能由故宫员工们自己来做。所以故宫人在许多方面都为故宫做出了很大贡献，七年后开总结表彰大会时，很多人当场流下热泪，因为这些年来实在太不容易了，终于完成了那样一个重要使命。那些工作将为今后故宫的发展与文化传播打下更坚实的基础。所以这次纪录片完成后我还准备继续写写跟故宫有关的知识分子等。我们第一批在故宫工作的学者中很多是北大教授，比如第二任院长马衡等，他们作为五四新文化培养起来的一批知识分子，把当时西方现代的考古学、文献学、历史学等方面的学科带入了故宫博物院，他们的到来使博物院从建立之初就打下了扎实的学术根基，也正是这些人，在当年那样艰苦卓绝的历史条件下，也从来没有怀疑过故宫文物的价值，他们心中有着一个信念，发自内心地觉得要保护好民族的文物，这不仅仅是完成一个任务，更是完成一项使命。这使他们在整个南迁过程中非常坚定，也因此才能克服那么多不可想象的困难。今天看来，这无数微小个体身上汇聚的精神与力量也正是我们中华文化与文明得以传承发展的原因。

(本文原载《文艺报》，2020年10月30日，记者：路斐斐)

祝勇作品要目

一、著作

1.《与梦相约》,北京:中国物资出版社,1993年

2.《文明的黄昏》,北京:中央编译出版社,1996年

3.《改写记忆》,北京:中国文联出版社,1999年

4.《禁欲时期的爱情》,北京:中国文联出版社,1999年

5.《手心手背》,北京:中国文联出版社,1999年

6.《你有权保持沉默》,郑州:大象出版社,2001年

7.《凤凰——草鞋下的故乡》,北京:中国文联出版社,2002年

8.《遗址——废墟上的暗示》,北京:中国文联出版社,2002年

9.《给堕落一个理由》,昆明:云南人民出版社,2002年

10.《天堂驿站》,北京:光明日报出版社,2002年

11.《蓝印花布》,北京:作家出版社,2003年

12.《旧宫殿》,北京:中国旅游出版社,2004年

13.《江南——不沉之舟》，北京：中国旅游出版社，2004 年

14.《北方——奔跑的大陆》，北京：中国旅游出版社，2004 年

15.《凤凰——草鞋下的故乡》，北京：中国旅游出版社，2004 年

16.《最后的罂粟》，北京：生活·读书·新知三联书店，2004 年

17.《祝勇序跋》，苏州：古吴轩出版社，2004 年

18.《旧宫殿》，沈阳：春风文艺出版社，2005 年

19.《1405，郑和下西洋 600 年祭》，石家庄：花山文艺出版社，2005 年

20.《江山美人》，北京：中国国际广播出版社，2006 年

21.《出走者》，哈尔滨：北方文艺出版社，2007 年

22.《反阅读——革命时期的身体史》，台北：联合文学出版社，2008 年

23.《稻城——香格里拉精神史》（合著），北京：人民出版社，2009 年

24.《旧宫殿》（修订版），北京：中国文联出版社，2009 年

25.《帝国创伤》，北京：中国文联出版社，2009 年

26.《江南：不沉之舟》（修订版），北京：中国文联出版社，2009 年

27.《北方：奔跑的大陆》（修订版），北京：中国文联出版社，2009 年

28.《双城记·紫禁城记》，北京：紫禁城出版社，2009 年

29.《双城记·长城记》，北京：紫禁城出版社，2009 年

30.《西藏——远方的上方》，南昌：百花洲文艺出版社，2010 年

31.《再见，老房子》，南昌：百花洲文艺出版社，2010 年

32.《非典型面孔》，北京：生活·读书·新知三联书店，2010 年

33.《纸天堂——西方人与中国的历史纠缠》，北京：生活·读书·新

知三联书店,2011 年

34.《血朝廷》,上海:上海文艺出版社,2011 年

35.《血朝廷》,台北:联合文学出版社,2011 年

36.《旧宫殿》(十周年纪念版),上海:上海文艺出版社,2012 年

37.《旧宫殿》(十周年纪念版),台北:联合文学出版社,2012 年

38.《祝勇散文精品集》,海口:南海出版公司,2012 年

39.《大师的伤口》,北京:海豚出版社,2012 年

40.《禁欲时期的爱情》,北京:海豚出版社,2012 年

41.《他乡笔记》,北京:海豚出版社,2013 年

42.《1894,悲情李鸿章》,南京:江苏文艺出版社,2013 年

43.《故宫的风花雪月》,香港:牛津大学出版社,2013 年

44.《故宫的风花雪月——破译故宫书画的"达·芬奇密码"》,北京:东方出版社,2013 年

45.《盛世的疼痛——中国历史中的蝴蝶效应》,北京:东方出版社,2013 年

46.《民国的忧伤——民国初年的宪政传奇》,北京:东方出版社,2013 年

47.《辽宁大历史——中华文明的抽样观察》,北京:东方出版社,2013 年

48.《十城记——中国城市的历史伤痛》,北京:东方出版社,2013 年

49.《血朝廷》,北京:东方出版社,2014 年

50.《纸上的叛乱——一个"散文叛徒"的文学手记》,北京:东方出版社,2014年

51.《旧宫殿》,北京:东方出版社,2015年

52.《西藏书——十年藏行笔记》,北京:东方出版社,2015年

53.《故宫的隐秘角落》,香港:牛津大学出版社,2015年

54.《故宫的隐秘角落》,北京:中信出版集团,2016年

55.《国学与五四——饮风楼读书记第一卷》,北京:东方出版社,2016年

56.《文字的城邦——饮风楼读书记第二卷》,北京:东方出版社,2016年

57.《故宫答客问》,北京:故宫出版社、海豚出版社,2016年

58.《在故宫寻找苏东坡》,香港:牛津大学出版社,2017年

59.《在故宫寻找苏东坡》,长沙:湖南文艺出版社,2017年

60.《国学笔记》,北京:故宫出版社、海豚出版社,2017年

61.《纸上的故宫——祝勇散文经典》,武汉:长江文艺出版社,2017年

62.《为什么唐朝会出李白——祝勇经典散文》,上海:上海文艺出版社,2018年

63.《故宫的古物之美》,北京:人民文学出版社,2018年

64.《远路去中国——西方人与中国皇宫的历史纠缠》,北京:人民文学出版社,2019年

65.《最后的皇朝——革命前夜的大清王朝》,北京:人民文学出版

社,2019 年

66.《故宫的古物之美 2》,北京:人民文学出版社,2020 年

67.《故宫的古物之美 3》,北京:人民文学出版社,2020 年

68.《在故宫寻找苏东坡》,北京:人民文学出版社,2020 年

69.《故宫的隐秘角落》,北京:人民文学出版社,2020 年

70.《血朝廷》,北京:人民文学出版社,2020 年

71.《故宫六百年》,北京:人民文学出版社,2020 年

72.《在故宫书写整个世界》,上海:上海人民出版社,2020 年

73.《讲给孩子的故宫·寻找宝藏》,北京:天天出版社、人民文学出版社,2020 年

74.《讲给孩子的故宫·纸上看展》,北京:天天出版社、人民文学出版社,2020 年

75.《讲给孩子的故宫·探秘建筑》,北京:天天出版社、人民文学出版社,2020 年

76.《讲给孩子的故宫·书法之美》,北京:天天出版社、人民文学出版社,2020 年

77.《讲给孩子的故宫·又见苏东坡》,北京:天天出版社、人民文学出版社,2021 年

78.《讲给孩子的故宫·从故宫到长城》,北京:天天出版社、人民文学出版社,2021 年

79.《故宫的书法风流》,北京:人民文学出版社,2021 年

80.《万卷如雪——祝勇谈散文》,北京:中国工人出版社,2021年

81.《纸上繁花》,北京:作家出版社,2021年

82.《故宫里的中国》,北京:人民文学出版社,2021年

83.《故宫的古画之美》,北京:人民文学出版社,2021年

84.《旧宫殿》,北京:人民文学出版社,2022年

85.《故宫文物南迁》,北京:人民文学出版社,2022年

86.《故宫艺术史1:初民之美》,北京:人民文学出版社,2022年

87.《故宫的古物之美》(增订版),北京:人民文学出版社,2022年

88.《在故宫看见中国史》,北京:作家出版社,2022年

89.《世事如潮人如水》,北京:作家出版社,2022年

90.《祝勇文学笔记》,沈阳:辽海出版社,2022年

91.《我的枕边书——祝勇品经典》,沈阳:辽海出版社,2022年

92.《历史的复活术——祝勇创作谈》,沈阳:辽海出版社,2022年

93.《尺素集——祝勇通信集》,沈阳:辽海出版社,2022年

94.《请教集——祝勇访大家》,沈阳:辽海出版社,2022年

95.《文学的故宫——祝勇答问录》,沈阳:辽海出版社,2022年

96.《祝勇散文精选》,武汉:长江文艺出版社,2022年

二、主编

1.《新锐文丛》,北京:中央编译出版社,1996年

2.《声音的重量:中国新文人随笔》,北京:作家出版社,1998年

3.《重读大师》(共两卷),北京:人民文学出版社,1999 年

4.《知识分子应该干什么》,北京:时事出版社,1999 年

5.《三声文丛》,广州:广东人民出版社,2001 年

6.《深呼吸散文丛书》,北京:中国文联出版社,2002 年

7.《新文人随笔丛书》,昆明:云南人民出版社,2002 年

8.《我们对于饥饿的态度》,北京:中国文联出版社,2003 年

9.《新散文九人集》,北京:中国广播电视出版社,2003 年

10.《一个人的排行榜》,沈阳:春风文艺出版社,2003 年

11.《阅读》(第1,2辑),北京:中国社会科学出版社,2004 年

12.《大家文丛》,苏州:古吴轩出版社,2004 年

13.《中国散文双年展》,昆明:云南人民出版社,2004 年

14.《永玉六记》,南京:江苏人民出版社,2005 年

15.《外国散文精品文库》,北京:中国国际广播出版社,2007 年

16.《台湾百年散文大系》,哈尔滨:北方文艺出版社,2008 年

17.《巴金译丛》,哈尔滨:北方文艺出版社,2008 年

18.《老橡树文丛》,哈尔滨:北方文艺出版社,2008 年

19.《〈收获〉50 年精选系列》,北京:中国文联出版社,2009 年

20.《布老虎散文》,沈阳:春风文艺出版社,2003 年出版至今

21.《21 世纪中国文学大系》(2003、2004、2005、2006、2007、2008、2009 年散文),沈阳:春风文艺出版社,2004、2005、2006、2007、2008、2009、2010 年

22.《巴金经典作品系列》，南昌：百花洲文艺出版社，2010年

23.《独立文丛》，北京：海豚出版社，2012年始

24.《紫禁城六百年》，上海：上海文艺出版社，2020年

25.《众流合注——新散文三十年》，上海：上海文艺出版社，2021年

三、影视

1.《1405，郑和下西洋》（总编剧），大型历史纪录片，中央电视台，2005年播出

获香港无线电视台（TVB）台庆大典最具欣赏价值大奖等多种奖项

2.《我爱你，中国》（总编剧），大型历史纪录片，北京电视台，2009年播出

获政府最高奖第21届中国电视星光奖、第25届大众电视金鹰奖优秀纪录片奖、中国十佳纪录片奖、第二届全国优秀电视文化（文艺）节目优秀大型纪录片奖

3.《辛亥》（总编剧），大型历史纪录片，北京电视台，2011年播出

获第26届大众电视金鹰奖优秀纪录片奖、第18届中国纪录片年度特别作品奖（与《舌尖上的中国》并列）、"光影纪年——中国纪录片学院奖"最佳创意奖、中国十佳纪录片奖

4.《岩中花树》（总编剧），大型历史纪录片，中央电视台，2011年播出

获中国十佳纪录片奖

5.《我们的故事》(总编剧),大型纪录片,北京电视台,2012年播出

6.《房山》(总编剧、联合导演),大型历史纪录片,北京电视台,2012年播出

7.《案藏玄机》(总编剧,合作),大型历史纪录片,中央电视台,2014年播出

获中国十佳长篇纪录片奖

8.《历史的拐点》(总编剧),大型历史纪录片,中央电视台,2016年播出

获第22届中国纪录片学术盛典十佳纪录片奖、第十一届中国纪录片国际选片会"十大纪录片"

9.《苏东坡》(总编剧),大型历史纪录片,中央电视台,2017年播出

获第23届中国纪录片学术盛典年度十佳纪录片及最佳编剧奖

10.《天山脚下》(总导演),大型纪录片,中央电视台,2018年播出

获第24届中国纪录片学术盛典年度作品、"光影纪年——中国纪录片学院奖"最佳摄影奖、"最值得关注的十部纪录片"(2018年)、"新中国70年纪录片百部推荐典藏作品"(2019年)

11.《上新了·故宫》第一季(总编剧),大型文化综艺节目,北京电视台,2018年播出

获上海电视节白玉兰奖(2019年)

12.《故宫文物南迁》(总编剧、总导演),大型纪录片,2021年,拍摄中

注 释

自 序

[1]〔北宋〕苏轼:《赤壁赋》,见丁放、武道房等选注:《宋文选》,第301页,北京:人民文学出版社,2014年版。

[2] 蒋勋:《美的沉思》,第3页,长沙:湖南美术出版社,2014年版。

永和九年的那场醉

[1]《兰亭序》,又称《兰亭集序》《兰亭宴集序》《临河序》《禊序》《禊帖》。

[2]〔南朝宋〕刘义庆:《世说新语》,第334页,郑州:中州古籍出版社,2008年版。

[3] 同上书,第336页。

[4] 黄裳:《故人书简》,第35页,北京:海豚出版社,2012年版。

[5] 同上书,第37页。

[6] 同上书,第35页。

[7]〔明〕杨慎:《墨池璨录》,见《景印文渊阁四库全书》,总第八一六卷,子部,第一二二卷,第3页,台北:台湾商务印书馆,1983年版。

[8] 张节末:《狂与逸》,第36页,北京:东方出版社,1995年版。

[9]〔唐〕房玄龄等撰:《晋书》,第906页,北京:中华书局,2000年版。

[10] 同上书,第1430页。

[11] 今江苏南京。

[12]〔南朝宋〕刘义庆:《世说新语》,第59页,郑州:中州古籍出版社,2008年版。

[13]〔唐〕房玄龄等撰:《晋书》,第1393页,北京:中华书局,2000年版。

[14] 同上。

[15]〔明〕项穆:《书法雅言》,见《景印文渊阁四库全书》,总第八一六卷,子部,第一二二卷,第251页,台北:台湾商务印书馆,1983年版。

[16] 扬之水:《无计花间住》,第16页,上海:上海人民出版社,2011年版。

[17] [德] 马丁·海德格尔:《存在与时间》,第288页,北京:生活·读书·新知三联书店,2006年版。

[18] [法] 艾玛纽埃尔·勒维纳斯：《上帝·死亡和时间》，第 7 页，北京：生活·读书·新知三联书店，1997 年版。

[19] 〔唐〕何延之：《兰亭记》，见故宫博物院编：《兰亭图典》，第 401 页，北京：紫禁城出版社，2011 年版。

[20] 明代李日华、近代余绍宋皆认为此文不可信。

[21] 如"岁""群"等字。

[22] 同上。

[23] 如"蹔(暂)"字。

[24] 〔元〕倪瓒：《清閟阁集》，第 362 页，杭州：西泠印社出版社，2012 年版。

[25] [德] 赫伯特·曼纽什：《怀疑论美学》，第 222 页，沈阳：辽宁人民出版社，1990 年版。

[26] 梁启超：《李鸿章传》，第 109 页，天津：百花文艺出版社，2000 年版。

[27] 李泽厚：《美的历程》，第 43 页，北京：生活·读书·新知三联书店，2009 年版。

[28] [德] 雷德侯：《雷音洞》，见[美] 巫鸿编：《汉唐之间的视觉文化与物质文化》，第 264 页，北京：文物出版社，2003 年版。

[29] 《宣和画谱》，第 93 页，长沙：湖南美术出版社，1999 年版。

[30] 〔先秦〕老子：《老子》，第 101 页，郑州：中州古籍出版社，2008 年版。

[31] 李泽厚:《美的历程》,第 43 页,北京:生活·读书·新知三联书店,2009 年版。

血色文稿

[1] "颜真卿特别展"展期从 2019 年 1 月 16 日至 2 月 24 日。

[2] 斯小东:《〈祭侄文稿〉:一期一会,一生悬命》,原载《南方航空》,2019 年 3 月号。

[3] 汤哲明:《颜真卿何以超越了王羲之》,原载《文汇报》,2019 年 2 月 21 日。

[4] 〔唐〕白居易:《长恨歌》,见孙明君评注:《白居易诗选》,第 22 页,北京:人民文学出版社,2005 年版。

[5] 〔唐〕杜甫:《丽人行》,见萧涤非选注:《杜甫诗选注》,第 30 页,北京:人民文学出版社,2017 年版。

[6] 〔唐〕白居易:《长恨歌》,见孙明君评注:《白居易诗选》,第 21 页,北京:人民文学出版社,2005 年版。

[7] 〔唐〕李白:《古风五十九首·其十九》,见《李太白全集》,上册,第 100 页,北京:中华书局,2011 年版。

[8] 〔后晋〕刘昫等撰:《旧唐书》,第 2441 页,北京:中华书局,2000 年版。

[9] 《论语·大学·中庸》,第 352 页,北京:中华书局,2011 年版。

[10] 〔唐〕杜甫:《奉赠韦左丞丈二十二韵》,见萧涤非选注:《杜甫

诗选注》，第20页，北京：人民文学出版社，2017年版。

[11] 张锐锋：《古战场》，见《蝴蝶的翅膀》，第193页，北京：解放军文艺出版社，1999年版。

[12] 〔唐〕杜甫：《北征》，见萧涤非选注：《杜甫诗选注》，第92页，北京：人民文学出版社，2017年版。

[13] 现为江苏省常州市代管的县级市。

[14] 参见安旗：《李白传》，第252页，北京：人民文学出版社，2019年版。

[15] 今陕西陇县。

[16] 冯至：《杜甫传》，第60—61页，北京：人民文学出版社，1980年版。

[17] 〔唐〕杜甫：《月夜》，见萧涤非选注：《杜甫诗选注》，第72页，北京：人民文学出版社，2017年版。

[18] 王晓磊：《六神磊磊读唐诗》，第166页，北京：北京十月文艺出版社，2017年版。

[19] 〔唐〕杜甫：《自京窜至凤翔喜达行在所三首》，见萧涤非选注：《杜甫诗选注》，第82页，北京：人民文学出版社，2017年版。

[20] 〔唐〕杜甫：《北征》，见萧涤非选注：《杜甫诗选注》，第92页，北京：人民文学出版社，2017年版。

[21] 〔唐〕李白：《经乱后将避地剡中，留赠崔宣城》，见《李太白全集》，下册，第545页，北京：中华书局，2017年版。

[22] 葛兆光：《中国思想史》，第二卷，第 31 页，上海：复旦大学出版社，2001 年版。

[23] 祝勇：《为什么唐朝会出李白》，第 5 页，上海：上海文艺出版社，2018 年版。

[24] 葛兆光：《中国思想史》，第二卷，第 35 页，上海：复旦大学出版社，2001 年版。

[25] 〔唐〕韩愈：《原道》，见《唐文》，第 200 页，石家庄：河北教育出版社，2001 年版。

[26] 同上书，第 202—203 页。

[27] 我们今天能够看到的颜真卿楷书作品大多为拓本，北京故宫博物院藏有若干颜真卿楷书作品，如《竹山堂连句》册，虽为不晚于宋代的临本，但比较接近颜真卿的年代，是研究颜真卿书法有用的早期资料。

[28] 范文澜：《中国通史》，第四册，第 375 页，北京：人民出版社，1978 年版。

[29] 李泽厚：《美的历程》，第 135—136 页，合肥：安徽文艺出版社，1994 年版。

[30] [美] 倪雅梅：《中正之笔——颜真卿书法与宋代文人政治》，第 122 页，南京：江苏人民出版社，2018 年版。

[31] 同上。

[32] 同上书，第 3 页。

[33] 〔后晋〕刘昫等撰：《旧唐书》，第 2935 页，北京：中华书局，

2000年版。

[34]〔唐〕韩愈:《石鼓歌》,见《韩昌黎集》,第二卷,第44页,上海:商务印书馆,1936年版。

[35][美]倪雅梅:《中正之笔——颜真卿书法与宋代文人政治》,第122页,南京:江苏人民出版社,2018年版。

[36]今北京市西城区广安门一带。

[37]今湖北枣阳西南。

韩熙载,最后的晚餐

[1]〔北宋〕欧阳修撰:《新五代史》,第510页,北京:中华书局,2000年版。

[2]王国维:《人间词话》,见《王国维全集》,第145页,北京:中国文史出版社,1997年版。

[3]《宣和画谱》,第349页,长沙:湖南美术出版社,1999年版。

[4]〔五代〕李煜:《菩萨蛮》,见程郁缀、李锦青选注:《历代词选》,第128页,北京:人民文学出版社,2004年版。

[5]参见〔清〕吴任臣《十国春秋》,见《景印文渊阁四库全书》,总第四六五卷,史部,第二二三卷,第185页,台北:台湾商务印书馆,1983年版。

[6][荷]高罗佩:《中国古代房内考》,第284—286页,上海:上海人民出版社,1990年版。

[7] 南帆：《躯体的牢笼》，《叩访感觉》，第165页，上海：东方出版中心，1999年版。

[8] 鲁迅：《〈二心集〉序言》，《鲁迅全集》，第四卷，第191页，北京：人民文学出版社，1981年版。

[9] [美]巫鸿：《时空中的美术——巫鸿中国美术史文编二集》，第238页，北京：生活·读书·新知三联书店，2009年版。

[10] 齐冲天、齐小平注译：《论语》，第144页，郑州：中州古籍出版社，2008年版。

[11] 转引自[英]珍尼弗·克雷克：《时装的面貌》，第157页，北京：中央编译出版社，2000年版。

[12] [德]约阿希姆·布姆克：《宫廷文化》，上册，第420页，北京：生活·读书·新知三联书店，2006年版。

[13] 转引自[美]巫鸿：《时空中的美术——巫鸿中国美术史文编二集》，第240页，北京：生活·读书·新知三联书店，2009年版。

[14]《宣和画谱》，第151页，长沙：湖南美术出版社，1999年版。

[15] 〔南宋〕周密：《云烟过眼录》，《丛书集成初编》，第1553册，长沙：商务印书馆，1939年版。

[16]《宣和画谱》，第151页，长沙：湖南美术出版社，1999年版。

[17] 同上。

[18] 同上。

[19] 〔清〕孙承泽：《庚子销夏记》，卷八，鲍氏知不足斋刊本，乾隆

二十六年（1761年）刊印。

[20] 徐邦达：《古书画伪讹考辨》，上卷，第159页，南京：江苏古籍出版社，1984年版。

[21] 余辉：《〈韩熙载夜宴图〉卷年代考——兼探早期人物画的鉴定方法》，原载《故宫博物院院刊》，1993年第4期。

[22]〔北宋〕郑文宝：《南唐近事》，见《全宋笔记》，第一编，第二册，第225页，郑州：大象出版社，2003年版。

[23] 同上。

[24] 参见〔北宋〕王铚：《默记》，见《景印文渊阁四库全书》，总第一〇三八卷，子部，第三四四卷，第342页，台北：台湾商务印书馆，1983年版。

[25][美]马尔库塞：《爱欲与文明》，第147页，上海：上海译文出版社，1987年版。

[26] 详见陕西卫视《开坛》节目，2012年7月15日。

[27]〔清〕曹雪芹著、无名氏续：《红楼梦》，上册，第170页，北京：人民文学出版社，2008年版。

张择端的春天之旅

[1]〔元〕脱脱等：《宋史》，第908页，北京：中华书局，2000年版。

[2] 同上书，第995页。

[3] 同上书，第908页。

[4] 关于《清明上河图》的创作时间，众说不一，没有定论。故宫博物院书画鉴定大师徐邦达先生曾说，"他画这幅清明上河图的时间，有在北宋时与南宋时二说"，刘渊临先生甚至认为张择端是金人，见徐邦达：《〈清明上河图〉的初步研究》、刘渊临：《〈清明上河图〉之综合研究》，原载辽宁博物馆编：《〈清明上河图〉研究文献汇编》，第149、257页，沈阳：万卷出版公司，2007年版。然而，徐邦达先生认定，"《清明上河图》，却可以肯定是在宣、政年间画的"，见徐邦达：《〈清明上河图〉的初步研究》。故宫博物院前副院长杨新先生以及张安治先生、黄纯尧先生等也认为，张择端是北宋画家，在金军攻入汴京后窃夺的书画中，就包括《清明上河图》，见杨新：《〈清明上河图〉公案》、张安治：《张择端〈清明上河图〉研究》、黄纯尧：《张择端〈清明上河图〉研究》等文，原载辽宁博物馆编：《〈清明上河图〉研究文献汇编》，第78、171、354页。

[5]〔南宋〕孟元老撰、邓之诚注：《东京梦华录注》，第4页，北京：中华书局，1982年版。

[6] [英] 罗伯特·贝文：《记忆的毁灭——战争中的建筑》，第11页，北京：生活·读书·新知三联书店，2010年版。

[7] 同上书，第5页。

[8] [土耳其] 奥尔罕·帕慕克：《伊斯坦布尔——一座城市的记忆》，第5页，上海：上海人民出版社，2007年版。

[9] 1131年，汴京成为金朝的"南京"，曾有过短暂的恢复，但已慢慢衰退，失去了昔日的中心地位；1642年，李自成决断了黄河大堤，使

该城最终毁灭，周边附属地带也随之永久改变。

[10] 张著的生卒年月不详，据史料记载，1205年，张著得到金章宗完颜璟的宠遇，负责管理御府所藏书画，据此推断，他于1186年为《清明上河图》书写跋文时，年纪还轻。

[11] 余辉：《张择端与〈清明上河图〉的来龙去脉》，见杨新等：《清明上河图的故事》，第74页，北京：故宫出版社，2012年版。

[12] 俞剑华：《中国绘画史》，上册，第166页，上海：商务印书馆，1937年版。

[13] 同上。

[14] 〔南宋〕孟元老撰、邓之诚注：《东京梦华录注》，第4页，北京：中华书局，1982年版。

[15] "上"是宋朝人的习惯用语，即"到""去"的意思，"河"，就是汴河。

[16] 李松：《中国巨匠美术丛书——张择端》，原载辽宁博物馆编：《〈清明上河图〉研究文献汇编》，第478页，沈阳：万卷出版公司，2007年版。

[17] 参见韩福东：《唐少繁华宋缺尊严，数百年的治乱轮回》，原载《人物》，2013年第2期。

[18] 李泽厚：《美的历程》，第191页，北京：生活·读书·新知三联书店，2009年版。

[19] [日] 新藤武弘：《城市之绘画——以〈清明上河图〉为中心》，

原载《复旦大学学报》社会科学版，1986年第6期。

[20]〔元〕脱脱等：《宋史》，第1558页，北京：中华书局，2000年版。

[21]〔宋〕张方平：《乐全集》，卷二十五。

[22] 李书磊：《河边的爱情》，《重读古典》，第4页，北京：中国广播电视出版社，1997年版。

[23] 李存山注译：《老子》，第56页，郑州：中州古籍出版社，2008年版。

[24]〔元〕脱脱等：《宋史》，第1558页，北京：中华书局，2000年版。

[25]〔明〕王偁：《东都事略》，见《景印文渊阁四库全书》，总第三八二卷，史部，第一四〇卷，第245页，台北：台湾商务印书馆。

[26]《续资治通鉴长编纪事本末》，卷七十七。

[27]〔南宋〕孟元老撰、邓之诚注：《东京梦华录注》，第4页，北京：中华书局，1982年版。

[28]〔清〕曹雪芹著、无名氏续：《红楼梦》，上册，第169页，北京：人民文学出版社，2008年版。

[29]〔南宋〕朱熹：《三朝名臣言行录》，转引自邓广铭：《北宋政治改革家王安石》，第337页，石家庄：河北教育出版社，2000年版。

[30]［德］埃米尔·路德信希：《尼罗河传》，第2页，沈阳：辽宁教育出版社，1997年版。

[31] 参见高木森:《落叶柳枯秋意浓——重视〈清明上河图〉的意象》,原载(台北)《故宫文物月刊》,1984年第9期。

[32] 参见周宝珠:《〈清明上河图〉与清明上河学》,原载《河南大学学报》,1995年第5期。

[33] 韩森:《〈清明上河图〉所绘场景为开封质疑》,原载辽宁博物馆编:《〈清明上河图〉研究文献汇编》,第464—465页,沈阳:万卷出版公司,2007年版。

[34] 这一题签和印玺一直到明朝正德年间还在,后来不知出于什么原因,被人裁掉了。

[35] 对于前一半史实,即《清明上河图》成为王忬被严嵩杀害的诱因,许多史料都有记载,故宫博物院还收藏有一幅明人书信,对这一事件用隐语做了描述;而对故事的后半截,即《金瓶梅》一书成为王世贞谋杀严嵩的凶器,则很可能是后人的演绎,包括吴晗在内的许多历史学家都不认可,参见辰伯(吴晗):《〈清明上河图〉与〈金瓶梅〉的故事及其衍变(附补记)——王世贞年谱附录之一》,原载辽宁博物馆编:《〈清明上河图〉研究文献汇编》,第3—16页,沈阳:万卷出版公司,2007年版。

苏东坡的南渡北归

[1] 李一冰:《苏东坡传》,下册,第174页,南京:江苏文艺出版社,2013年版。

[2] 今石家庄市赵县。

[3]〔北宋〕苏轼:《临城道中作》,见《苏轼全集校注》,第六册,第4321页,石家庄:河北人民出版社,2010年版。

[4] 今湖南省永州市。

[5] 今湖北省荆州市。

[6] 今河南省滑州市。

[7]〔北宋〕苏轼:《慈湖夹阻风五首》,见《苏轼全集校注》,第六册,第4349页,石家庄:河北人民出版社,2010年版。

[8]〔北宋〕苏轼:《过大庾岭》,见《苏轼全集校注》,第七册,第4391页,石家庄:河北人民出版社,2010年版。

[9] 李一冰:《苏东坡传》,下册,第188页,南京:江苏文艺出版社,2013年版。

[10]〔北宋〕苏轼:《十一月二十六日,松风亭下,梅花盛开》,见《苏轼全集校注》,第七册,第4454页,石家庄:河北人民出版社,2010年版。

[11]〔清〕纪昀:《纪评苏诗》,转引自《苏轼全集校注》,第七册,第4457页,石家庄:河北人民出版社,2010年版。

[12]〔北宋〕苏轼:《和陶岁暮作和张常侍》,见《苏轼全集校注》,第七册,第4789页,石家庄:河北人民出版社,2010年版。

[13]〔北宋〕苏轼:《食荔支二首》,见《苏轼全集校注》,第七册,第4744页,石家庄:河北人民出版社,2010年版。

[14]〔北宋〕苏轼：《蝶恋花》，见《苏轼全集校注》，第九册，第691页，石家庄：河北人民出版社，2010年版。

[15] 参见《蒋勋说宋词》（修订版），第87页，北京：中信出版社，2014年版。

[16]〔明〕沈际飞：《草堂诗余正集》卷二，转引自邹同庆、王宗堂：《苏轼词编年校注》，第756页，北京：中华书局，2002年版。

[17]〔清〕沈辰垣等编：《历代诗余》卷一一五，转引自邹同庆、王宗堂：《苏轼词编年校注》，第754页，北京：中华书局，2002年版。

[18]〔北宋〕苏轼：《西江月》，见《苏轼全集校注》，第九册，第730页，石家庄：河北人民出版社，2010年版。

[19]〔北宋〕苏轼：《纵笔》，见《苏轼全集校注》，第七册，第4770页，石家庄：河北人民出版社，2010年版。

[20] 今海南。

[21]〔北宋〕苏轼：《到昌化军谢表》，见《苏轼全集校注》，第十三册，第2785页，石家庄：河北人民出版社，2010年版。

[22]〔北宋〕苏轼：《游罗浮山一首示儿子过》，见《苏轼全集校注》，第七册，第4430页，石家庄：河北人民出版社，2010年版。

[23]〔北宋〕苏轼：《题过所画枯木竹石三首》其一，见《苏轼全集校注》，第七册，第5065页，石家庄：河北人民出版社，2010年版。

[24]〔北宋〕苏轼：《菜羹赋》，见《苏轼全集校注》，第十册，第85页，石家庄：河北人民出版社，2010年版。

[25]〔北宋〕苏轼:《食蚝》,见《苏轼全集校注》,第二十册,第8773页,石家庄:河北人民出版社,2010年版。

[26] 杨牧:《奇来后书》,第6页,桂林:广西师范大学出版社,2014年版。

[27] 今广西壮族自治区北海市合浦县廉州镇。

[28] 今湖南省岳阳市。

[29]〔北宋〕苏轼:《与赵梦得二首》其一,见《苏轼全集校注》,第二十册,第8855页,石家庄:河北人民出版社,2010年版。

[30]〔北宋〕苏轼:《赠岭上老人》,见《苏轼全集校注》,第八册,第5237页,石家庄:河北人民出版社,2010年版。

[31] 李敬泽:《小春秋》,第91页,北京:新星出版社,2010年版。

[32] 今江苏省仪征市。

[33] 今江苏省常州市。

[34] 周辉:《清波杂志》,转引自李一冰:《苏东坡传》,下册,第310页,南京:江苏文艺出版社,2013年版。

[35]〔北宋〕苏轼:《自题金山画像》,见《苏轼全集校注》,第十册,第5573页,石家庄:河北人民出版社,2010年版。

[36] 钱穆:《谈诗》,见《中国文学论丛》,第117页,北京:生活·读书·新知三联书店,2005年版。

[37] [英]弗吉尼亚·伍尔夫:《普通读者》,第114页,北京:北京十月文艺出版社,2015年版。

[38] 李泽厚：《美的历程》，第166—168页，北京：生活·读书·新知三联书店，2009年版。

[39]〔宋〕王明清撰，田松青校点：《挥麈录》，第157页，上海：上海古籍出版社，2012年版。

[40]〔美〕海明威：《老人与海》，第99页，上海：上海译文出版社，2009年版。

[41]〔宋〕王明清撰，田松青校点：《挥麈录》，第157页，上海：上海古籍出版社，2012年版。

空　山

[1] 徐邦达：《古书画过眼要录》，见《徐邦达集》，第九册，第119页，北京：故宫出版社，2015年版。

[2]〔元〕黄公望：《西湖竹枝集》，见〔明〕钱谦益：《列朝诗集》，明诗，甲集前编第七之下，北京：中华书局，2007年版。

[3]〔唐〕张彦远：《历代名画记》，第28页，杭州：浙江人民美术出版社，2011年版。

[4] 金庸：《射雕英雄传》，第二册，第443页，广州：广州出版社、花城出版社，2003年版。

[5]〔唐〕张若虚：《春江花月夜》，见《中国历代文学作品选》，中编第一册，第18页，上海：上海古籍出版社，1980年版。

[6] 韦羲：《照夜白——山水、折叠、循环、拼贴、时空的诗学》，

第 227 页，北京：台海出版社，2017 年版。

[7] 同上书，第 59 页。

[8] 〔清〕王原祁：《麓台题画稿》，转引自温肇桐编：《黄公望史料》，第 50 页，上海：上海人民美术出版社，1963 年版。

[9] 〔元〕黄公望：《写山水诀》，见《黄公望集》，第 27 页，杭州：浙江人民美术出版社，2016 年版。

[10] 黄公望，本名陆坚，字子久，号一峰，又号大痴道人，晚号井西道人。

[11] 〔明〕李日华：《六研斋笔记》，转引自温肇桐编：《黄公望史料》，第 45 页，上海：上海人民美术出版社，1963 年版。

[12] 〔清〕恽格：《瓯香馆画跋》，转引自温肇桐编：《黄公望史料》，第 60 页，上海：上海人民美术出版社，1963 年版。

[13] 〔元〕夏文彦：《图绘宝鉴》，转引自温肇桐编：《黄公望史料》，第 36 页，上海：上海人民美术出版社，1963 年版。

[14] 现为江西省上饶市信州区。

[15] 徐复观：《中国艺术精神》，第 168 页，桂林：广西师范大学出版社，2007 年版。

[16] 〔北宋〕郭熙：《林泉高致》，见《中国古代画论类编》，上册，第 639 页，北京：人民美术出版社，2014 年版。

[17] 韦羲：《照夜白——山水、折叠、循环、拼贴、时空的诗学》，第 88—90 页，北京：台海出版社，2017 年版。

[18] 西川：《唐诗的读法》，原载《十月》，2016 年第 6 期。

[19] 黄公望未参加过科举考试，有人说他"十二三岁时，就在本县参加了神童考试"，实际上南宋亡国前（景定、咸淳中）已废童子科考试，元初并未恢复，因而黄公望也不可能参加此项考试。至于做官，黄公望当过吏，没有当过官。吏是具体办事人员，没有决策权。在元代，吏与官的区别是很严格的。

[20] 李敬泽：《小春秋》，第 146 页，北京：新星出版社，2010 年版。

[21] 〔元〕戴表元：《一峰道人遗集·黄大痴像赞》，转引自〔清〕孙承泽：《庚子销夏记》，第 38 页，杭州：浙江人民美术出版社，2012 年版。

[22] 黄宾虹：《古画微》，第 44 页，杭州：浙江人民美术出版社，2013 年版。

[23] 西川：《唐诗的读法》，原载《十月》，2016 年第 6 期。

[24] 〔清〕王原祁：《麓台题画稿》，见温肇桐编：《黄公望史料》，第 50 页，上海：上海人民美术出版社，1963 年版。

[25] 〔明〕董其昌：《画禅室随笔》，同上书，第 44 页。

内阁长夜

[1] 〔清〕张廷玉等撰：《明史》，第 3957 页，李东阳传，北京：中华书局，2000 年版。

[2] 同上。

[3] 由于影视作品的渲染，绣春刀被误认为锦衣卫特有的武器。实

际上除了锦衣卫外，留守卫、旗手卫等亲军都可以佩带绣春刀。绣春刀至今尚无实物证据，只能从明朝绘画中得知它的形制。它是一般的雁翎刀形制，刀身舒展有弧度，血槽整齐有力，刃口锋利，造型优美。

[4]〔清〕张廷玉等撰：《明史》，第3957页，北京：中华书局，2000年版。

[5]〔明〕王世贞：《弇山堂别集》，第1811页，北京：中华书局，1985年版。

[6]〔清〕张廷玉等撰：《明史》，卷七十三，刑法志，北京：中华书局，2000年版。

[7] 赵广超：《紫禁城100》，第107页，北京：故宫出版社，2015年版。

[8] 龚曙光：《满世界》，第232页，北京：人民文学出版社，2019年版。

[9]〔清〕谷应泰：《明史纪事本末》，第二册，第622页，北京：中华书局，1977年版。

[10] 同上。

[11] 同上。

[12] 同上书，第623页。

[13] 原文是："何泣为? 使当日力争，与我辈同去矣。"见〔清〕张廷玉等撰：《明史》，第3028页，北京：中华书局，2000年版。

[14] 李书磊：《当前中国知识分子心态分析》，见《杂览主义》，第

152页,北京:中央编译出版社,1996年版。

[15] 〔清〕张廷玉等撰:《明史》,第3208—3209页,北京:中华书局,2000年版。

[16] 赵中男等著:《明代宫廷政治史》,下册,第620页,北京:故宫出版社,2015年版。

[17] 〔明〕李东阳:《国士行》,见《李东阳集》,长沙:岳麓书社,1985年版。

[18] 〔明〕李东阳:《昌国君》,见《李东阳集》,长沙:岳麓书社,1985年版。

家在云水间

[1] 参见陈寅恪:《柳如是别传》,上册,第3—4页,北京:生活·读书·新知三联书店,2001年版。

[2] 同上书,第4页。

[3] 苏枕书:《一生负气成今日》,第82页,北京:同心出版社,2011年版。

[4] 黄裳:《绛云书卷美人图——关于柳如是》,第59页,北京:中华书局,2013年版。

[5] [罗马尼亚]米希尔·埃利亚德:《神秘主义,巫术与文化时尚》,第32页,北京:光明日报出版社,1990年版。

[6] 敬文东:《从铁屋子到天安门——二十世纪中国文学的空间主

题》（上），原载《阅读》，第 1 辑，第 176—177 页，北京：中国社会科学出版社，2004 年版。

[7]［阿根廷］博尔赫斯：《科尔律治之梦》，见《博尔赫斯文集·小说卷》，第 554 页，海口：海南国际新闻出版中心，1996 年版。

[8] 同上书，第 556 页。

[9] 石守谦：《从风格到画意——反思中国美术史》，第 282 页，北京：生活·读书·新知三联书店，2015 年版。

[10]〔清〕吴传业：《张南垣传》，见《吴梅村全集》，第 1059—1061 页，上海：上海古籍出版社，1990 年版。

[11] 北京大学古文献研究所：《全宋诗》，第二十九册，第 18569 页，北京：北京大学出版社，1996 年版。

[12] 扬之水：《宋代花瓶》，第 1 页，北京：人民美术出版社，2014 年版。

[13]〔明〕文震亨：《长物志》，见《长物志　考槃馀事》，第 84 页，杭州：浙江人民美术出版社，2011 年版。

[14] 黄裳：《绛云书卷美人图——关于柳如是》，第 81—82 页，北京：中华书局，2013 年版。

[15] 今江苏省长江北岸，扬州市南面。

[16] 原文转引自黄裳：《绛云书卷美人图——关于柳如是》，第 16 页，北京：中华书局，2013 年版。

[17] 原文见〔清〕计六奇：《明季南略》，第 217 页，北京：中华书

局，1984年版。

[18]〔明〕谈迁：《国榷》，第六卷，第6212页，北京：中华书局，1958年版。

[19] 李书磊：《重读古典》，第16页，北京：中国广播电视出版社，1997年版。

[20] 陈寅恪：《柳如是别传》，下册，第848页，北京：生活·读书·新知三联书店，2001年版。

文渊阁：文人的骨头

[1]〔清〕凌雪：《南天痕列传》，转引自〔明〕文震亨、屠隆：《长物志·考槃馀事》，第168页，杭州：浙江人民美术出版社，2011年版。

[2] 梁启超：《中国近三百年学术史》，第58页，太原：山西古籍出版社，2001年版。

[3] 李敬泽：《小春秋》，第153页，北京：新星出版社，2010年版。

[4]〔清〕史得威：《淮扬殉难纪略》，见张海鹏编：《借月山房汇钞》，卷四十六，第2页，嘉庆十三年刻本。

[5]〔明〕沈德符：《万历野获编》，卷二十五，〔清〕钱枋辑，钱塘姚氏扶荔山房，道光七年刻本。

[6] 王重民：《办理〈四库全书〉档案》，上卷，第6页，北京：国立北平图书馆，1934年版。

[7]〔明〕张岱：《陶庵梦忆》，见《陶庵梦忆 西湖梦寻》，第29页，

杭州：浙江古籍出版社，2012年版。

[8]〔清〕章学诚：《章学诚遗书》，第176页，北京：文物出版社，1985年版。

[9]〔清〕昭梿：《啸亭续录》，卷二，第24页，上海：上海申报馆，光绪二年（公元1876年）版。

[10] 编纂《四库全书》也有很多负面效应。为维护统治，清廷大量查禁明清两朝有所谓违碍字句的古籍。据统计，在长达十余年的修书过程中，"荦荦大者文字之狱共有三十四件"。禁毁书目3100多种（另一种说法为2855种）、15万部以上。同时，还对古籍进行大量篡改，如岳飞的《满江红》名句"壮志饥餐胡虏肉，笑谈渴饮匈奴血"，"胡虏"和"匈奴"在清代是犯忌的，于是《四库》馆臣把它改为"壮志饥餐飞食肉，笑谈欲洒盈腔血"。张孝祥的名作《六州歌头·长淮望断》描写孔子家乡被金人占领"洙泗上，弦歌地，亦膻腥"，其中"膻腥"犯忌，改作"凋零"。有学者认为，《四库全书》的编纂，是华夏文明空前绝后的文化浩劫，被焚毁典籍远多于收录，而被收录者也全都遭到篡改、删节，在文化上没有什么价值，在思想上更是中国文明主体上的一次"癌变"，是对整个中国古文明毁灭的罪证，对近现代中国的负面影响深远，也是近代中国在重建现代性过程中，没有有益的古代文化传统，导致传统文明彻底溃败的直接渊源，是清朝统治者对以汉族为主体的华夏文明的最彻底的破坏。

[11] 余英时：《论戴震与章学诚》，第7页，北京：生活·读书·新

知三联书店，2000年版。

[12]〔清〕徐珂：《清稗类钞》，第301页，北京：中华书局，1984年版。

[13] 中国第一历史档案馆编：《纂修四库全书档案》，第1928—1929页，上海：上海古籍出版社，1997年版。

[14]〔清〕乾隆：《文源阁记》，《中国古代藏书与近代图书馆史料》，第17页，北京：中华书局，1982年版。

[15]〔清〕于敏中等：《日下旧闻考》，第一册，第165页，北京：北京古籍出版社，1983年版。

[16] 同上。

[17]〔清〕完颜麟庆：《文汇读书》，见《鸿雪因缘图记》，第二集，第638页，杭州：浙江人民美术出版社，2012年版。

[18] 胡适：《戴东原的哲学》，见《胡适全集》，第六卷，第481页，合肥：安徽教育出版社，2003年版。

[19] 涤浮道人：《金陵杂记》、谢介鹤：《金陵癸甲纪事略》，见中国史学会主编：《太平天国》，第四卷，第610、621、651页，上海：上海人民出版社、上海书店出版社，2000年版。

[20]〔清〕佚名：《金陵被难记》，见中国史学会主编：《太平天国》，第四卷，第750页，上海：上海人民出版社、上海书店出版社，2000年版。

[21]〔法〕埃利松：《翻译官手记》，第206页，上海：中西书局，2011年版。

[22] 中国第一历史档案馆编:《圆明园:清代档案史料》,上册,第556页,上海:上海古籍出版社,1991年版。

[23] 李慈铭:《越缦堂日记补》,见中国史学会主编:《第二次鸦片战争》,第二卷,第123、124页,上海:上海人民出版社,1978年版。

[24] [法] 埃利松:《翻译官手记》,第218页,上海:中西书局,2011年版。

[25] 同上书,第240—241页。

[26] 同上书,第239页。

[27] 同上书,第243页。

[28] 同上书,第240—241页。

[29] 不著散人:《庚申英夷入寇大变记略》,见中国史学会主编:《第二次鸦片战争》,第二卷,第53、54页,上海:上海人民出版社,1978年版。

[30] 见《世界日报》,1996年3月21日。

[31] 陈三立:《散原精舍文集》,第103页,台北:台湾商务印书馆,1962年版。

[32] 从迄今为止的考古发现来看,造纸术的发明不晚于西汉初年。早在西汉,中国已发明用麻类植物纤维造纸。宋苏易简《纸谱》记载:"蜀人以麻,闽人以嫩竹,北人以桑皮,剡溪以藤,海人以苔,浙人以麦面稻秆,吴人以茧,楚人以楮为纸。"

[33] 造纸术直到12世纪初才经中东传入欧洲。

[34] 也有人写作"文淙阁"。

[35] 《孔子家语》，第1页，北京：中华书局，2011年版。

[36] 朱大可：《乌托邦》，第70页，北京：东方出版社，2013年版。

[37] 陈训慈：《丁氏兴复文澜阁记》，转引自郭伯恭：《四库全书纂修考》，第179页，长沙：岳麓书社，2010年版。

[38] 著名学人陈垣先生曾在20世纪初对《四库全书》的排架进行过缜密的研究，并摹制了一部《文渊阁四库全书排架图》，图上精细地画出书架的位置和次第，写明每一层书架上图书的书名。据李希泌：《陈垣与〈四库全书〉》，原载《读书》，1981年第7期。

图书在版编目（CIP）数据

故宫里的中国／祝勇著．—北京：人民文学出版社，2021（2024.7重印）
ISBN 978-7-02-016941-2

Ⅰ．①故… Ⅱ．①祝… Ⅲ．①散文集—中国—当代 Ⅳ．① I267

中国版本图书馆 CIP 数据核字（2021）第 155203 号

责任编辑　薛子俊
责任印制　王重艺

出版发行　人民文学出版社
社　　址　北京市朝内大街 166 号
邮政编码　100705

印　　刷　北京盛通印刷股份有限公司
经　　销　全国新华书店等

字　　数　235 千字
开　　本　850 毫米 ×1168 毫米　1/32
印　　张　13.25　插页 8
印　　数　14001－17000
版　　次　2021 年 10 月北京第 1 版
印　　次　2024 年 7 月第 4 次印刷

书　　号　978-7-02-016941-2
定　　价　68.00 元

如有印装质量问题，请与本社图书销售中心调换。电话：010-65233595

CHINA STORIES
IN THE
PALACE MUSEUM